I0641793

20423

MÉLANGES

DE

LITTÉRATURE.

III.

MELAL ?"?

MÉLANGES

DE

LITTÉRATURE;

PUBLIÉS PAR J. B. A. SUARD,

Secrétaire perpétuel de la Classe de la Langue et de la Littérature françaises, de l'Institut national de France, Membre de la Légion d'honneur.

SECONDE ÉDITION REVUE ET CORRIGÉE.

TOME TROISIÈME.

PARIS,

DENTU, Impr.-Libraire, quai des Augustins, n.º 17.

1806.

PORTRAIT

DE JULES-CÉSAR.

Un des caractères particuliers des hommes
extraordinaires, c'est que s'il est possible de
leur donner des qualités qu'ils n'aient pas,
il est impossible d'exagérer celles qu'ils
ont. Plus elles sont examinées attentivement et de près, plus elles prennent d'é-
tendue, de grandeur et d'éclat. Les plus
célèbres écrivains de l'ancienne Rome ne
croyaient pas que l'éloquence, quelque
sublime qu'elle fût, pût jamais s'élever
jusqu'à la hauteur de l'ame et des actions de
Jules-César ; c'est donc avec le désespoir
de parvenir à rendre son portrait ressemblant et fidèle, que j'entreprends de le
crayonner.

Cet homme extraordinaire naquit dans
les tems les plus orageux de la république,
et ne tarda pas à montrer l'énergie de
son caractère, et à laisser entrevoir l'é-
tendue de ses desseins et l'orgueil de ses
espérances. A peine âgé de dix-huit ans,
il osa résister à la volonté de Sylla, quand

Rome ne comptait de citoyens que ceux à qui cet homme de sang permettait de vivre ; et cherchant dès-lors à fonder sa grandeur, non sur ces vertus républicaines et pures dont Caton lui offrait un si haut exemple, mais sur l'abaissement de ses concitoyens et sur la destruction de l'égalité, il s'unit adroitement à tous les factieux, à Pison, à Lentulus, à Catilina dont les complots et les attentats préparèrent à leurs dépens son inconcevable fortune. La nature avait mis en lui plus de talens, plus d'énergie, et plus de ressources pour exterminer la liberté, que n'en avaient montré, depuis l'expulsion des rois, les plus ardens républicains, pour l'établir ou pour la défendre.

N'espérant rien du hasard, mais beaucoup de son génie, et tout de sa valeur et de son courage ; il demanda, il obtint les premières places de la république, toujours prêt à s'en saisir, s'il n'y était point appelé. Son activité, que jamais il ne divisa, mais qu'il porta successivement toute entière, sur chaque objet de son ambition, fut prodigieuse ; et nul revers, nul succès ne purent même la suspendre. Le sentiment de ce qui lui restait à faire laissait à peine une place au souvenir de ce qu'il avait déjà fait.

Ainsi, après des victoires sans nombre, remportées avec une célérité jusqu'alors inouie, dans des climats inconnus, sur des nations puissantes et aguéries; quand Rome elle-même, étonnée de tant de merveilles, lui décernait des statues, des autels et tous les honneurs divins; quand en effet, il se montrait supérieur à tout ce que Rome avait produit de plus grand, il lui manquait de se trouver égal à lui-même; il voyait à ses pieds les maîtres du monde, et il formait encore des vœux; comme s'il n'y avait rien eu sur la terre, qui méritât que cette ame fière et sublime daignât s'y reposer un moment.

L'étonnement se mêle à l'admiration, lorsqu'on pense à tout ce qu'il voulut, à tout ce qu'il entreprit, à tout ce qu'il exécuta. Il trouvait dans son génie plus de ressources encore qu'il ne pouvait rencontrer d'obstacles à ses desseins, et ces ressources étaient aussi promptes que les obstacles pouvaient être imprévus. A une audace qui commandait en quelque sorte

aux événemens, il joignait la sagesse qui
les prépare, les mûrit ou les corrige; jamais
il n'entreprit d'expédition, sans s'être assuré de t us les moyens de vaincre; jamais
il ne se crut vainqueur qu'après avoir
ôté toute ressource aux vaincus. Adoré
de ses soldats, à qui, hors du combat, il
permettait tout, mais à qui, dans un jour
d'action il ne pardonnait rien, il leur avait
fait de sa gloire le premier de leurs besoins,
et de ses succès la première de ses récompenses.

Doux, affable, humain, généreux, il eut
des vertus, mais il ne fut point vertueux :
il les aurait sacrifiées toutes, si ce sacrifice
eût dû le rapprocher d'un seul pas de la
puissance suprême. L'amitié de Jules-
César n'était point ce sentiment pur et
tendre, qui nous rend propre et personnel le bonheur ou le malheur d'autrui;
c'était une bienveillance fondée sur le
besoin et sur l'utilité; c'était le prix du
dévouement à sa personne, à ses desseins,
à ses volontés. Si, après ce combat mé-
morable qui décida de la destinée du
monde, Rome n'eut à lui redemander le
sang d'aucun des citoyens échappés au

fer des combattans, c'est qu'il lui était utile
de pardonner ; c'est qu'il voyait le pardon
comme un des plus nobles exercices de
la supériorité. Après la mort de Pompée,
il releva les statues de ce grand homme,
que le peuple avait renversées ; mais la
même main avait relevé les trophées de
Marius. Sa générosité fut sans bornes,
et sa magnificence sans exemple. Mais quel
fut l'objet de ses immenses libéralités ? celui de gagner le peuple, dont le pouvoir
lui devenait nécessaire pour renverser le
pouvoir du sénat, et de s'attacher les trou-
pes pour combattre d'abord la puissance
de Crassus et de Pompée, et détruire ensuite celle du peuple lui-même.

Son ambition parut suspendue une fois
par la considération du bien public, lorsque, prêt à passer le Rubicon, l'image
de tous les maux où sa démarche allait
plonger la république, vint s'offrir à son
esprit. Cette pensée l'arrêta sur les bords
du fleuve ; mais elle ne l'arrêta qu'un moment ; il eût cent fois mieux aimé périr,
et dans sa chute entraîner tout l'univers,
que de renoncer au projet de l'assujétir
et de lui donner des lois.

Il sentit, dès ses premières années, que sa patrie avait besoin d'un maître; il sentit bien plus vivement le besoin de devenir le maître de sa patrie. Pour mieux cacher ce grand dessein, il le couvrit du voile de la popularité, de la dissipation et même de la débauche; il mit à sa parure et à son maintien la recherche et l'affectation d'un jeune homme qui ne veut que plaire; les yeux les plus clairvoyans s'y méprirent. Le terrible Sylla fut le seul qui, à travers cette mollesse affectée, démêla en lui le plus redoutable ennemi de la république; mais ce qu'il ne pouvait pas prévoir, c'est que cette liberté dont il avait cru ne pouvoir conserver les restes qu'à force de répandre du sang, César la détruirait, surtout par le pardon et par la clémence.

Cet homme extraordinaire marchait à son but, non d'après un plan lentement et froidement médité; mais poussé par un insatiable desir de gloire, par le besoin de dominer, par le sentiment de ses forces, par cet instinct impérieux et secret qui n'attend pas la raison, et sert mieux que la prudence; et loin de craindre les obstacles qui pourraient se rencontrer sur son

passage, son génie, qui lui répondait de
tout, les lui faisait désirer; car il eût dé-
daigné même les grandes choses, si pour
y parvenir il n'avait eu à vaincre de grandes
difficultés. Une extrême activité et une patience extrême; l'audace et la prudence;
la clémence et la sévérité; l'art de feindre
ce qu'on n'est pas et de cacher ce qu'on
est; l'art encore plus difficile de paraître,
alors même qu'on feint et qu'on dissimule,
naturel, simple et ouvert; un cœur chaud
et passionné, et un esprit toujours calme
et serein; une imagination souple et ardente, et un jugement ferme et lumineux :
telles sont les qualités, dont quelques-unes
suffisent pour former un héros, un homme
d'état, un grand homme, un de ces personnages enfin qui ne se montrent que de
très-loin en très-loin, parce que ces qualités
s'excluent communément les unes aux autres; et César les posséda toutes, et César
les posséda au plus haut degré. Ainsi ce
même homme qui défit trois millions d'hommes, qui prit huit cents villes d'assaut, qui
soumit trois cents nations, qui du poids
de son génie et de son caractère écrasa
ce colosse de grandeur et de puissance

qui pesait sur tout l'univers ; ce même
homme réformait les abus, dictait des lois
salutaires , veillait sur toutes les parties
de l'administration , encourageait et proté-
geait tous les arts , disputait la palme de l'é-
loquence au plus éloquent des Romains ,
fixait la mobilité de la langue , en ramenant
aux principes et en soumettant aux règles
les mots , presque toujours placés au hasard sur la bouche de la multitude igno-
rante , et écrivait ses propres actions d'un
style dont nul écrivain n'égala l'élégante
et noble simplicité ; ne pouvant commander au ciel, il voulut en connaître les
lois ; il étudia le mouvement des astres, et
renferma l'année dans ses véritables limites.

Tous ces objets étaient remplis, et César
méditait encore des entreprises dont une
seule suffirait , je ne dis pas pour immor-
taliser un homme, mais pour illustrer tout
un siècle , lorsqu'il périt par celle de ses
vertus à laquelle il avait dû sur-tout
son élévation et son pouvoir, la clémence.
Il périt et mérita de périr : dans un gouvernement libre , le plus grand des crimes
est d'attenter même au reste de la liberté.

Mais les Romains durent croire que les dieux n'en jugeraient pas de même; les effrayans phénomènes qui précédèrent et accompagnèrent sa mort, une comète qui parut dans les airs pendant qu'on célébrait ses funérailles, la fin tragique de tous ses meurtriers, dont quelques-uns se percèrent du même fer dont ils l'avaient frappé, tout semblait leur dire que le ciel courroucé vengeait la mort de César, comme un attentat fait à la nature, qui n'avait produit un tel homme que par un effort qu'elle ne pouvait plus répéter.

Par l'abbé ARNAUD.

MOLOUK

ET NASSOUR,

APOLOGUE MORAL;

TRADUIT DU PERSAN EN ANGLAIS,
ET IMITÉ DE L'ANGLAIS.

J'AIMAIS Nassour ; je l'ai vu le plus heureux des enfans des hommes, et les anges
du ciel souriaient à sa félicité, car il était
bon. Le matin, ses paupières s'ouvraient
aux premiers rayons du soleil, et son ame
s'ouvrait aux impressions de la joie. Il regardait ses enfans ; il les voyait brillans de
jeunesse, aimables et dociles ; il tournait
aussitôt sur l'infortuné ses yeux remplis
encore des larmes du bonheur. Nassour
avait des amis, parce qu'il croyait à l'amitié.
Comme il ne craignait pas l'ingratitude, il
n'exigeait rien de la reconnaissance. Près
de Nassour, l'ingrat aurait été surpris de
trouver que la reconnaissance était la plus
facile des vertus.

Je partis pour un voyage. « Tu vas, me dit Nassour, voir les habitans de différens climats; tu les entendras se plaindre moins de la fortune que des hommes. Tu leur diras qu'il suffit d'aimer les hommes pour être aimé d'eux; que Nassour a des amis dont il est sûr, parce qu'il les aime; » et c'était sans orgueil que Nassour me disait ces paroles.

Je traversai le Khorasan : je vis Caborel et la délicieuse province de Cachemire; ensuite j'allai admirer les merveilles d'Ispahan, et vins jusqu'à Schiras contempler la grandeur du roi des rois. Par-tout je conservai le souvenir du bonheur et des vertus de Nassour. En arrivant dans ma patrie, je volai vers sa demeure. « Que faites-vous, Molouk? me dit-on. Nassour a vu, dans une journée, mourir ses deux enfans; il n'a pu supporter la douleur, et son ame s'est abreuvée d'amertume. »

Ces paroles retentirent dans mon ame comme un coup de tonnerre inattendu. Je m'arrêtai un instant à réfléchir sur le malheur dont elles m'avaient donné l'idée : puis, brisé d'affliction, je repris plus lentement le chemin qui conduisait à la maison de Nassour. Elle me sembla déserte : je le vis de loin; il était pâle et immobile. Je m'approchai : son air était glacé, son accueil sombre et repoussant. Il me parut qu'il avait cessé d'être bon. O Nassour! m'écriai-je, quel changement s'est fait en toi!

Je ne suis point changé, me répondit Nassour, mais tu me vois seul, car je suis malheureux. Je croyais que pour avoir des amis, il suffisait de les aimer. Nassour, lui dis-je, toi qui ne peux avoir cessé d'aimer les amis, tes amis n'auront pas cessé de te chérir. Ils ont fui, dit Nassour, lorsqu'ils n'ont plus trouvé près de moi que la douleur. — Quoi! tous? — Ali n'a point cherché à me consoler; Benassar n'a pleuré qu'une fois avec moi; Zamet m'a dit : Nassour, nous parlerons de tes enfans, nous en parlerons tous les jours, et nous pleurerons ensemble. Mais je le vois bien : déjà Zamet ne m'écoute plus quand je lui parle de mes enfans; s'il me cherche, c'est pour me conduire au milieu des siens. Là, il faut que je me pénètre de tout son bonheur; ce spectacle aigrit mes peines, et ce reste de l'amitié de Zamet n'est plus pour moi qu'un supplice.

Quoi! dis-je, tu ne peux supporter le

bonheur de tes amis, et tu espères qu'ils
supporteront ta tristesse. Tandis qu'ils cher-
chent à diminuer tes peines, ta contenance
corrompt leurs plus douces joies ; et c'est
toi, Nassor, qui crois avoir à te plaindre !
Dieu m'entend, je ne voudrais pas ajouter
aux souffrances de l'infortuné ; mais Nassour, le malheur a aussi ses devoirs. Il n'en
est point, dit Nassour, pour celui qui souffre
sans espérance et sans consolation.

En ce moment, on vint nous apprendre
que la mer avait englouti un vaisseau qui
portait presque toute la fortune de Zamet.
Nassour l'entendit, il me regarda, et ne me
regarda pas long-tems. Il avait été injuste
pour Zamet ; il le sentit et fut comme soulagé d'un grand poids. Il courut chez Zamet ;
quand il revint, ses regards n'étaient plus
immobiles, il pouvait déjà les tourner autour de lui. J'ai embrassé Zamet, me dit-il,
ses enfans gémissaient à ses pieds ; j'ai pleuré
sur ses malheurs et sur ceux de ses enfans.
— Ces malheurs peuvent-ils se réparer ? —
Ils diminueront du moins, si Nassour a conservé quelques moyens de se rendre utile
aux hommes. Tu auras donc du plaisir à le
voir heureux au milieu de ses enfans ? Oh !

dit Nassour, combien j'aurais de plaisir à le voir heureux au milieu de ses enfans!

Aime encore tes semblables, Nassour, et tu redeviendras sensible à tous les plaisirs. Nul homme ne demeure éternellement enseveli dans la douleur : nous avons mille portes pour en sortir ; mais celle de la charité s'ouvre d'elle seule. La route qu'elle nous offre nous éloigne d'abord de nousmêmes ; mais c'est pour nous y ramener par un autre chemin. L'homme qui s'isole renonce à la jouissance de lui - même. Les sacrifices que nous faisons aux hommes, sont bien payés par leur amour. L'encens nourrit la flamme qui le consume, et la flamme développe le parfum dont il embaume l'air qui l'environne.

FRAGMENS

SUR LE STYLE[1].

Vous me demandez lequel je préfère
d'un style énergique, animé, plein de chaleur, de figures hardies, mais sans élégance
et sans correction ; ou d'un style toujours
élégant et correct, toujours clair, simple
et facile, mais sans beaucoup de chaleur et
d'énergie.

L'un frappe plus vivement la multitude ;
les hommes d'un goût délicat et exercé sont
plus touchés de l'autre, le premier représente la force, et le second la grâce. A
mesure que les hommes ont les sens plus
exercés et l'esprit plus cultivé, ils préfè-
rent en tout la grâce à la force.

Ce qui prouve la supériorité de l'élégance et de la grâce sur la force, c'est que

[1] Ces Fragmens sont extraits d'une correspondance que l'auteur entretenait avec un étranger qui
aimait notre langue et notre littérature. Ce sont des
idées qui auraient besoin d'être plus approfondies et
plus développées.

dans tous les arts celle - ci fut plus aisée
à rencontrer que la première. On trouve
plus de danseurs de corde que de Dupré et
de Vestris.

Il faut avoir un goût bien exercé, pour
sentir toute la difficulté et en même tems
tout le charme de la grâce et de l'élégance.
Tous les hommes admirent naturellement
ce qui a l'air de la force.

Dans tous les arts, les productions qui
causent un plaisir plus durable, auxquelles
on aime le mieux à revenir, sont celles où
règne la grâce. C'est ce qui fait que Virgile
et Racine sont les premiers des poëtes pour
les gens de goût; c'est ce qui fait que Raphaël est le premier des peintres ; c'est ce
qui donne aux statues antiques cette supériorité si marquée sur les productions de la
sculpture moderne, où en exagérant l'expression aux dépens de la grâce, on en diminue l'effet.

Peu d'hommes sont vivement touchés de
la grâce et du goût ; mais quand on a beaucoup réfléchi sur les productions de l'esprit, on sait combien il faut réunir de qualités rares pour être toujours juste, simple ,
clair, élégant; pour embellir sa pensée

sans la déguiser ; pour faire passer l'esprit
sans effort d'une idée à une autre par des
nuances douces et des contrastes naturels ;
pour donner à ses idées l'ordre, le degré
d'étendue et de lumière que chacune exige
pour produire l'effet qu'on se propose. Il
est bien plus aisé d'aller par élans, d'exagérer son sentiment pour outrer l'expression, de chercher des rapports éloignés et
extraordinaires, de multiplier les figures
et les comparaisons, de présenter des contrastes brusques et tranchans, etc.

Quand on écrit pour remuer la multitude, pour servir un parti, pour échauffer
lesesp rits dans une circonstance importante, il vaut mieux avoir la chaleur que la
justesse, la vigueur que la grâce ; mais il
n'y a que la justesse et le goût qui mènent
à l'immortalité.

La véhémence et l'audace éblouissent
d'abord ; mais la première impression s'af-
faiblit à la réflexion ; l'élégance et le goût
ne remuent pas fortement ; mais plus on y
revient, plus les premières impressions
acquièrent d'intérêt et de charme.

Ce jugement est celui de tous les tems.

DE L'ABANDON

DANS LE STYLE.

Cette qualité du style est plus clairement désignée par ce mot, qu'elle ne pourrait l'être par une définition ou une périphrase.

Elle exprime cette négligence, presque toujours agréable, qu'on sent dans le discours, lorsque l'orateur ou l'écrivain, vivement pénétré de ce qu'il veut dire, se laisse aller au mouvement naturel de son sentiment et de sa pensée, sans rechercher ni ses tours et ses expressions, ni la liaison et l'ordre rigoureux des idées.

Quelquefois l'*abandon* n'est que le fruit de la paresse dans ces écrivains d'une imagination mobile et d'un esprit facile, qui répandent, pour ainsi dire, leurs sentimens, et produisent sans étude leurs idées, avec les couleurs et dans l'ordre qu'elles prennent en naissant.

Le sentiment qui a conduit la plume de l'écrivain, imprime au style un caractère particulier qui réveille des impressions ana-

logues dans le lecteur sensible : par-tout
où il sent l'effort, il semble partager la
peine de l'écrivain ; il est choqué de l'affectation ; un artifice trop marqué le refroidit ;
mais la rapidité l'entraîne ; la facilité, la
négligence même lui plaisent : c'est l'effet de
la grâce, de la beauté naïve qui se montre
sans songer qu'on la regarde, et qui plaît
sans chercher à plaire. Tel est aussi l'effet
de l'*abandon* dans le style, qui est presque toujours accompagné de rapidité, de
chaleur, de précision, et souvent de grâce.
L'imagination échauffée substitue l'expression figurée au terme propre, supprime les
liaisons grammaticales qui ralentissent sa
marche, et n'enchaîne les idées que par
ces nuances imperceptibles qui les lient
dans l'esprit, au moment même où elles
naissent.

L'incorrection du style et l'incohérence
des idées sont les deux défauts qui tiennent d'ordinaire à l'*abandon* du style ; mais
quand on est bien pénétré d'une idée, dit
Voltaire, « quand un esprit juste et plein
« de chaleur possède bien sa pensée, elle
« sort de son cerveau toute ornée des ex-
« pressions convenables, comme Minerve

« sortit toute armée du cerveau de Jupiter. »

Voltaire fait sentir dans tous ses ouvrages de vers et de prose, la justesse de cette comparaison ; ils sont pleins de cet *abandon* d'entraînement et de rapidité, qui donne à son style un ton si animé et si naturel, et des couleurs si brillantes, sans désordre et sans incorrection.

On trouve le même *abandon* dans les lettres de Mme de Sévigné, et il faut convenir que le genre épistolaire est celui auquel cette qualité semble convenir davantage. C'est sur-tout dans ce sentiment inépuisable de tendresse, que ses lettres offrent mille traits de cet *abandon* aimable et piquant. Nous n'en citerons qu'un exemple.

« Ma chère fille, ce que je ferai beau-
« coup mieux que tout cela, c'est de pen-
« ser à vous : je n'ai pas encore cessé de-
« puis que je suis arrivé ; et ne pouvant
« contenir tous mes sentimens, je me suis
« mise à vous écrire au bout de cette pe-
« tite allée sombre que vous aimez, assise
« sur ce siége de mousse où je vous ai
« vue quelquefois couchée. Mais, mon dieu !
« où ne vous ai-je point vue ici ? Et de

« quelle façon toutes ces pensées me tra-
« versent - elles le cœur ? Il n'y a point
« d'endroit, point de lieu, soit dans la mai-
« son, soit dans l'église, ni dans le pays,
« ni dans le jardin, où je ne vous aie vue.
« Il n'y en a point qui ne me fasse sou-
« venir de quelque chose : de quelque ma-
« nière que ce soit, je vous vois, vous
« m'êtes présente, je pense et repense à
« tout, ma tête et mon esprit se creusent :
« mais j'ai beau tourner, j'ai beau cher-
« cher, cette chère enfant que j'aime avec
« tant de passion est à deux cents lieues
« de moi ; je ne l'ai plus : sur cela je pleure
« sans pouvoir m'en empêcher. »

Parmi nos poëtes, la Fontaine et Chaulieu sont ceux qui offrent le plus de traits
de cet *abandon*, qui n'est que l'épanche-
ment naturel d'un sentiment qui déborde.

L'épître de Chaulieu au chevalier de
Bouillon en offre un exemple charmant.
Après avoir décrit l'élysée, où il se trans-
porte en idée, il ajoute :

Ainsi , libre du joug des paniques terreurs ,
    Parmi l'émail des prairies ,
    Je promène les erreurs
    De mes douces rêveries ;

Et ne pouvant former que d'impuissans desirs,
Je sais mettre, en dépit de l'âge qui me glace,
Mes souvenirs à la place
De l'ardeur de mes plaisirs.
Avec quel contentement
Ces fontaines, ces bois où j'adorai Silvie,
Rappellent à mon cœur son amoureux tourment!

. . . .

Que de fois j'ai grossi ce ruisseau de mes larmes!
C'est sur ce lit de fleurs que le premier baiser,
Pour gage de sa foi, dissipa mes alarmes;
Et que bientôt après, vainqueur de tant de charmes,
Sous ce tilleul, au frais, je vins me reposer.
Cet arbre porte encore le tendre caractère
Des vers que je gravai pour l'aimable bergère:
Arbre, croissez, disais-je, où nos chiffres tracés
Consacrent à l'amour nos noms entrelacés.
Faites croître avec vous notre ardeur mutuelle;
Et que de si tendres amours,
Que la rigueur du sort défend d'être éternelles,
N'aient au moins de fin que la fin de nos jours.

Mais rien ne peut égaler dans ce genre
le charme de cet épilogue de la fable des
deux Pigeons, par la Fontaine, morceau
que tout homme de goût sait par cœur,
mais que personne ne me reprochera de
transcrire encore dans cet article.

Amans, heureux amans, voulez-vous voyager?
Que ce soit aux rives prochaines,
Soyez-vous l'un à l'autre un monde toujours beau,
Toujours divers, toujours nouveau:

Tenez-vous lieu de tout, comptez pour rien le reste.
J'ai quelquefois aimé : je n'aurais pas alors
    Contre le Louvre et ses trésors ,
Contre le firmament et la voûte céleste ,
    Changé les bois , changé les lieux ,
Honorés par les pas , éclairés par les yeux
    De l'aimable et jeune bergère
    Pour qui , sous le fils de Cythère ,
Je servis engagé par mes premiers sermens.
Hélas ! quand reviendront de semblables momens !
Faut-il que tant d'objets si doux et si charmans
Me laissent vivre au gré de mon ame inquiète !
Ah ! si mon cœur osait encore se renflammer !
Ne sentirai-je plus de charme qui m'arrête ?
    Ai-je passé le tems d'aimer ?

DE LA FACILITÉ.

Ce mot, comme celui de *facile* , appliqué aux ouvrages d'esprit, se prend en deux sens : il désigne ou l'aptitude de composer sans effort et en peu de tems, ou l'effet même de cette heureuse disposition. Ainsi, l'on dit la *facilité* d'Ovide, et la *facilité* de son style ; comme on dit un poëte *facile* , et un vers *facile*. Cette sorte d'extension dans certains mots est commune à toutes les langues.

La *facilité* nous plaît dans tous les ouvrages des arts, parce que indépendam-

ment du plaisir que nous recevons par les
idées et les sentimens qu'ils réveillent en
nous, nous aimons à y suivre la trace de
l'intelligence qui y a présidé, à y reconnaître le génie ou l'industrie de l'homme; et
nous admirons d'autant plus l'artiste qu'il
nous paraît avoir vaincu de plus grandes
difficultés avec plus d'aisance. De deux
sauteurs agiles celui qui fait le même tour
de force avec le moins d'effort, est celui
qui nous étonne et nous plaît davantage: il
en est de même dans les beaux arts.

Ce n'est pas tant la *facilité* que l'apparence de la *facilité* que nous aimons dans
les ouvrages de l'esprit; et il s'en faut bien
que cet air *facile* dans l'ouvrage suppose
toujours la *facilité* du travail dans celui
qui compose. Les écrivains en qui on loue
le plus la *facilité* du style, pourraient s'é-
crier avec le Guide : *O quanto è difficile
questo facile !* Plusieurs des contemporains de ce grand peintre, frappés de cette
grâce élégante, de cette liberté de pinceau
qui brille dans ses compositions, louaient
cette étonnante *facilité* comme un don particulier de la nature : le Guide s'indignait
de cette idée. « Ils ne savent pas, disait-il

« avec amertume, combien d'années j'ai
« consumées à observer la nature dans
« toutes ses richesses et ses beautés ; com-
« bien de jours j'ai passés en contempla-
« tion devant ces statues antiques, pour
« en saisir la merveilleuse harmonie ; com-
« bien de tems j'ai dérobé à la nourriture
« et au sommeil, pour acquérir ce pré-
« tendu don du ciel qui m'a coûté tant de
« veilles, d'études et de travaux ».

Quelle leçon pour cette classe d'ecri-
vains présomptueux, qui prennent pour un
rare talent la *facilité* d'exprimer des idées
communes avec une certaine médiocrité
d'élégance et de correction, soit en prose,
soit en vers ! Ils se vantent d'avoir composé
une épître en une matinée, ou une tragédie en six semaines. Il ne faut pas cesser
de leur répéter le vers du misanthrope :

Le tems ne fait rien à l'affaire.

J'y ajouterai un mot du fameux comte
de Rochester : Un poëte vint lui lire une
tragédie ; Rochester l'écouta sans donner
un signe d'approbation. *Considérez , Milord,* lui dit le poëte, *que je n'ai mis
qu'un mois à la faire. — Comment diable*

avez-vous pu y mettre tant de tems ? lui répondit le comte.

La *facilité* de composer et d'écrire n'est donc une qualité précieuse que lorsqu'elle est jointe à un esprit supérieur, à un vrai talent ; et alors elle imprime au style un caractère de liberté, de rapidité, de grâce, qui a un grand charme pour les gens de goût.

L'air de contrainte et d'effort qui se fait sentir dans un ouvrage, semble faire partager au lecteur la peine qu'a dû éprouver l'auteur en le composant. C'est un effet de cet instinct de sympathie qui nous associe à tous les sentimens qu'éprouvent nos semblables, et qui joue un si grand rôle dans le systême des affections humaines. Nous ressemblons tous plus ou moins à ce sibarite qui suait à grosses gouttes en voyant ramer un matelot. On montrait à un évêque de Lisieux un nouvel écrit de Balzac : *Cela est beau,* dit le prélat, *mais pas assez pour la peine que cela a dû lui coûter : si j'étais à sa place, je choisirais quelqu'autre emploi pour le service de mon prochain, je ne croirais pas que dieu exigeât de moi celui-la.*

Si la *facilité* est agréable dans toute espèce de composition, elle est pour ainsi dire essentielle aux petits ouvrages qui ne demandent ni un plan méthodique, ni une précision rigoureuse dans les idées, ni une correction sévère dans le style, comme les épîtres, les lettres, les madrigaux, etc.

Le défaut qui accompagne souvent la *facilité* est la négligence ; elle ne choque pas, lorsqu'elle est l'effet de cet abandon de l'esprit, qui se laisse entraîner au mouvement naturel des sentimens et des idées. Mais il ne faut pas croire, comme beaucoup de jeunes écrivains, que la négligence soit un mérite ; on la pardonne, mais il ne faut pas en faire un objet d'éloge. Il y a peu de négligences heureuses, et toute négligence est toujours un défaut.

DE L'ALLITERATION.

On donne ce nom à une figure de langage, qui consiste dans le jeu où la répétition affectée des mêmes lettres ou des mêmes syllabes, soit au commencement, soit au milieu des mots qui composent un

vers ou une période. Les grammairiens
latins l'appelaient aussi *annomination*.

Cet artifice n'a d'autre effet en général
que de réveiller ou de fixer davantage l'attention par la répétition de la même arti-
culation ou de la même voix : mais la force
ou la vivacité des impressions en tout genre
que notre ame reçoit, est toujours proportionnée au degré d'attention qu'elle donne
à ses sensations. Les effets de l'*allitération*
résultent précisément du même principe
que ceux de la rime, qui n'est pas une invention barbare, comme on l'a dit, mais
qui tient à un instinct de nature très-uni-
versel. Ce n'est point ici le lieu de développer ce principe.

Les anciens ont fait plus d'usage de l'*allitération* que les modernes, parce qu'en
tout ils étaient plus sensibles à tous les effets de la partie matérielle du langage : on
en trouve des exemples dans Homère et
dans quelques auteurs grecs ; mais les exemples seront plus sensibles dans les auteurs
latins.

L'*allitération* est portée jusqu'à une puérile exagération dans ce vers d'Ennius :

O tite, tute, tati, tibi tanta, tyranne, tulisti.

Ce concours des mêmes lettres doit être employé avec beaucoup moins d'affectation pour produire un bon effet.

L'artifice est moins sensible et plus agréable dans ces vers de Lucrèce. (Lib. 3, v. 18. 22).

Apparet divûm numen , sedesque quietœ ,
Quas neque concutiunt venti , neque nubila nimbis
Adspergunt , neque nix acri concreta pruinâ
Cana cadens , violat , etc.

Virgile lui - même n'a pas négligé cet artifice ; mais il l'emploie avec ce goût sage et pur qui caractérise tout ce qu'il nous a laissé. Voyez ces vers :

Totaque thuriferis panchaïa pinguis arenis.
Et sola in siccâ secum spatiâtur arenâ.
Stat sonipes , ac frœna ferox spumantia mandit :
        Sœva sedens super arma.
        Longè sale saxa sonabant.
    Magno misceri murmure pontum.

On en citerait une foule d'autres exemples. On en trouve aussi dans les écrivains en prose, dans Cicéron sur-tout, qui connaissait si bien tous les secrets de l'élocution. *Nulla res ,* dit-il dans son Brutus , *magis penetrat in animos , eosque* fingit , format, flectit. Il ne faut pas croire que ces trois derniers mots, commençant par la

même lettre, se soient présentés d'eux-
mêmes à l'esprit de l'écrivain.

L'*allitération* est sensible dans ce passage connu de Cicéron, *effugit*, *evasit*,
erupit; ainsi que dans la lettre célèbre de
César, *veni*, *vidi*, *vici;* mais comme dans
chacun de ces deux passages les mots se
terminent par les mêmes sons en même
tems qu'ils commencent par les mêmes lettres, l'effet est composé de celui de l'*allitération*, et de celui de la rime.

Quelquefois la répétition de la même
lettre concourt à l'imitation physique des
objets; alors ce n'est plus une simple *allitération*, mais une *onomatopée*, comme
dans ce vers de l'*Enéide* :

Luctantes ventos tempestatesque sonoras ;

Dans celui-ci d'*Andromaque* :

Pour qui sont ces serpens qui sifflent sur vos têtes.

Et dans ces vers du nouveau poëme *des
Jardins*, dont M. l'abbé de Lille vient d'en-
richir la poésie et la langue française, et qui
le place au rang de nos plus grands poëtes :

Soit que sur *le limon* une rivière *lente*
Déroule en paix *les plis* de son onde indo*lente*;
Soit qu'à *travers* les *rocs* un *torrent* en cou*rrous*
Se *brise* avec *fracas*.

Dans les siècles gothiques, les poëtes faisaient un grand usage de l'*allitération*, et y attachaient un grand prix. Giraldus Cambrensis, qui a donné dans le seizième siècle une description du pays de Galles, dit que les écrivains de son tems regardaient comme inculte et barbare tout ouvrage où ne brillait pas cet ornement du discours : *Adeò ut nihil ab his eleganter dictum, nullum nisi rude et agreste censeatur eloquium, si non schematis hujus l.mâ planè fuerit expolitum.* C'est dans ce même tems qu'on écrivait des poëmes où chaque vers, et même où chaque mot commençait par la même lettre : c'était le règne des acrostiches. Dans les tems où l'esprit et le goût sont encore encroutés de barbarie, ces artifices matériels sont recherchés et goûtés, comme les ornemens déchiquetés de l'architecture gothique. Les progrès du goût ont appris à mépriser ces recherches puériles, et à n'estimer les figures purement matérielles de l'élocution, qu'autant qu'elles concourent à l'harmonie imitative, ou qu'elles servent à donner plus de trait et de saillie à la pensée ; et l'on ne peut nier que l'*allitération*, employée avec goût et avec sobriété, ne produise souvent cet effet. *Je m'instruis mieux*, dit Montaigne, *par fuite que par suite*. On remarque dans ce grand écrivain un grand nombre de ces oppositions de mots: Pasquier les emploie avec plus d'affectation encore. On trouve dans ses ouvrages, *harasser et terrasser l'autorité, avoir loi et loisir; au lieu de réformer, difformer*. Le bon goût n'a pas proscrit ces combinaisons verbales, particulièrement désignées chez les grecs par le nom de *paronomase* ou celui de *parechesis;* mais il en a fort restreint l'usage. Les meilleurs ouvrages modernes en offrent peu d'exemples.

S.

DU TUTOIEMENT.

J'ai lu ce qu'on a écrit pour et contre le *tutoiement*, et il m'a paru qu'on avait traité ce sujet beaucoup trop légèrement, qu'on n'avait pas été assez frappé des conséquences, et que les moyens de défense n'avaient pas été plus solides que les objections n'avaient été péremptoires.

On a répété que parler à une personne

comme s'il y en avait deux ou plusieurs, était ridicule. Ne l'est-il pas davantage de s'écarter d'un usage introduit dans toutes les langues modernes et consacré par tant de siècles ?

On nous a appris que les grecs et les romains tutoyaient ; ce qui est aussi vrai qu'indifférent à la discussion : l'esprit de leur langue n'est pas celui de la nôtre. On sait que les langues n'emploient pas les mêmes signes pour marquer les mêmes rapports ; que le tutoiement des anciens ne présentait aucune idée de familiarité ; et parce que *le latin dans les mots brave l'honnêteté*, faut-il en conclure qu'un auteur français peut se servir de termes obscènes, et que son lecteur doit le supporter ?

On a cité Condillac qui fait remarquer à son élève la bizarrerie du pluriel mis à la place du singulier. Mais il appelait cet élève *monseigneur* ; il lui disait *vous* et non pas *tu*. Comme grammairien, il relevait la faute, et comme philosophe, il se conformait à l'usage.

On nomme aussi Voltaire qui a indiqué cette même singularité ; mais il ne l'a pas

interdite; et le plus poli des écrivains, celui
qui a le mieux senti le prix des convenances,
qui s'est constamment montré observateur
scrupuleux des formules les plus différentes, qui a cru devoir les retenir lorsque l'on commençait à les négliger, aurait
certainement été indigné de notre inno-
vation [1].

Fontenelle, qui n'aimait pas plus qu'un
autre les sollécismes, mais qui aimait beaucoup la raison, a déclaré que le tutoiement
était choquant.

Et que l'on ne croie pas qu'il s'agisse
simplement de substituer un mode de langage à un autre. Il y a ici un rapport bien
autrement important, c'est celui de la morale, sous lequel il faut envisager la question. On a prétendu que le tutoiement
convenait à la franchise républicaine. Mais
les cantons démocratiques de la Suisse ne
l'emploient pas; mais est-il plus difficile
d'être franc lorsque l'on est décent, que
lorsqu'on est grossier? Mais à supposer que
ce soit ainsi que doit parler un républi-

---

[1] Ce morceau a été écrit à l'époque de la révolution, où le tutoiement était devenu un symbole de
patriotisme.

cain, ne faudrait-il pas en prendre les
mœurs avant d'en adopter les formes, et
n'y a-t-il rien de choquant à entendre le
sybarite contrefaire le spartiate ?

Des novateurs ardens, prenant des fantaisies puériles pour des inspirations sages,
ont compris indistinctement dans leurs violentes réformes, et des coutumes qui tenaient
à des abus qu'il fallait proscrire, et des habitudes qui se liaient à des qualités trop parfaitement assorties au caractère national,
pour ne pas mériter d'être conservées. Ils
n'ont pas vu que l'antique usage qu'ils veulent supprimer s'unit à des vertus douces,
à des sentimens précieux et aux gradations
de l'ordre social. Ils n'ont pas vu que le tutoiement est parmi nous l'effet et la preuve
d'une excessive familiarité ; qu'on ne pouvait le rendre général sans affaiblir le respect des enfans pour les pères, la considération des jeunes gens pour les vieillards,
la soumission des gouvernés pour les gou-
vernans ; que l'on augmenterait l'effronterie
d'un sexe et que l'on diminuerait la modestie de l'autre. Qui peut en effet entendre,
sans souffrir, un libertin hardi tutoyer une
vierge timide ? Qui ne serait pas révolté de

voir traiter avec ce défaut d'égards un député, c'est-à-dire, un homme revêtu de la
fonction la plus auguste, et que tout un
peuple, dont il est l'organe, a investi de la
plénitude de sa puissance? Ou je me trompe
fort, ou ce n'est pas de cette manière que
peut se composer la dignité qui doit envi-
ronner la représentation nationale, et que
l'on parviendra à inspirer le respect qu'on
doit lui porter.

Il est encore évident que lorsque l'on
tutoie, les disputes sont plus vives, les
injures plus promptes, l'oubli des bienséances plus fréquent.

Je crains bien que ce ne soit là une de
ces fausses interprétations si nombreuses
du principe de l'égalité, qui sûrement est
inapplicable à des relations forcément iné-
gales par la nature, l'âge, le sexe et l'autorité.

Il ne faut pas même espérer le léger
avantage de mortifier la vanité. On connaît
la conversation de deux Grands d'Espagne,
dont l'un, fier de ses aïeux, donnait toujours
à l'autre un titre différent de celui qu'il en
recevait, et souvent même plus éminent.
Interrogé sur son motif, il répondit : *Le*

titre m'est égal, pourvu qu'il ne me soit pas commun avec lui. L'aristocratie saura de même, par un habile emploi des *vous* et des *tu ,* se soustraire à toute parité.

Abandonnons donc le tutoiement, qui, sans aucune utilité, présente des inconvéniens si graves; réservons-le seulement comme signe de la mutuelle affection de deux époux, comme l'expression du contentement des pères et mères pour leurs enfans, comme le gage d'une parfaite intelligence dans les familles, comme la preuve qu'entre deux vrais amis l'un n'a rien qui ne soit à l'autre ; réservons - le encore et nécessairement pour la passion la plus tyrannique, qui n'a que des sen imens exclusifs, qui veut toutes les préférences, recherche toutes les exceptions, et produit un tel degré d'illusion, que deux êtres croient n'avoir plus qu'une même ame et qu'une seule existence.

OBSERVATIONS *sur le même sujet.*

Je crois devoir ajouter ici quelques mots sur l'opinion trop affirmative où l'on est, que les grecs et les romains n'ont jamais

connu cet usage de parler à une seule
personne, comme s'il y en avait plusieurs.
Cet usage se remarque en cent endroits des
meilleurs écrivains. Les lettres de Cicéron
sont pleines de *nos*, employés pour *me*. Je
suis persuadé que dans une des harangues
de ce grand orateur, où il s'adresse à César
ou à Pompée, il se sert de *vos* ou *vestrum*,
au lieu de *te* ou *tuum*, comme d'une formule qui marque plus de respect.

Il y a quelque part dans Térence, *ape-
rite aliquis ostium*, pour *aperi*. Dans un
autre endroit il fait dire à un de ses personnages, *absente nobis*, pour *absente
me*, pendant mon absence. Ce n'est pas ici
le lieu d'accumuler des passages grecs et
latins ; car je crois aussi que les grecs emploient quelquefois le *nous* pour le *moi*.
Cet usage n'a pas une origine aussi barbare
qu'on le croit communément.

Je dirai encore que ce n'est pas s'exprimer exactement que de dire que les anciens *tutoyaient*. Ce mot dans notre langue
emporte toujours une idée de familiarité,
soit par supériorité, soit par affection,
attachée à l'emploi du *tu* ; au lieu que
les anciens n'ayant que cette manière de

parler, en s'adressant à une seule personne,
il ne s'y joignait aucune idée de familiarité.
On ne peut donc pas dire que Cicéron tu-
toyait César, quand il lui disait : *nihil obli-
visci soles nisi injurias ;* tu n'oublies rien,
excepté les injures.

Les idées accessoires qui tiennent à l'emploi du *vous* et du *toi*, ont introduit dans
nos mœurs, par le moyen du langage, une
variété de nuances qui entrent dans cette
législation des manières, dont Montesquieu
a le premier fait sentir les rapports politiques, et dont nos augustes novateurs n'ont
pas même soupçonné l'existence. Les idées
de convenances diverses, attachées au *tu*
et au *vous*, y tiennent par une force plus
puissante que tous les décrets du monde ;
et si vous parveniez à force de contrainte
et de tems à rendre parmi nous le *tutoiement* exclusif, non-seulement vous atta-
queriez à sa source cette politesse de ton
et de manières qui distinguait autrefois le
caractère national ; mais vous détruiriez
encore une foule de beautés et de finesses
que les bienséances de notre langue ont
répandues dans nos meilleurs ouvrages.

Dans la plupart de nos pièces de théâtre

le dialogue serait privé d'une infinité de nuances délicates qui donnent de la vérité aux peintures des mœurs, et même à celles des passions. Les exemples tirés de nos meilleures comédies seraient innombrables ; je n'en citerai qu'un de nos tragédies. Lorsque dans *Zaïre*, Orosmane persuadé que sa maîtresse le trahit, veut lui arracher du moins l'aveu de sa faute, voyez l'effet passionné et vrai qui résulte de ce changement subit du *vous* en *tu*.

Jugez-vous ; répondez avec la vérité
Que vous devez du moins à ma sincérité :
Si de quelqu'autre amour l'invincible puissance
L'emporte sur mes soins, ou même les balance,
Il faut me l'avouer, et dans ce même instant
Ta grace est dans mon cœur ; prononce, elle t'attend.
Sacrifie à ma foi l'insolent qui t'adore, etc.

Si le tutoiement s'établissait indistinctement dans notre langue, que deviendrait la grâce originale de cette épître charmante de Voltaire, connue sous les noms des *tu* et des *vous ?* au bout de vingt ans elle serait inintelligible pour le commun des hommes, et ne paraîtrait plus aux autres qu'une affectation de mauvais goût.

Ce large suisse à cheveux blancs
Qui ment sans cesse à votre porte,

Philis, est l'image du tems :
On dirait qu'il chasse l'escorte
Des grâces, des jeux et des ris.
Hélas ! je les ai vus jadis
Entrer chez toi par la fenêtre,
Et se jouer dans ton taudis.

Il faudrait aussi jeter au feu la petite épître de Voltaire, à M. de Cideville : quoiqu'elle n'ait pas, à beaucoup près, l'originalité, la variété et le fini des *tu* et des *vous*, on y trouve toujours cette facilité agréable et piquante qui caractérise les pièces fugitives de ce grand poëte.

S.

LETTRE

D'UN BORDELAIS A PARIS,

A SON AMI A BORDEAUX.

————

Vous voulez, mon ami, que je vous donne des nouvelles de Paris, c'est-à-dire, que je vous parle de la société, des spectacles, des hommes et des femmes. La société change de face à chaque saison ; une pièce de théâtre qui réussit se joue jusqu'à trois fois ; les hommes s'occupent de leurs collets et de leurs pantalons, les femmes de vers et de prose ; plusieurs même font des romans, écrivent dans les journaux, discutent dans les salons. La première chose que vous demande une femme d'esprit, c'est si vous avez lu *Attala*, et ce que vous pensez du *discours du missionnaire*. Une femme a dernièrement écrit contre les femmes qui écrivent dans un autre genre que le sien ; une autre femme a repris celle-ci en l'accusant de plagiat. La guerre se

déclare ; les voilà auteurs dans les formes,
et bientôt on ne sera pas plus étonné de
ce qu'une femme fait des livres que de ce
qu'elle fait des enfans. Est - ce un bien,
est-ce un mal, se demande-t-on sans cesse ?
moi je trouve cela tout naturel. De quoi
veut-on qu'elles s'occupent ? de leur toilette ? le sujet est bien borné. Moins de
vêtemens, plus de parure, voilà la règle ;
il ne faut pas beaucoup de réflexions pour
la comprendre, ni de tems pour s'y con-
former. — D'intrigues d'amour ? Ah ! mon
ami, de nos jours le misérable passe - tems
qu'une intrigue ! C'était autrefois l'affaire
de la vie d'une femme ; je défie qu'à présent elle y trouve l'emploi de plus d'une
heure de sa journée. Rien de plus libre que
les entrées, de plus simple que la sortie,
de moins mystérieux que les rencontres ;
point de précautions à prendre ; point de
craintes à concevoir ; de là un sujet de conversation absolument nul ; et le tête-à-tête
le plus tendre, raccourci au moins d'un
tiers. Voulait-on autrefois se retrouver au
spectacle, que de conventions à faire, de
combinaisons à former ? il ne s'agit plus
maintenant que de louer une loge, ce qui est

plus commode et sans doute bien plutôt
fait. Plus de tracasseries de société, de ces
anecdotes si secrètes pendant deux jours,
jusqu'à ce qu'elles fussent publiques le troisième ; rien à s'apprendre, rien à se confier ; une nouvelle du jour dont on parle
par embarras de se taire, une visite qu'on
prolonge par embarras de la finir. Pendant
ce tems-là on calcule ; la bienséance exigeait encore quelques instans, et comme
de coutume, on accorde à la bienséance
la moitié de ce qu'elle demande. Joignez
à cela ce qu'on gagne d'ailleurs sur les
momens de trouble, d'inquiétude, d'attente,
qui à la vérité n'étaient pas perdus pour
tout le monde ; sur les longues rêveries du
jour et les mauvais rêves de la nuit ; et
vous verrez que, dans l'arrangement de
sa vie, une femme ne peut plus regarder
l'amour, ou, ce qui est à-peu-près la même
chose, la galanterie, que comme un accessoire.

Toutes n'ont pas eu recours aux mêmes
moyens pour y suppléer. Madame du S...
a pris en main la gestion des affaires de son
mari ; de plus, elle suit le procès de sa
sœur, sollicite le congé de son neveu,

et s'est chargée hier d'une pétition à présenter au ministre pour l'ami de la belle-
sœur de son cousin : il faut bien s'amuser
à quelque chose. Elle a fait son ancien
cocher commis au *droit de passe*, et
son vieux portier va obtenir pour retraite
une place de garçon de bureau. Une de
ses qualités les plus marquantes est de
savoir forcer la porte d'un chef de bureau,
faire cent lieues toute seule par la diligence,
et courir les rues de Paris à pied, quelque
tems qu'il fasse et à quelque heure que ce
soit. Elle ne craint ni la pluie ni le hâle,
et les voleurs pas plus que les insolens.
Mon ami, ces femmes-là me font peur
à moi.

Madame de G.... vient d'arriver de la
campagne, où elle avait habité depuis son
mariage. On ne parle que d'elle, on ne voit
qu'elle, on n'entend qu'elle. Son abord est
plus rassurant qu'obligeant ; les hommes la
trouvent bonne personne : c'est qu'ils son-
gent moins aux frais qu'elle fait pour eux,
qu'à ceux dont elle les dispense à son
égard.

Adieu, mon ami. L.... vient d'acheter
une terre à douze lieues de Paris ; il y va

faire un superbe établissement de chasse ;
on y jouera un jeu d'enfer. C'est là que je
compte passer l'été et l'automne. Tous nos
amis, qui dînent une fois par semaine
chez D...., se réunissent pour vous prier
de lui envoyer le meilleur vin de vos
cantons, etc.

P.

DE MIRABEAU.

I L y avait quatre mois que Mirabeau avait
été dénoncé au peuple comme un traître à
la liberté; et le peuple, aveugle instrument
de passions dont il n'a pas le secret, était
tout prêt à traiter comme un ennemi de la
liberté celui qui en avait été le plus puissant défenseur. *Je sais*, dit alors Mirabeau
à la tribune, *qu'il n'y a pas loin du Capitole à la roche Tarpeïenne.*

Il tombe malade. Au bruit de son danger,
ce même peuple s'émeut, entoure sa maison
le jour et la nuit; la crainte, le soupçon
l'agitent; il attache à la vie d'un homme le
destin de l'empire.

Mirabeau meurt : les voix de tous les
partis s'unissent à la voix de la multitude,
pour faire rendre à ses cendres des honneurs extraordinaires.

Entre ces deux momens si diversement
marqués, qu'était-il donc arrivé qui eût
pu transformer en un enthousiasme peut-
être exagéré, une défiance certainement
injuste? Mirabeau s'était-il montré plus
éloquent? Avait-il sauvé la république d'un

péril imminent ? Non ; mais des hommes
de parti abusaient d'une popularité qui n'é-
tait fondée ni sur des talens, ni sur des
vertus, et Mirabeau avait reconquis la
faveur populaire, en contribuant plus que
tout autre à la leur faire perdre.

Le peuple, qui aime également à se faire
des idoles et à les briser, vit en ce moment
Mirabeau comme l'Hercule de la révolution. Parmi les amis de la liberté publique,
il avait des enthousiastes qui regrettaient
en lui l'Achille du parti ; il avait aussi des
ennemis ; les uns plus éclairés, voyant leur
salut attaché au succès de la révolution, ne
pouvaient se dissimuler de quel poids était
son talent dans la cause populaire ; les
autres, dominés par la jalousie et la haine,
charmés d'un côté d'être délivrés d'un rival
qui contrariait leurs vues en écrasant leur
amour-propre, désolés en même-tems de
cet enthousiasme public, qui a couvert ses
derniers momens d'une gloire à laquelle ils
ne pouvaient aspirer, dissimulaient mal ces
deux sentimens divers en se mêlant malgré
eux aux hommages que leur commandait
l'impulsion générale.

Quant aux ennemis de la révolution, les

uns ont vu, dans la perte de cet homme qui
leur avait fait tant de mal, un contre-poids
de moins à un parti qu'ils haïssaient et crai-
gnaient encore davantage : les autres, peut-
être plus habiles, ne virent tout simplement
qu'un redoutable adversaire de moins à
combattre.

Le succès de la révolution ne tenait ni
au génie d'un homme, ni aux intrigues
d'un autre ; aucun ne l'a dirigée ; aucun ne
pouvait la renverser. Qui oserait cependant
borner l'influence qu'aurait pu avoir un
talent comme celui de Mirabeau, pour arrêter une résolution dangereuse, pour déterminer un parti salutaire ?

Elevé à la véritable école des hommes
supérieurs, il avait su tirer parti de ses malheurs et de ses fautes. Il avait appris dans
les fers à aimer la liberté ; l'activité de son
esprit s'était fortifiée de l'énergie de ses
passions ; porté par la nécessité dans des
pays divers, il y avait observé les hommes
et les choses ; ses idées, mûries par la méditation, s'étaient étendues par la lecture
et l'étude. Aussi dans l'Assemblée nationale, peu d'hommes ont montré, en traitant
les plus grandes questions, des principes

de gouvernement aussi sains et aussi éten-
dus, lorsque cette puérile émulation de
popularité, qui a si souvent égaré les opinions, ne l'a pas jeté lui-même hors des
voies naturelles de son esprit.

On peut croire que si, pour détruire, il a
pu se mêler dans la tourbe des factieux, il
se serait toujours élevé au-dessus d'eux
pour édifier. Il avait ce sentiment de
lui-même. *Des pygmées sont bons pour
abattre*, disait-il la veille de sa mort; *mais
il faut des hommes pour reconstruire, et
nous n'en avons pas.*

Il était un de ces hommes, attaché par
principes à la monarchie, comme au seul
gouvernement qui convînt à un vaste empire couvert de vingt-cinq millions d'hommes, et tout imprégné, depuis dix siècles,
de sentimens, de préjugés et d'habitudes
monarchiques; il repoussa constamment ces
idées de démocratie que des novateurs
ignorans répandaient par des vues particulières, et que des esprits faibles, plus ignorans encore, appuyaient sans savoir pourquoi. Il faut en effet n'avoir aucune idée de
la nature de l'homme et de son histoire, pour
imaginer qu'on puisse aisément greffer des

plants exotiques de démocratie sur les racines profondes d'une vieille monarchie.

Les esprits supérieurs sont presque toujours aussi de bons esprits ; on voit mal ,
parce qu'on a la vue courte. La grandeur
de l'esprit porte naturellement au-delà de
l'erreur.

Dans les momens les plus orageux de la
révolution , Mirabeau semblait la soutenir seul par son audace et ses ressources.
Lorsque la diversité des vues et des craintes
ébranlait les courages , divisait les pensées ,
balançait les résolutions, il montait à la tribune , et l'indécision commençait à se fixer ;
toutes les attentions allaient au-devant de
sa parole ; il parlait et frappait au but; il
avait soulagé tous les esprits par les ressources du sien, et personne ne croyait
avoir droit de s'étonner de n'avoir pas
trouvé ce que Mirabeau avait conçu. Il est
des talens extraordinaires qui possèdent
par leur perfection même une simplicité ,
une facilité , dont l'illusion est de laisser
croire qu'on aurait trouvé aisément les plus
beaux traits qu'ils produisent. Le caractère
le plus marqué du talent de Mirabeau était
l'éclat et la force ; il soutenait l'attention

par une élocution magnifique et figurée ; il
frappait l'imagination par des coups de
lumière inattendus ; mais les émotions qui
en résultaient étaient toujours mêlées à de
l'étonnement.

Le jour où la loi du comité sur les émigrans fut discutée, les différens orateurs
avaient épuisé leurs moyens, et cependant
la question était restée entière ; tous les
yeux semblaient chercher Mirabeau ; tous
les esprits semblaient avoir besoin de trouver de nouvelles idées dans le sien. Mirabeau arrive de la campagne ; il paraît au
milieu de cette turbulente agitation des
passions, qu'il ne partage point. Il monte
à la tribune avec ce calme imposant qui
sied si bien à un esprit dominateur. Il lit le
fragment d'une lettre qu'il avait adressée
autrefois à un jeune despote du nord. On
l'écoute avec ce silence recueilli, troublé
seulement par le murmure de l'admiration
qui craint d'interrompre celui qui la cause.
La lecture n'était pas achevée, que la question était jugée. Comme il fut grand ce
jour-là ! comme toutes ses répliques furent
vives et brillantes ! comme il abaissa la faction républicaine ! De quel ton supérieur

il imposa silence aux trente voix ! Rarement
j'ai été plus ému qu'à cette séance. Comment se fait-il que dans ces développemens
du génie et du talent, où les affections ne
semblent avoir aucune part, l'ame se pas-
sionne cependant et mêle de vives émotions
aux jouissances de l'esprit ! Jamais je n'ai
été frappé de ces grandes idées qui élèvent
ma pensée et semblent reculer les bornes
de son horizon, que je n'aie senti mon cœur
palpiter avec délices.

Oh ! qu'on aurait besoin, en déplorant la
perte d'un si rare talent, d'avoir aussi à
pleurer des vertus ! ce qui manque à là
douleur est plus pénible encore que ce qui
la cause. Depuis ce matin, uniquement
occupé de la mort de Mirabeau, je me suis
étonné, je dirai plus, je me suis accusé de
ma douleur. Une voix intérieure me disait :
Quels hommages sont donc réservés aux
ames vraiment grandes qui ont honoré
l'humanité par leurs vertus en l'éclairant
par leurs talens ?

J'entends parler de ces magnifiques obsèques, de ce concours tumultueux d'un
peuple immense, empressé de voir son
convoi ; la présence de l'Assemblée natio-

nale, des ministres du roi, des corps administratifs ; ces détachemens nombreux de
tous les corps de milice, l'appareil des cérémonies religieuses animé par une musique militaire et lugubre ; tout concourait
à rendre ce spectacle auguste et solemnel ;
mais il y manquait, dit-on, ce qui aurait
pu le rendre touchant : *tout y était hors la
douleur.* Je me suis réjoui de ces honneurs
publics rendus à un grand talent qui a
rendu de grands services publics ; mais je
me suis rappelé le tableau sublime que fait
Tacite de la mort de Germanicus : cette
douleur universelle et sans faste [1], qui sans
montrer au-dehors l'appareil du deuil, n'en
pénètre que plus avant au fond des cœurs ;
et ce *vaste silence* qui fait de Rome comme
une solitude, et qui n'est interrompu que
par de tristes gémissemens ; et les places
publiques désertes, les travaux suspendus,
les théâtres fermés sans l'ordre des magis-

---

[1] *Quanquam insignibus lugentium abstinerent,
altiùs animis mœrebant. — Dies... modò per silentium vastus, modò ploratibus inquies. — Funus
sine imaginibus et pompâ, per laudes ac memoriam virtutum ejus celebre fuit.* Tacite, Annal,
l. II et III.

trats, sans la tyrannie de la populace ; et
ces *funérailles sans ornemens et sans
pompe, qui ne sont relevées que par le
souvenir et l'éloge des vertus de Germanicus.* Je n'ai osé me demander où était la
gloire.

Ah ! s'il est vrai que les qualités de l'ame
trouvent en général leurs bornes dans celles
de l'esprit, et que suivant l'observation ingénieuse de Duclos, *on ne puisse avoir que
les vertus de son esprit,* pourquoi Mirabeau n'a-t-il pas eu toutes les vertus du
sien ?

Il aima passionnément la gloire ; il la
voulait brillante ; mais il sentait qu'il ne
pouvait l'obtenir pure et sans tache. Ce
sentiment empoisonna ses succès. Quelques jours avant de tomber malade, il dit
à un de ses plus estimables collègues : *Il
me faudrait encore deux ans pour expier
l'immoralité de ma jeunesse, si toutefois
cela est possible.* Par un mouvement plus
noble encore, il avait dit il y a plusieurs
mois : *Ah! que ma vie passée nuira à la
chose publique !*

Je relis avec plaisir cette phrase du bel
éloge que M. Garat a fait de son collègue

dans le *Journal de Paris :* « Il est impos-
« sible de l'avoir vu quelquefois dans cette
« familiarité où les voiles tombent, et de
« n'avoir pas aperçu en lui beaucoup de
« ces mouvemens d'ame dont il est facile
« de faire des vertus. » Il y a là un coup-
d'œil philosophique qui m'éclaire, et un
sentiment de philantropie qui me plaît. J'en
trouve l'application dans les derniers momens de Mirabeau. Il y montre de la douceur, de la sensibilité, de la bonté. Il ne
s'occupe que du soin de faire du bien à
ceux qui l'avaient servi, et il sait jouir encore du bonheur d'être aimé. Je ne parle
pas de son courage; on en a toujours
quand on meurt sur le théâtre, soutenu par
l'intérêt d'une grande nation, par les regards pour ainsi dire de l'univers. Celui
qui a quelque énergie dans l'ame a toujours
le courage de la nécessité; et celui qui a
consumé sa vie à tâcher de captiver l'opinion des hommes, ne renonce pas à cette
brillante illusion, au moment où tout ce
qu'il y a de réel au monde lui échappe. Il
y a d'ailleurs un grand principe de force
dans ce sentiment intérieur qui fait dire à
Mirabeau, entendant un coup de canon :

*Est-ce là le signal des funérailles d'A-
chille?* Mais combien je suis plus ému de
ce courage calme et touchant qui se montre
au moment où l'espérance elle - même a
disparu; lorsque s'entourant alors de sensations agréables et de sentimens doux, il
fait écarter de lui tout ce qui peut blesser
l'imagination et les sens; il veut qu'on par-
fume sa chambre et qu'on y apporte des
fleurs, et ne songe plus qu'à attendre le
sommeil de la mort, à côté de ses amis,
touchant leurs mains, et entendant encore
les sons consolateurs de leur voix. Non ;
l'homme qui sentit vivement la reconnaissance, l'amitié, la liberté, n'eut point un
cœur méchant. Serait-ce donc outrager la
vertu, serait-ce composer avec la morale,
que d'aimer à penser que si Mirabeau eut
des mœurs corrompues et souilla sa vie par
des actions coupables, il y fut entraîné
plutôt par des passions ardentes et des circonstances impérieuses, que par un naturel
vicieux ?

Terminons cet écrit par une citation de
Mirabeau lui-même, qui donnera plus de
poids à son apologie que toutes nos réflexions; elle est tirée de la première pro-

duction de sa plume, du livre sur les
Lettres de cachet. On y reconnaîtra le caractère de son talent dans ses plus beaux
ouvrages, et une sensibilité qu'il n'a guère
eu l'occasion de développer dans les autres.

« Le geolier qui présenta de la cigue au
plus grand des grecs, détourna la tête et
pleura. Etait-ce la magnanimité du philosophe ou le spectacle de l'innocence souf-
frante et patiente, qui arrachait des larmes
à ce satellite de la tyrannie? Non, des vertus
si hautes n'étaient point à sa portée... C'était
la pitié naturelle aux humains à l'aspect d'un
malheureux, qui agissait sur lui... Voyez, dit
Socrate, le bon cœur de cet homme pendant ma prison ; il m'est venu voir souvent :
il vaut mieux que tous les autres... O vous!
qui prenez sans frémir un ministère à-peu-
près pareil, obéissez à vos commettans ;
mais à leurs cruautés ne mêlez point les
vôtres : ne repoussez pas toujours la nature :
rampez puisque vous êtes esclaves ; soyez
pitoyables, puisque vous êtes humains. »

« Et vous, mon fils! que je n'ai point embrassé depuis le berceau ; vous dont j'ar-
rosai de larmes les lèvres agonissantes le
jour même où je fus arrêté, avec un serre-

ment de cœur qui m'annonçait que je ne
vous reverrais pas : j'ai peu de droits sur
votre tendresse, puisque je n'ai rien fait
pour votre éducation ni pour votre bonheur. On m'a arraché à ces douces jouissances : ainsi vous ne savez pas si j'aurais
été un bon père. N'importe ; vous vous
devez à vous-même, et vous devez à vos
enfans de respecter ma mémoire. Quand
vous lirez ceci, je ne serai probablement
plus ; mais vous trouverez dans cet ouvrage
ce qui de moi fut estimable, mon amour
pour la vérité et la justice, ma haine pour
l'adulation et la tyrannie. O mon fils ! gardez-
vous des défauts de votre père, et que ses
fautes vous servent de leçons : gardez-vous
des excès de cette sensibilité brûlante qui
fit sa félicité, mais aussi son infortune, et
dont il a peut-être mis le germe dans votre
sang. Mais imitez son courage : livrez une
guerre éternelle au despotisme. Ah ! si vous
devez jamais être capable de le ménager,
de le flatter, de l'invoquer, de le servir,
puisse la mort vous moissonner avant l'âge!...
Oui, c'est d'une voix ferme que je profère
ce vœu terrible.... »

S.

DE L'EXAGERATION.

Je viens de lire dans un journal une assertion qui a indigné toute la bonne compagnie.

L'exagération, dit-on, est la rhétorique des esprits faibles et la logique des esprits faux.

Je ne m'arrêterai pas sur la logique : ayant remarqué qu'elle desséchait le discours, gênait la conduite, et exigeait un accord trop difficile entre ce que l'on dit et ce que l'on fait, j'y ai renoncé de très-bonne heure ; et lorsqu'il est évident que les opinions, les écrits et les hommes qui en ont le moins réussissent le mieux, je ne m'aviserai ni de m'en servir ni de la défendre.

Pour la rhétorique, qui est de tous les tems, de tous les lieux, de toutes les circonstances, je ne puis l'abandonner et consentir à laisser mettre en axiôme cette grossière erreur, que *l'exagération est la rhétorique des esprits faibles.*

C'est sur-tout *l'exagération* que je

veux venger du dénigrement de quelques
gens froids, qui ne déclament contre elle
que parce qu'ils n'ont pas assez de profon-
deur dans l'ame, ni assez d'élévation dans
l'esprit pour en sentir le besoin, et en recueillir les avantages.

Je demande d'abord si l'on a jamais
conçu qu'il pût y avoir une *rhétorique* sans
exagération. Ensuite, je prierai que l'on
m'explique comment on est *faible* quand
on est *fort;* car n'est-il pas incontestable
que l'exagération n'est autre chose que
l'excès de la force ?

On avance que *Fénélon n'exagère jamais.* Il est, je crois, permis d'en douter;
mais quand cela serait , qu'en faudrait-il
conclure? Ceux de nos grands écrivains
du moment, distingués par un style véhé-
ment et par une éloquence brûlante , ne
voudraient certainement pas que leur prose
ressemblât à la prose du *Télémaque.* Je
l'affirme, ils le prouvent, et ce n'est pas
sans y avoir bien réfléchi, qu'ils s'écartent
d'une simplicité monotone , qui ne pourrait
aujourd'hui procurer de la vogue à un livre ,
de la célébrité à un orateur, et à un jeune
athlète des palmes académiques.

Je désirerais aussi que l'on m'apprît comment, sans le secours de l'exagération, on parviendrait à *faire effet?* Cette phrase n'était pas en usage dans le siècle de Louis XIV. La raison en est très-simple, c'est que la chose qu'elle désigne n'existait pas. L'esprit des Mortemar donnait un tour facile et agréable à leur conversation ; mais la nôtre est plus soigneusement travaillée, et l'on s'attache particulièrement à y faire naître la surprise. Les *fables de La Fontaine* ont du mérite ; mais les sujets ne lui appartiennent pas, et l'invention assure toute supériorité à un fabuliste moderne. Les *pièces de Molière* se jouent encore ; mais pas une n'a eu cent représentations, etc. etc. etc. Il a donc été indispensable de créer une expression nouvelle pour des succès nouveaux.

Lorsque quelqu'un vient à bout de persuader qu'il est tourmenté d'une passion violente, quoiqu'il n'ait qu'un goût passager ; lorsqu'il s'élève avec toute la chaleur de son ame contre des abus dont il se soucie fort peu ; lorsqu'il établit avec une noble franchise l'opinion qu'il n'a pas, de quelle manière prendrez-vous l'enthousiasme qu'il

excite, si vous ne dites pas qu'il *fait effet*?
Et cette fortune, si digne d'ambition, n'est-
ce pas à l'exagération qu'il la doit?

N'est-ce pas elle qui nous concilie la bienveillance, en nous fournissant ces éloges
si démesurés qu'ils surpassent même les
espérances de la vanité?

Il n'y a qu'elle encore qui puisse jeter
de l'intérêt sur les matières d'administration; de leur nature, elles sont arides. Em-
ployez le mot propre, suivez un raisonnement, appuyez-vous sur des exemples,
répandez de l'instruction, et personne ne
vous écoutera. Mais que vos tournures
soient inusitées, vos idées sans ordre, vos
résultats hardis, vos vues au-dessus du
sujet, et vous aurez parfaitement réussi à
faire effet.

Rien n'est sans doute plus ingrat que de
rapporter un fait précisément tel qu'il est.
Je vais en citer un bien commun; et si
l'exagération lui donne quelque valeur,
jugez ce qu'elle fait d'un événement qui
par lui-même a déjà quelque importance.

Si j'annonce dans la société de Mélisse,
« qu'elle est abîmée de vapeurs, que ses
« nerfs sont dans un état déplorable, que

« sa mélancolie est profonde, que j'ai cru
« que quelques larmes lui échappaient, et
« que cette situation, si l'on n'y remédie
« promptement, peut devenir funeste; »
alors j'inquiète ceux auxquels *Mélisse* est
chère; je mets au désespoir ceux auxquels
elle est indifférente, et je m'empare de l'attention générale.

« J'ai trouvé *Mélisse* seule; sa solitude
« dont elle ne savait que faire l'excédait;
« et comme l'ennui fait mal digérer, ses
« yeux étaient battus et ses bâillemens fré-
« quens. » Qu'aurait produit ce récit?....
Je me suis tenu près de la vérité; et seulement en la rendant moins insipide, je
n'ai pas eu le tort d'une nouvelle insigni-
fiante.

Remarquez encore que l'exagération enrichit la langue par une foule de super-
latifs qu'elle y attire, et qu'elle lui donne
du nombre en forçant à se servir de termes
harmonieux. Ne dites donc pas qu'une
pièce est bonne ou mauvaise, mais pro-
noncez qu'elle est effroyable ou qu'elle est
délicieuse.

Pour terminer enfin une apologie qui,
de nos jours, n'aurait pas dû être néces-

saire, je supplie d'observer que l'exagération peut seule nous préserver de la
raison qui n'a jamais d'éclat ; de la modération qui, si elle n'est pas encore honteuse ; est au moins très-embarrassante , et
de l'impartialité qui rend si justement suspect à tous les partis.

DEVAINES.

DE L'ACADÉMIE FRANÇAISE

ET DE M. CHAMFORT.

Le bon abbé de Saint-Pierre, qui était patriote quoique de l'Académie française, se demanda un jour à quoi servaient les ducs et pairs ; et il fit un pamphlet pour rechercher les moyens de rendre les ducs et pairs utiles à l'état. Ces moyens n'ont pas paru victorieux à l'Assemblée nationale ; car elle a supprimé les ducs et pairs.

M. Chamfort, qui est de même patriote et de l'Académie française, s'est demandé sans doute aussi à quoi était bonne l'Académie ; mais il ne s'est pas donné la peine de chercher les moyens de la rendre utile à quelque chose. Il vient de faire un pamphlet pour prier l'Assemblée nationale de se hâter de la détruire, comme n'étant bonne à rien.

M. Chamfort a cependant désiré autrefois d'être de l'Académie, puisqu'il y a été admis ; il a vécu dans son sein ; il a vu l'esprit qui y règne ; ses talens sont connus ; sous tous ces rapports, son autorité doit

avoir quelque poids. Lorsque sans mission,
sans être pressé par un devoir rigoureux,
on dénonce à sa nation la compagnie dont
on est membre, comme nuisible à l'intérêt
public, et la plupart de ses confrères dont
on n'a point à se plaindre, comme tout au
moins ridicules, il faut être invinciblement
entraîné par un motif plus puissant que tous
les sentimens de convenance et toutes les
idées de morale commune, qui règlent d'ordinaire les actions des hommes.

Quel a pu être ce motif irrésistible ? je
n'en puis imaginer que deux qui puissent
m'expliquer un si grand effort : la passion
de la gloire ou celle du bien public.

Je lis la brochure de M. Chamfort, et
à mon grand étonnement, je trouve, non
une discussion, mais une satyre ; non une
examen impartial de l'influence que les
sociétés littéraires peuvent avoir sur les
progrès de la raison et des lumières, ou de
leurs rapports politiques et moraux avec les
principes d'un gouvernement libre, mais
un relevé très-malin de toutes les anecdotes
qui peuvent jeter du ridicule sur l'Académie française, et beaucoup d'esprit péni-
blement employé à donner une tournure

odieuse à des choses très - simples ou même
très-louables. Et ce qui me surprend davantage, c'est de ne retrouver dans une satyre
si soignée que ce que l'on a déjà lu, il y
a long-temps, dans les éloquentes diatribes
de MM. Fréron, Pallissot, Linguet, et
autres illustres ennemis de la philosophie,
et par conséquent de l'Académie, qui leur
paraissait le foyer de cet esprit philosophique, si antipatique avec le leur. Je n'ai
pas vu que ces messieurs aient moissonné
beaucoup de gloire dans cette carrière;
et je ne puis croire que M. Chamfort se
soit borné à l'ambition de glaner sur leurs
traces.

Lorsqu'un homme d'esprit veut se donner le plaisir de traiter une question déjà
rebattue, de manière à faire quelque effet,
il n'a que deux partis commodes à prendre
après celui de la vérité : c'est la satyre
ou le paradoxe. Il a paru plus efficace à
M. Chamfort de réunir ces deux moyens;
mais il n'a peut-être pas assez bien jugé
l'esprit du moment. L'art de la satyre a fait
de terribles progrès depuis deux ans; et le
sel académique d'une brochure anti-aca-
démique peut paraître bien insipide à

des palais irrités tous les jours par le piment patriotique de nos pamphlets jacobins. Quant au mérite du paradoxe, il ne sera peut-être senti que par un petit nombre d'hommes qu'on ne compte plus guères.

M. Chamfort s'est d'ailleurs laissé prévenir par différens journaux, qui dès long-tems ont marqué l'Académie du sceau de la réprobation patriotique. Même à l'Assemblée nationale, lorsque le rapporteur du conseil des finances proposa de continuer pour 1790 le fond annuel de vingt - six mille francs que coûte à la nation française l'entretien de l'Académie française, une voix s'éleva (je crois que ce fut celle de M. Lanjuinais) qui demanda à quoi serait bonne l'Académie française? L'assemblée décréta les vingt-six mille francs, et ajourna la question de l'utilité. M. Chamfort a voulu sans doute presser l'ajournement; et lorsque la motion de M. Lanjuinais se représentera, je ne doute pas qu'elle ne soit puissamment appuyée par les tribunes.

Mais ce qui démontre que ce n'est point le desir de la gloire qui a porté M. Chamfort à provoquer la destruction de l'Académie, c'est la première destination de son mé-

moire. Ce n'était pas sous son nom qu'il
devait opérer ce grand ouvrage. Il prêtait à Mirabeau son esprit et sa plume ;
Mirabeau devait prêter à l'éloquence de
M. Chamfort l'autorité de son nom et
celle de sa voix. Mirabeau aurait eu la
gloire du triomphe ; M. Chamfort n'en
voulait que le plaisir. Je n'ai ni le tems
ni la volonté de faire sur cette singulière
combinaison de vues et de talens, les
réflexions qu'elle suggère naturellement.

L'espace me manque aussi pour montrer
la faiblesse des motifs sur lesquels M. Chamfort fonde la nécessité de détruire les Académies. Je sais que deux de ses confrères
se proposent de réfuter en détail ses raisonnemens ; et ils le feront avec plus de talent
que moi. Je me bornerai ici à quelques
questions et à cette seule réflexion : c'est
que si les sociétés littéraires sont incompa-
tibles avec notre constitution, c'est par de
toutes autres raisons que celles de M. Chamfort.

Pourquoi M. Chamfort regarde - t - il
comme une dérision l'égalité académique,
que Richelieu voulut établir entre les
grands seigneurs et les gens de lettres,

puisqu'il convient un peu plus bas que cet
étrange amalgame hâta l'opinion publique,
et que la nation apprit à *estimer davantage
Patru en le voyant à côté de ces hommes
décorés ?*

Pourquoi affirme-t-il que les partisans de
l'Académie sont en petit nombre ? Cela
peut être ; mais comment en a-t-il fait le
compte ?

Pourquoi suppose-t-il que ces partisans
de l'Academie tirent d'un seul sophisme
*tous les argumens qu'ils rebattent pour se
défendre?* Ce sophisme, selon lui, se réduit à dire que les grands écrivains n'ont
fait leurs chefs-d'œuvres que parce qu'ils
étaient de l'Académie, ou parce qu'ils voulaient en être. Jamais homme raisonnable
n'a dit une pareille sottise ; et si M. Chamfort avait cru avoir besoin de la réfuter, il
aurait répondu plus victorieusement encore en démontrant qu'Homère et Virgile
n'ont jamais pensé à l'Académie en faisant
l'Iliade et l'Enéïde.

Pourquoi M. Chamfort ne veut-il pas
que la gloire de Corneille, Racine, Bossuet, Fénélon, répande quelque éclat sur
la liste de l'Académie ; et que les noms de

Granier, Colomby, Bardieu, Balesdeus, y jettent cependant du ridicule?

Pourquoi M. Chamfort veut-il que Moréri soit mort à vingt-neuf ans, quoiqu'il en eût trente-sept; et que le dictionnaire de Bayle soit *plein de génie?* Ne pouvait-il pas exprimer son mépris pour le dictionnaire de l'Académie, qui n'a rien de commun avec ceux de Bayle et de Moréri, sans faire un anachronisme et un solécisme de goût.

Pourquoi M. Chamfort répète-t-il avec amertume une critique si usée des discours de réception à l'Académie, qu'il lui plaît d'appeler *un devoir académique?* Il n'aurait tenu qu'à lui d'y voir un simple usage, adopté dans beaucoup de corps. Pendant dix-huit mois, à chaque changement de président de l'Assemblée nationale, il a été témoin de ce même scandale *d'un homme loué en sa présence par un autre homme, qu'il vient de louer lui-même, en présence d'un autre homme qui s'amuse de tous les deux.* Et cependant cet usage, qui n'était point un *devoir* national, n'a point dégradé le corps législatif, et ne nuira point sans doute à la constitution qu'il a décrétée.

Pourquoi M. Chamfort fait-il un crime à l'Académie de n'avoir pas admis dans son sein des hommes célèbres qu'elle y désirait, tandis qu'il avoue que c'était le gouvernement qui les en repoussait ?

Pourquoi affirme-t-il qu'Helvétius, Diderot et Raynal *ont tous montré hardiment leur mépris* pour l'Académie ? J'ai beaucoup vécu avec les deux premiers, qui n'ont jamais eu le mépris qu'il leur prête ; j'aime, j'honore et j'admire le troisième, qui heureusement vit encore, et qui ne partage point et n'a jamais partagé les opinions de M. Chamfort sur l'Académie. Le sage et vertueux Turgot non plus ne pensait pas comme M. Chamfort, lui qui, dans un mémoire lu à l'Académie des inscriptions le 28 octobre 1780, s'exprime ainsi :

« On ne trouverait pas, depuis l'établis-
« sement de l'Académie française, six à sept
« noms que le public puisse regretter de
« n'avoir pas vus sur sa liste. Si même de
« ce petit nombre on retranche ceux qui
« n'ayant rien imprimé de leur vivant, sont
« morts sans avoir un droit réel aux hon-
« neurs académiques, on verra que tous les
« autres ont été écartés de l'Académie par

« des obstacles étrangers à leur mérite lit-
« téraire , et qu'il n'était pas au pouvoir de
« l'Académie de lever. Les places de l'Aca-
« démie française n'ont donc jamais manqué
« aux grands talens ; souvent , au contraire ,
« les grands talens ont manqué aux places
« de l'Académie française. »

Si des sociétés littéraires , instituées par
l'autorité absolue , ont été courbées sous la
main de l'autorité qui les a créées et qui
pouvait les détruire , est-ce une raison pour
croire qu'elles seraient ennemies de la puissance nationale qui les releverait et pourrait toujours aussi les détruire ? Mais,si sous
le despostime , ces mêmes sociétés ont eu
le sentiment de la liberté et en ont haute-
ment professé et progagé les principes , au
risque de déplaire et d'être persécutées ,
faut-il croire qu'elles attaqueraient cette
même liberté , lorsqu'elles y trouveraient
l'aiguillon et la récompense de leurs travaux ?

Combien l'esprit a d'avantages sur le bon
sens ! Quelle est l'ame simple et sensible
qui n'ait approuvé avec attendrissement
cette fondation d'un citoyen honnête et
généreux, qui, voyant dans les classes indi-

gentes de la société beaucoup de bonnes et grandes actions perdues dans l'obscurité, a pensé qu'elles restaient par là sans utilité pour les mœurs publiques, et sans récompense pour leurs auteurs? Il a cru qu'en instituant un prix annuel qui donnerait une publicité salutaire à ces actions vertueuses, ce serait tout-à-la-fois et un hommage public, toujours bon à rendre à la vertu, et un encouragement à l'imiter, plus propre qu'aucun autre à en répandre le sentiment et l'amour.

Comment M. Chamfort, qui a assisté à la distribution de ces prix, n'a-t-il pas été entraîné par cet attendrissement si général et si touchant qui excitait les applaudissemens et faisait couler les larmes d'une assemblée choisie, dont le sentiment était le vrai triomphe des bons citoyens qu'on couronnait? Comment a-t-il pu voir dans la modestie et la pudeur naturelles à des ames vertueuses, un air de tristesse, lorsque tout le monde n'y apercevait que l'expression du bonheur? Enfin comment M. Chamfort, qui ne trouvait qu'un scandale révoltant dans un spectacle qui édifiait tant d'honnêtes gens, a-t-il pu se permettre de

donner plusieurs fois sa voix pour adjuger
ces prix d'*immoralité*, et de participer
par sa présence à ce scandale qu'il ré-
prouvait?

Combien d'esprit ne faut-il pas pour
prouver qu'il ne faut pas offrir un secours
à l'indigence, quand elle est unie à la vertu.

Comment M. Chamfort a-t-il pu outrager et, j'ose dire, calomnier si gratuitement la mémoire de d'Alembert, avec
qui il a cependant assez vécu pour le bien
connaître? Comment peut-il présenter
comme le flatteur du despotisme, un philosophe dont la vie entière fut un dévouement invariable à la simplicité et à l'indépendance; qui parla des grands avec tant
de hauteur et des gens de lettres avec tant
de dignité, dans un *Essai* qui lui attira
tant de haine de la part des premiers; qui
préféra de vivre sous l'humble toît et dans
la société de la femme honnête et pauvre
qui l'avait nourri, à la gloire de vivre à la
cour des deux plus grands souverains du
siècle; qui, recherché par les puissans et les
grands, ne vécut point chez eux, ne les vit
que chez lui ou chez ses amis, et n'obtint
par leur crédit ni graces, ni pensions; qui

attendit, pour témoigner publiquement sa reconnaissance pour M. d'Argenson et son amitié pour 'M. Turgot, que ces deux ministres fussent disgraciés ; qui, toujours suspect à l'autorité inquiète et despotique des ministres, par la liberté de ses discours et de ses écrits, se vit refuser par le plus plat de ces petits despotes, une pension académique, destinée à la seule ancienneté ; qui peut-être enfin ne dut sa liberté et sa sûreté qu'à l'estime et à la considération dont il jouissait hors de sa patrie ? Mais comment sur-tout M. Chamfort a-t-il pu s'oublier au point de mutiler avec une subtilité si cruelle le passage qu'il cite de d'Alembert, pour faire sortir un caractère de servitude de ce qui n'offre dans son sens entier et naturel que le langage de la sagesse et de la raison ? Je laisse à un autre ami de M. d'Alembert le soin pénible de dévoiler cette infidélité.

Comment n'a-t-il pas senti quelque repoussement intérieur en adressant à l'Assemblée nationale ces paroles étranges : *Epargnez à l'Académie une mort naturelle*. M. Chamfort, accoutumé à voir les objets *du côté plaisant*, a trouvé *plaisant* sans doute de traiter l'Académie, comme *Agnelet*, dans l'*Avocat patelin*, traite ses moutons ; *il les égorgeait, disait-il, de peur qu'ils ne mouriont.*

Pour rassurer l'Assemblée nationale sur le *chagrin* qu'elle causera aux membres de l'Académie, il lui apprend que ce chagrin *se contiendra dans les bornes d'une hypocrite et facile décence.* Ma main n'est pas assez ferme en copiant ces paroles, pour que je veuille y répondre ; et je sens un peu de rougeur s'élever à mon front, en voyant, après tant de sarcasmes injurieux, la pitié de M. Chamfort solliciter en faveur de l'Académie *l'équité libérale* de l'Assemblée nationale. Cette attention de se rapprocher de ses confrères pour l'intérêt, quand on s'en est séparé pour les ridicules, rappelle dans un sens inverse ce mot connu de Mairan : *A Beziers nous avons de l'esprit, mais ils sont fous.*

S.

DES THÉOPHILANTROPES.

LA curiosité m'a conduit dimanche dernier à une réunion de *théophilantropes* ; elle était composée d'environ 3oo personnes, dont le plus grand nombre, par l'habillement et le maintien, paraissait appartenir à une classe d'ouvriers qu'on ne rencontre pas dans les ateliers, et dont on se détourne sur les quais.

Un autel semblable à ceux de l'opéra quand ils sont mesquins, était à l'extrémité de la salle.

Au milieu, il y avait une chaire ; ceux qui l'ont occupée se sont successivement passé une redingotte blanche, qui est sans doute le vêtement sacerdotal.

Les prédicateurs ont parlé vaguement de Dieu, de vertu et d'une piété intérieure.

On a lu quelques pensées de Sénèque ; des aveugles des deux sexes ont mal chanté des hymnes médiocres.

Je trouvais tout cela assez plat ; et convaincu que le déïsme pur, qu'il m'a semblé qu'on professait, n'était point à la portée de l'auditoire, je me disais qu'il était absurde

de prétendre fonder une dévotion populaire sur une idée abstraite.

Mais diverses observations ont donné un
nouveau cours à mes pensées, et m'ont
forcé de considérer l'association sous des
rapports plus sérieux.

L'autel est dédié à l'*Étre suprême* et à
l'*immortalité de l'ame*. Peu se sont doutés
qu'ils en eussent une *immortelle;* mais tous
retrouvaient dans ces mots la religion que
Robespierre avait donnée à son peuple.

J'ai dû penser que cette inscription était
parfaitement choisie, lorsque j'ai reconnu
parmi ses disciples des agens célèbres des
comités révolutionnaires, des instrumens
énergiques de prairial, et des aspirans à la
constitution de 1795.

Je n'ai pas entendu sans étonnement un
des sermoneurs recommander ce précepte
excessivement prudent : *Si l'on vous demande qui vous êtes, vous ne le direz
pas, mais vous répondrez : Si l'on veut
savoir qui nous sommes, qu'on aille apprendre notre doctrine.* A cet égard on
aura toute la facilité que l'on peut désirer, car il s'établit une école de *théophi-
lantropie.*

Enfin on m'a assuré que chaque église avait un comité secret, et que ces comités correspondaient entre eux.

D'après ces faits, serait-il bien téméraire de présumer que quelques chefs échappés de Vendôme, voyant les sociétés de Jacobins défendues et tous les cultes tolérés, eussent imaginé de fondre la société dans le culte, et de la rendre ainsi inattaquable ? N'ont-ils pas pu penser que si les affiliations étaient proscrites, la communication entre les fidèles de la même communion serait soufferte, et qu'ils obtiendraient l'avantage, trop négligé jusqu'ici, de transformer leur doctrine en dogme, de pousser la crédulité au fanatisme, et de fortifier les opinions politiques par l'esprit religieux ?

Je laisse ces réflexions à ceux que le malheur a habitués à la prévoyance.

DEVAINES.

DE PLATON.

On ne peut fixer son attention et ses regards sur les monumens qui nous restent de l'ancienne Grèce, sans être saisi d'admiration et pénétré de reconnaissance. Tout ce que les habitans de l'Europe moderne ont de lumières, de goût et de philosophie, ils le doivent aux grecs, à ce peuple extraordinaire, si souvent célébré et peut-être encore mal connu. Si le tems ou quelque révolution du globe avait anéanti ces statues, ces pierres gravées, ces édifices, ces poëmes, ces ouvrages d'histoire et de philosophie, que le hasard nous a conservés, les meilleurs esprits mettraient au rang des fables ce qu'on dirait des mœurs, des gouvernemens, des arts, des sciences de la Grèce : et l'histoire d'Athènes et de Sparte serait traitée comme celle des titans et des danaïdes.

C'est dans l'histoire des grecs qu'il faut apprendre tout ce que l'homme peut faire de ses facultés, et tout ce que l'art peut faire de l'homme. Les progrès que ce peuple a faits dans tous les arts et dans toutes les sciences, n'ont encore rien de si merveilleux que la rapidité même de ces progrès. Tous les peuples sauvages se traînent long-tems dans les ténèbres de l'ignorance, avant que d'atteindre à quelque degré d'industrie et de civilisation. Les grecs semblent n'avoir point eu d'enfance ; ils semblent avoir passé, presqu'en un instant, de la barbarie au plus haut degré de politesse et de lumière.

Cette nation eut, il est vrai, des maîtres et des modèles : elle n'inventa ni sa religion, ni sa philosophie, ni ses arts ; mais elle perfectionna, elle embellit tout ce qu'elle emprunta des autres peuples. La plupart des découvertes les plus étonnantes sont dues au hasard : des inventions merveilleuses peuvent appartenir à des hommes barbares ; mais l'ordre, l'élégance, le goût, sont les fruits les plus rares et les plus précieux de l'imagination et du génie.

Les grecs trouvèrent en Egypte des statues, des colonnes, des chapiteaux ; mais ce n'était que des ébauches informes et grossières. En les imitant, ils y répandirent le mouvement et la vie ; ils imaginèrent les formes agréables, les proportions élégantes et légères ; ils créèrent véritablement l'art. Ils firent de même dans la philosophie,

dont leurs premiers sages allèrent sans
doute recueillir les élémens chez les prêtres
de l'Egypte et les gymnosophistes de l'Inde.

La philosophie, en Egypte, sombre,
triste, mystérieuse, renfermée dans l'intérieur des temples, y était un instrument de
despotisme et de superstition : transportée
dans la Grèce, elle y prit un essor plus
libre et plus hardi, en même tems qu'elle
y servit à étendre et à perfectionner la
liberté elle-même. Elle n'y fut point bornée
à certains objets, ni réservée à une seule
classe d'hommes ; jetée au milieu d'un
peuple actif, curieux et sensible à l'excès,
elle éclaira tous les états, elle se répandit
sur tous les objets, elle s'embellit de
tous les arts. Chez les modernes, un philosophe n'a été souvent qu'un savant obscur,
qui dans la solitude de son cabinet, étranger
aux arts, aux affaires, aux plaisirs, s'occupait uniquement de spéculations abstraites
et de recherches métaphysiques sur Dieu,
la nature et l'ame, sur le mouvement et
l'espace. Un philosophe à Athènes sacrifiait
aux Muses et aux Grâces ; il tenait une
école de politesse comme de science ; il
jugeait les artistes, couronnait les poëtes,

éclairait les hommes d'état, et disputait aux orateurs l'art de persuader et d'émouvoir. Ce portrait est celui de Platon, et ses ouvrages sont le tableau le plus fidèle et le plus intéressant de l'état de la philosophie chez les grecs.

Platon est de tous les philosophes de l'antiquité, celui dont on parle le plus, qu'on lit peut-être le moins, et sur lequel on porte en général les jugemens les plus variés. Il a joui de son tems de la plus brillante réputation à laquelle la supériorité de génie puisse faire aspirer; il a fondé une école célèbre, qui subsistait encore plusieurs siècles après que celles de ses contemporains avaient été anéanties. Dans les premiers siècles du christianisme, ses opinions altérées et commentées par des esprits ardens et fanatiques, se mêlèrent à la religion, y formèrent des sectes et des hérésies, et dans la suite devinrent une sorte de religion même. Il y avait deux mille ans que Platon n'existait plus, et il régnait encore dans les écoles chrétiennes; c'était, il est vrai, son nom plutôt que son esprit qui y régnait. Il semble aujourd'hui qu'il soit de mode de déprimer ce philosophe, et de

faire expier à sa mémoire, par un excessif
mépris, l'admiration peut - être excessive
qu'il a obtenue de tous les hommes éclairés
pendant une longue succession de siècles.

Je n'entreprendrai de faire l'éloge ni de
ses ouvrages, ni de son caractère : on a
écrit sur ces objets des dissertations sans
nombre. Ce n'est pas que je ne croie que
la foule des traducteurs et des imitateurs
de Platon a laissé beaucoup de choses à
dire; mais c'est à des hommes plus instruits
que moi à y suppléer. Je me contenterai de
jeter un coup-d'œil rapide sur les ouvrages
qui nous restent de ce philosophe, et d'indiquer le point de vue sous lequel il me
semble qu'on doit l'envisager pour en juger
sainement et avec impartialité.

Platon, né d'une des plus illustres familles d'Athènes, pouvait aspirer aux premiers emplois de la république; mais la
corruption qu'il remarqua dans les mœurs
et les principes de ses concitoyens, ne
lui laissait pas espérer d'être utile à sa
patrie; il refusa de se mêler du gouvernement, et se consacra aux lettres et à la
philosophie.

Né avec une imagination vive et bril-

lante, son goût le portait à la poésie ; mais
prodigieusement sensible aux beautés sublimes d'Homère, il désespéra, dit-on,
de l'égaler, et il aima mieux être le plus
éloquent des philosophes que d'être même
le second des poëtes.

Il fut le disciple de Socrate ; il ne cessa
d'honorer son maître pendant sa vie ; il
s'offrit pour le défendre publiquement
contre des accusateurs lâches et puissans ;
il continua de célébrer sa mémoire après
sa mort. Nous devons à Platon les plus
beaux monumens de la doctrine de cet il-
lustre martyr de la vertu et de la vérité.

Platon parcourut la Grèce pour étudier
les gouvernemens divers, et quelques-uns
lui durent leur législation ; car on croyait
alors qu'il n'appartenait qu'aux philosophes
de faire des lois pour les peuples. Il n'en
est pas ainsi pour les peuples modernes : ce
n'est pas ici le lieu d'examiner si ceux-ci
s'en trouvent mieux. Je reviens à Platon.
Après avoir visité la grande Grèce, il
passa en Egypte et dans l'Inde pour observer et s'instruire. On trouve dans tous
ses écrits mille traits précieux, qui sont le
fruit de ses voyages philosophiques.

Il embellit la langue grecque ; il perfectionna l'artifice de l'élocution ; il fut un des
premiers qui fixèrent les règles de la dia-
lectique ou l'art du raisonnement ; art
qu'Aristote, son disciple, osa depuis soumettre à des formules mathématiques. Platon
introduisit la géométrie dans la physique ;
il enrichit la langue philosophique de nouveaux mots, tels que ceux d'*idée* et d'*élé-
ment*, de celui de *providence*, qu'il subs-
titua au mot *fatum* ; et l'on sait que des mots
nouveaux sont des signes d'idées nouvelles.

On lit dans Cicéron, dans Pline et dans
d'autres auteurs, que Platon étant encore
enfant, sa mère le porta dans un bosquet
de myrte, tandis que son père offrait un
sacrifice aux Nymphes et aux Muses ; et
que l'enfant s'étant endormi, un essaim d'a-
beilles alla déposer son miel sur ses lèvres.
Brucker soupçonne que ce récit pourrait
bien n'être qu'une allégorie inventée par
quelque auteur grec, pour exprimer le
charme du langage de Platon. On n'aura
pas de peine à penser comme Brucker ;
mais cette fable est charmante ; elle me
donne une plus grande idée de l'éloquence
de Platon, que les éloges directs les plus

emphatiques ; parce qu'elle ne peut être que le résultat d'une impression vive et profonde. On ne peut nier que les anciens ne fussent infiniment plus sensibles que nous à tout ce qui flattait les sens et ébranlait l'imagination ; ils sentaient, et nous jugeons ; ils trouvaient des images pour exprimer leurs sensations, et nous ne trouvons que des épithètes. *Nous sommes un peu secs en tout,* dit M. de Voltaire. C'est peut-être un effet nécessaire du progrès de l'esprit humain. Je crois que nous avons plus gagné que perdu ; mais je suis fâché que nous ayons acheté si cher nos avantages.

Tous ces traits réunis ne peuvent, ce me semble, convenir qu'à un homme extraordinaire, d'une vertu rare et d'un génie éminent. Comment pourrait-on s'exposer au ridicule de mépriser un tel homme ?

Examinons un moment les critiques que quelques modernes font de Platon. On l'accuse d'être un théologien mystique et visionnaire, un politique chimérique, un écrivain enflé, diffus et obscur, un raisonneur plus subtil qu'exact. Plusieurs savans ont déjà répondu à ces censures ; mais au

risque de répéter ce que d'autres ont peut-
être déjà dit, je proposerai ici quelques
réflexions sur la nature des ouvrages qui
nous restent de Platon, sur le but qu'il s'y
proposait, et sur la manière dont on doit
les envisager.

Presque tous les reproches qu'on fait à
Platon, ne sont fondés que sur l'impossibilité de sentir toutes les beautés et les
finesses de son langage, même pour les
savans qui entendent le grec. Ceux qui
croient que ce qui distingue le grand écrivain de l'écrivain médiocre, ne consiste que
dans le choix et l'arrangement des mots, n'ont
aucune idée de l'éloquence et du goût.

Comment peut-on juger, par une traduction sèche, froide, inanimée, du mérite
d'un écrivain qui, de l'aveu du peuple le
plus sensible et le plus exercé à tous les
artifices de l'élocution, mit dans son style
le plus de chaleur, de noblesse, de variété,
de grâces et d'harmonie. Malheureusement,
pour la gloire de Platon, un français qui
ignore le grec, ne connaît ses ouvrages
que par les traductions qu'en ont données
Dacier et Grou. Elles peuvent être exactes
pour la pensée du philosophe; mais elles sont

bien infidèles pour le talent de l'écrivain ;
et si l'on doit savoir gré à ces savans d'un
travail utile, il faut bien se garder de juger Platon d'après leurs versions ; ce serait
vouloir juger des formes et des proportions
d'une belle femme par son squelette.

Socrate, par exemple, dans les dialogues
où il réfute et tourne en ridicule quelque
sophiste, emploie avec un art infini cette
plaisanterie légère, cette ironie fine qui
se cache sous un air de politesse et de bonne
foi, et que nous avons nommée *persifflage*.
On chercherait vainement cet art dans la
plupart des traducteurs de Platon.

Les autres défauts qu'on reproche à
Platon, tiennent peut-être uniquement à la
forme même de ses ouvrages. Il n'a laissé
que des dialogues : cette forme de composition était assortie aux mœurs et aux usages
de son tems. Rien n'était si commun dans
Athènes que ces conférences sérieuses, où
les sujets les plus importans de la morale ,
de la métaphysique et de la politique ,
étaient discutés et analysés avec beaucoup
de suite et de méthode. Ce genre d'ouvrage
devait plaire aux athéniens, parce qu'il
leur présentait une image piquante de ce

qu'ils avaient sans cesse sous les yeux ;
mais la forme du dialogue entraîne des inconvéniens, sur-tout celui de la lenteur
dans le raisonnement ; nous ne sentons que
ces inconvéniens dans un siècle où des conversations philosophiques sont si étrangères
au ton de la bonne compagnie, et paraissent reléguées dans les écoles.

Mais le fond même des ouvrages de
Platon ne peut plus intéresser que bien fai-
blement notre curiosité. Outre que beaucoup de circonstances locales, d'allusions
particulières, de critiques personnelles,
qui pouvaient plaire aux contemporains,
sont perdues pour les modernes, l'objet
que s'est proposé Platon dans la plupart de
ses dialogues, nous est devenu fort indifférent. Il a voulu sur-tout attaquer les sophistes, qui jouaient de son tems un grand
rôle à Athènes, et y corrompaient la philosophie et l'éloquence. Nous ne connaissons
point aujourd'hui le caractère et les principes de ces sophistes, et nous trouvons
que Socrate met beaucoup d'appareil à réfuter des opinions qui ne nous paraissent
mériter que du mépris. Je ne répondrai à ce
reproche que par un exemple. Les Lettres

Provinciales , du moins quelques - unes ,
sont peut-être l'ouvrage de notre langue
qui ressemble le plus aux dialogues de
Platon. Croit-on que la lecture en fût plus
piquante pour un anglais, qui ne s'intéresse point aux querelles des jésuites et des
jansénistes, et qui ne possède pas assez parfaitement notre langue pour sentir toutes
les beautés du style de Pascal.

Ne cherchons donc dans les dialogues du
philosophe grec, que le mérite que nous
pouvons sentir; le fond des discussions
nous intéresse peu; la vérité des portraits
ne peut nous frapper; le charme du style a
presque entièrement disparu pour nous.
Examinons du moins l'art avec lequel ils
sont composés; observons l'adresse avec
laquelle Socrate sait analyser une question,
la dégager de tout ce qui lui est étranger,
la présenter sous différentes faces et la réduire à ses termes les plus simples; céder
d'abord du terrain à son adversaire, afin
de l'attirer dans un piége, soit pour l'a-
mener à ses vues, soit pour l'engager dans
un défilé embarrassant qui le presse entre
l'absurdité et la contradiction.

Je ne peux me refuser le plaisir de citer

ici un passage tiré d'un mémoire que
M. l'abbé Arnaud a inséré dans les *Mé-*
moires de l'Académie des inscriptions et
belles-lettres : c'est un des meilleurs ouvrages et des plus intéressans que j'aie lus
en faveur de Platon. Cet académicien joignait à une érudition profonde et choisie,
ce qui s'y trouve rarement réuni, beaucoup
d'esprit et de goût, et une qualité plus rare
encore, cette sensibilité pour les arts, qui
trouve des beautés et saisit des rapports
que n'aperçoit jamais celui qui n'a que du
savoir et même de l'esprit. Voici le passage
dont j'ai parlé.

« Notre philosophe vient-il à traiter quel-
« ques points d'ancienne tradition ou de
« haute métaphysique, il n'a point oublié
« que Socrate bornait sa philosophie à faire
« aimer la vertu et la vérité, et qu'il avait
« négligé tout autre genre d'étude. Aussi,
« après l'avoir établi principal acteur dans
« tous les dialogues où il s'agit de morale,
« ne lui fait-il jouer dans ceux-ci qu'un
« rôle inférieur et subordonné. Quelle vé-
« rité dans tous ses débuts ! Jamais les
« caractères ne furent ni mieux annoncés,
« ni mieux soutenus ; jamais il n'y eut un

« meilleur ton dans ces premiers momens
« où la conversation s'établit entre des per-
« sonnes aimables et polies. Avec quel art,
« ou·plutôt quel naturel, il prépare le sujet
« qu'il a principalement en vue ! Et quelle
« conformité, quelle proportion admirable
« entre son style et la matière qu'il traite !
« Lisez le dialogue intitulé *Menexene :*
« Socrate s'y voit obligé par les questions
« qu'il a faites et par les réponses qu'il a
« reçues, de réciter en l'honneur des athé-
« niens morts pour leur patrie, une oraison
« funèbre, qu'il dit être d'Aspasie ; car tou-
« jours il se refuse toute espèce de talens :
« dès ce moment, le style change de ton et
« de coloris ; il devient périodique, nom-
« breux, et le reste du discours prend suc-
« cessivement tous les caractères et toutes
« les formes qu'il fallait donner aux com-
« positions de ce genre. Phèdre était un
« jeune homme né avec de l'esprit, et sur-
« tout avec une grande sensibilité : avide
« de toute espèce de beauté et de plaisir,
« son ame appartenait successivement à
« tous les objets agréables ; les imagina-
« tions vives et tendres sont toutes volages.
« Un discours de Lysias qu'il venait d'en-

« tendre, et dont le style l'avait séduit,
« retentissait encore à ses oreilles. Socrate
« l'aborde, l'interroge et le presse, avec
« ses grâces ordinaires, de lui répéter ce
« discours. Phèdre le lui récite avec la
« chaleur et les gestes d'un admirateur pas-
« sionné, qui veut tout à-la-fois et rendre
« et communiquer ce qu'il sent. Socrate qui
« se propose de tourner les heureuses dis-
« positions de ce jeune homme vers des
« objets plus utiles, et de l'attirer, s'il se
« peut, à l'étude de la philosophie, l'écoute
« attentivement et feint de partager son
« enthousiasme et son admiration; puis il
« lui fait remarquer que Lysias semble
« s'être bien plus occupé de la manière de
« dire les choses, que des choses mêmes;
« il ajoute qu'Anacréon ou Sapho, ou
« quelques autres poëtes dont il a oublié
« les noms, l'ont mis en état de traiter le
« même sujet d'une manière plus étendue
« et plus vraie : et comme il a vu ce que
« pouvaient sur Phèdre la chaleur et l'har-
« monie; que, pour le fixer, il doit s'em-
« parer fortement de son imagination;
« d'ailleurs l'ayant prévenu que c'est des
« poëtes qu'il tient tout ce qu'il va dire, il

« prend le ton d'un inspiré, il invoque les
« Muses, il emprunte les formules et les
« mouvemens de la poésie la plus relevée ;
« mais notre sage s'est-il aperçu qu'il s'est
« rendu maître de l'attention du jeune
« homme, dès-lors ses pensées, et avec
« elles son style, deviennent plus graves,
« plus philosophiques ; sa diction, d'abord fi-
« gurée, audacieuse et retentissante, comme
« celle du dithyrambe, n'admet plus que la
« cadence et les ornemens d'une poésie plus
« douce ; et descendant peu-à-peu jusqu'au
« ton que notre philosophe a coutume de
« prendre dans son dialogue, elle ne con-
« serve que cette harmonie et ces grâces
« sans lesquelles on ne doit trouver ni au-
« diteurs ni lecteurs. » C'est ainsi qu'il
faudrait parler de Platon ; c'est sur-tout
dans ce style noble, harmonieux et pitto-
resque, qu'il faudrait le traduire. La méprise la plus grave et la plus commune où
soient tombés les censeurs de Platon, c'est
de lui attribuer des opinions et des principes qui ne sont point les siens. On parle
sans cesse d'idées archétypes, de modèles
éternels, d'une hiérarchie de substances
incorporelles, d'une chaîne des êtres, de la

préexistence des ames, de la métempsy-
cose, etc. comme d'autant d'opinions ré-
duites en système par Platon, quoique
Platon n'établisse jamais aucune théorie
métaphysique ¹, qu'il ne parle jamais en
son nom, qu'il expose sans cesse les opinions de philosophes et de sophistes connus ; quoiqu'il mette toujours ce qu'il a de
grand et de raisonnable à dire dans la
bouche de Socrate, qui attaquait tous les
systèmes, et ne reconnaissait de principes
vrais et utiles qu'en morale. Comment le
disciple et l'admirateur constant de Socrate
eût-il été dogmatique ? Comment ne voit-
on pas dans Platon un homme d'un esprit
vaste et curieux et d'une imagination vo-
lage, qui a porté son activité sur tous les
objets des connaissances humaines, qui se
plaît à exposer successivement les opinions
des diverses écoles, ou pour les tourner en
ridicule, ou simplement pour les revêtir des
couleurs vives et brillantes de son style.

C'est ici le lieu de faire une remarque

¹ Cicéron, dans le premier livre de ses *Questions
Académiques*, fait dire à un académicien qu'on ne
trouve dans Platon aucune affirmation positive :
Nihil affirmatur; nihil certi dicitur.

assez intéressante. Il y a sans doute beaucoup d'obscurités dans les exposés que fait
Platon des divers systêmes de philosophie
de son tems ; mais ce n'est pas vraisemblablement la faute de ce philosophe, qui joignait l'élégance du langage à un grand art
d'analyse. Le savant Cudworth a fait une
observation qui mérite d'être rappelée.
Dans le dialogue intitulé *Theœtetus*, Platon
donne l'analyse de la doctrine des ato-
mistes ; mais cette analyse n'est pas com-
plette ; il n'y remonte pas aux premiers
élémens de cette doctrine, parce qu'il écrivait pour des hommes à qui ces objets
étaient familiers. Lorsqu'à la renaissance
des lettres on commença à étudier et à
commenter les ouvrages de Platon, dont
l'école, si florissante dans les premiers
siècles de notre ère, avait été interrompue
depuis plusieurs siècles, l'exposé de la
doctrine des atômes, dans le *Theœtetus*,
parut inintelligible, et ne fut compris ni de
Marcile Ficin, ni de Serranus, ni des plus
habiles platoniciens du tems. Mais lorsque
Descartes vint fonder sur les principes de
cette doctrine ancienne une philosophie
nouvelle, les ténèbres se dissipèrent et l'on

entendit clairement l'exposé de Platon.
Quelques critiques, toujours prêts à chercher dans l'antiquité la source des idées
nouvelles, accusèrent Descartes d'avoir
emprunté de Platon les principes de son
hypothèse. Il est arrivé à-peu-près la même
chose pour quelques points de la théogonie
de Platon. Les dogmes de la théologie chrétienne ont servi à faire comprendre quelques idées du philosophe grec.

Il n'y a rien de si difficile à démêler dans
les écrits de ce philosophe, que ses véritables opinions ; mais c'est peut-être aussi
ce qu'il importe le moins de savoir. On y
trouve des principes d'une morale grande
et saine, des vues très-philosophiques, présentées sous de magnifiques images. Cette
caverne célèbre, où il nous représente les
hommes enchaînés, n'apercevait, des objets
qui se meuvent au-dessous d'eux, que les
ombres projetées sur les murs de leur
cachot, est une allégorie sublime qui exprime avec énergie combien sont vagues
et imparfaites les idées que nous nous formons des choses qui sont hors de nous et que
nous ne pouvons connaître que par les impressions que nous recevons en nous-mêmes.

Je trouve dans Platon des observations instructives et curieuses sur les gouvernemens de la Grèce, sur les usages et les mœurs des athéniens, sur la nature et les effets de la poésie et de la musique ; j'y trouve enfin un tableau assez fidèle des progrès qu'avaient faits ses contemporains dans les différentes branches de la philosophie ; et je suis bien moins curieux de savoir ce que Platon pensait de Dieu, de l'ame, d'une vie à venir, que de connaître les diverses opinions qu'on en avait de son tems.

Le livre *des lois* est le seul où Platon paraisse exposer ses propres sentimens, sous le nom du citoyen d'Athènes ; c'est aussi un des plus curieux et des plus intéressans, quoique M. Grou, dans la préface de la traduction qu'il en a donnée, semble réclamer, pour ainsi dire, l'indulgence du lecteur, en avertissant que c'est l'ouvrage de la vieillesse de Platon.

La critique la plus générale et peut-être la mieux fondée qu'on ait faite de Platon, tombe sur ses principes chimériques de gouvernement ; mais cette critique est encore bien exagérée. Pour bien juger de ces

principes, il faudrait commencer par se
dépouiller de toutes les idées et de tous
les préjugés que nous tenons de nos mœurs,
de nos connaissances, de nos institutions;
il faudrait se transporter au tems de Platon, et au milieu des objets dont il était
environné. C'est ce que les modernes ont
bien de la peine à faire, quand ils veulent
juger les anciens. On cite sans cesse la
république de Platon; mais on se trompe
presque toujours sur l'objet de cet ouvrage, qu'on prend pour un plan systématique de gouvernement. Le véritable titre
du dialogue est : *De la justice ou de la
vertu*. Il établit les principes du juste et de
l'injuste, qu'il applique successivement et
aux états politiques et aux individus. Il
compare les différens ordres de la société
aux différentes facultés de l'homme; il
conclut de là que les mêmes principes qui
servent à régler la conduite d'un homme,
peuvent servir à régler celle d'une république; et qu'il n'y a que la vertu qui assure le bonheur de l'un et la prospérité
de l'autre. Cette comparaison amène une
digression sur les différentes formes de gouvernement, dont Platon explique la nature

et les révolutions naturelles. Il établit en
dernier résultat que les peuples ne seront
jamais bien gouvernés que lorsqu'ils auront des souverains philosophes ; mais en
supposant une bonne monarchie établie ,
ce gouvernement même ne durera pas
long-tems ; on verra bientôt y succéder un
gouvernement , où l'ambition d'obtenir les
magistratures sera plus forte que celle de
les mériter , et où les lois seront observées
bien moins par attachement que par crainte ;
cet état dégénérera ensuite en oligarchie,
où les riches occuperont les premières
places , et opprimeront le peuple. Le
peuple , ajoute-t-il , se soulèvera bientôt
contre cette oppression, et y substituera
un plus grand mal encore , la démocratie ,
monstre à cent têtes , qui engendre tous
les désordres , et l'impunité qui les per-
pétue. Du sein de ce chaos sortira le despotisme , dont Platon peint les horreurs avec
énergie , et laisse douter lequel est le plus
malheureux, du tyran lui-même ou des
peuples qu'il opprime. Il y aurait sans
doute quelques remarques à faire sur cette
gradation ; mais cette discussion mènerait
trop loin.

On a traité Platon de visionnaire, parce qu'il propose de former une république fondée sur la justice, où les passions de chaque individu seront tournées à l'avantage de tous ; mais, quand on examine les moyens qu'il indique , on voit qu'il connaissait la nature humaine ; il avait d'ailleurs sous les yeux les républiques de Crète et de Lacédémone , cependant il y a apparence que son plan était impraticable, même de son tems , et certainement il l'est aujourd'hui : mais est-ce à nous à le traiter de chimérique ? Savons - nous jusqu'à quel point l'éducation , les lois et l'exemple pourraient perfectionner la société ? En jugerons - nous par les peuples que nous voyons ? Quand on compare les tems anciens aux modernes , on ne peut se dissimuler que l'espèce humaine ne soit bien rapetissée; presque tous les gouvernemens de l'Europe sont composés de pièces de rapport, rassemblées successivement, sans plan , sans unité et sans accord, où la jurisprudence et la politique , l'éducation et les mœurs sont continuellement en contradiction , et où de petits ressorts ne tendent jamais que par de petits moyens , à de pe-

tits effets. Qui peut prescrire des limites
à l'enthousiasme de la vertu , de l'honneur
et du patriotisme ? Le gouvernement de
Sparte était fondé sur le sacrifice continuel
des plus puissantes affections que la nature
ait mises dans le cœur de l'homme ; cependant il a duré , sans altération , plus de
cinq cents ans. Je ne dis pas que ce gouvernement fût bon ; mais je dis que si on
l'eût trouvé pour la première fois chez
quelque peuple de l'Amérique, et que ce
peuple eût eu en même tems quelque singularité dans la forme du nez ou dans la
couleur de la peau , il n'y aurait peut-être
pas un philosophe qui doutât que ce ne
fût une race d'homme différente de la
nôtre.

Comment ne trouverait-on pas Platon
un politique absurde et chimérique ? La
plupart des hommes qui s'occupent aujourd'hui des objets d'administration et
d'économie publique , semblent croire que
toute la science du gouvernement se réduit
a produire la plus grande quantité de bled
possible , à évaluer le *produit net* et le
revenu disponible de la terre; à trouver la
meilleure répartition de l'impôt ; à multi-

plier les manufactures ou les vaisseaux;
tout cela est important, sans doute, mais
l'art de gouverner les hommes, c'est-à-dire,
d'opposer par les lois des digues aux passions de chaque individu, ou de les diriger
par des habitudes au bien commun de tous,
est un art plus profond et plus compliqué.
Platon croyait que l'éducation des enfans
était la base de toute bonne législation;
parce qu'il croyait qu'il fallait amortir
les passions avant de les réprimer, et
s'occuper de prévenir les crimes plutôt
que de les punir; il croyait que les réglemens coactifs, les lois pénales n'étaient
faites que pour suppléer à l'influence com-
binée de l'éducation, de l'exemple et des
mœurs publiques. Je suis persuadé que
Platon a poussé trop loin l'application et
l'usage de ces principes; mais je suis encore
bien plus persuadé que sans ces principes,
on n'aura jamais que des législations vi-
cieuses et tyranniques.

Quelques opinions de Platon sur la
meilleure forme de gouvernement, peuvent être le sujet d'un problême politique
dont la discussion serait intéressante.

Excepté dans quelques villes de la Grèce,

où les rois n'étaient que les premiers magistrats ou les généraux de la république,
toutes les grandes monarchies anciennes
étaient vraiment despotiques. L'autorité des
rois de Perse, d'Egypte, d'Assyrie, était
illimitée; il ne subsistait aucun modèle de
monarchie pure et modérée; la distinction
des ordres et la distribution des trois pou-
voirs qui constituent la nature de ce gouvernement, étaient entièrement ignorées
des anciens. La différence qu'ils mettaient
entre la royauté et la tyrannie, n'était qu'une
différence de forme et non de constitution.
Celui qui gouvernait par le consentement
du peuple, et selon l'équité, était un roi;
le tyran était celui qui s'était emparé
par la violence de l'autorité suprême, ou
qui en usait mal. *Est autem objectum
tyranni, quod placeat; regis, quod
honestum sit,* dit Aristote, *Polit. lib. 5,
cap. 10.*

D'où vient cependant que les plus grands
philosophes de l'antiquité ont presque tous
regardé la monarchie comme la meilleure
espèce de gouvernement ? Platon, Aristote, Xénophon, Polybe s'accordent sur
ce point; tandis que la plupart des poli-

tiques modernes, qui avaient sous leurs
yeux des exemples de monarchies plus tran-
quilles, plus polies, mieux réglées que les
monarchies anciennes, ont dit tant de mal
de cette forme de gouvernement.

Les séditions continuelles, les guerres
civiles, les massacres qui tourmentaient les
démocraties anciennes, avaient rendu ce
gouvernement odieux [1]. Les législateurs
ne connaissaient pas encore ces formes de
gouvernement combinées, dans lesquelles
on tâche de concilier les avantages de toutes, en évitant les inconvéniens de chacune. De tous les gouvernemens simples,
le monarchique avait paru aux yeux des
philosophes le plus ferme et le plus tranquille. Platon a fait un dialogue pour faire
voir la supériorité que la monarchie doit
avoir sur les républiques : nous allons en
citer quelques traits :

« La législation, dit-il [2], est l'attri-
« but de la puissance royale, et il vaut
« mieux être gouverné par un roi sage

---

[1] *Democratia, seu populare imperium est teter-
rimus reipublicæ formarum status.* Xenophon, *de
repub. athen.*

[2] *Civilis, seu de regno.*

« que par la loi même. Les lois ne peu-
« vent pas embrasser ce qui est le meil-
« leur et le plus juste pour tous : telle est
« l'instabilité des mœurs et des choses hu-
« maines, qu'il n'est pas possible d'établir
« un ordre fixe qui convienne à tous les
« membres d'une société et dans tous les
« tems ».

Platon compare la loi à un homme en-
têté et mal - habile , qui non - seulement
ne voudrait pas permettre qu'on s'écartât
de ce qu'il aurait une fois statué , mais
encore rejeterait tous les changemens
avantageux qu'on lui proposerait. La loi
est immobile et inflexible ; comment pour-
rait-elle régler ce qui change et varie
sans cesse ? Quel est le législateur qui
peut, en donnant des lois à une société ,
veiller à - la - fois au bien de tous et au
bien de chacun en particulier ? S'il se trouvait un prince assez éclairé pour remplir
ces deux objets, il se garderait bien de
se donner à lui-même des entraves [1] sous
le nom de lois. Un médecin , continue

---

[1] *Vix unquam impedimenta ista , quœ leges appellantur , sibi præscriberet.*

Platon, qui serait à la veille de faire un long voyage, laisserait à son malade un régime à suivre pendant son absence; mais ce médecin, revenant plutôt qu'il n'avait prévu, que dirait-on s'il s'obstinait à prescrire le même régime, quoique l'état du malade ait changé, et que les circonstances exigeassent d'autres remèdes. La comparaison est ingénieuse et frappante. Platon conclut qu'il ne doit point y avoir de règle immuable; que les altérations et les révolutions continuelles que subissent toutes les sociétés politiques, exigent des changemens proportionnés dans les lois, et qu'il n'y a qu'un monarque qui puisse modifier la loi, l'appliquer aux cas que le législateur n'avait pas prévus, et en faire de nouvelles. Tout ce morceau du philosophe grec est spécieux; mais on sent bien qu'il demanderait des développemens et des modifications. Si l'on compare sur ce sujet Platon avec Montesquieu, ou trouvera dans ces deux grands génies la différence du métaphysicien au législateur.

S.

LETTRE

D'UNE FEMME,

SUR LE VOYAGE SENTIMENTAL DE STERNE.

———

Parmi les livres qu'on nous a apportés de la campagne, nous avons lu le *Voyage sentimental*, qui fait les délices de quelques personnes, au nombre desquelles je me range, et qui est pour les autres l'objet du plus profond mépris. Mademoiselle de Sommery sur-tout, qui n'aime, comme vous savez, que l'esprit, qui ne sent que l'esprit, et qui n'en trouve point du tout dans cet ouvrage, me regarde de l'air d'une personne bien persuadée que je me moque d'elle, quand elle m'entend parler des charmes de cette lecture. Le plaisir, par exemple, que Sterne trouvait à sentir le bout du doigt de la dame qui avait des gants de soie noire, la fait pâmer de rire. Je crois actuellement ce qu'elle m'a toujours dit, que les passions lui sont absolument étrangères; car il suffit

de les avoir éprouvées pour retrouver une
partie de leur charme en pressant la main
d'un objet qu'on anime, et pour savoir que
les plus doux souvenirs de l'amour, les
momens de son plus grand bonheur, n'ont
souvent d'autre cause qu'une main baisée
ou pressée avec tendresse.

Mais, pour en revenir à Sterne, qu'est-
ce, me dit-elle toujours, qu'un ouvrage où
l'on veut m'intéresser par le récit d'un âne
mort, d'une paire de gants qu'on achète,
d'un laquais qu'on prend à son service,
d'un pauvre qui demande l'aumône ? Ces
chapitres promettent peu sans doute, lui
dis-je ; mais le mérite de Sterne, c'est, ce
me semble, d'avoir attaché de l'intérêt à
des détails qui n'en ont aucun par eux-
mêmes ; c'est d'avoir saisi mille impressions
légères, mille sentimens fugitifs qui passent par le cœur ou l'imagination d'un
homme sensible, et de les avoir rendus
par des expressions piquantes, par des
images ou des tournures originales.
Sterne étend, pour ainsi dire, le cœur
humain en nous peignant ses sensations ;
il s'empare de tout ce qui avait été négligé
avant lui, comme indigne d'être transmis

par le talent, et il ajoute au trésor de nos jouissances.

Souvent, du milieu d'un chapitre dont le fonds n'est rien, on voit sortir des traits d'une morale douce et sublime, et des aperçus profonds sur le cœur, dont il démêle les plus délicats mouvemens. Et puis il paraît si disposé au bonheur! il le trouve si facilement ! Quel plaisir on goûte dans cet abandon de son ame, dans cet innocent libertinage de son imagination, sur-tout dans ce sentiment de bonté, d'indulgence, de bienveillance universelle qui l'attache à tous les hommes! Cet intérêt avec lequel il rend compte de toutes ses sensations, passe dans l'ame de ses lecteurs. Un historien nous attache moins par les faits que par la manière dont il nous les raconte, que par les réflexions qu'il en fait sortir. J'avoue que les incidens du *Voyage sentimental* ne sont guères que ceux que l'homme le plus simple pourrait nous raconter en nous ennuyant beaucoup. Il me semble, mon ami, que le charme des personnes sensibles et passionnées vient de ce qu'elles animent et passionnent tout. N'avez-vous pas senti souvent que c'est

moins le défaut d'esprit qui rend ennuyeux,
que cette privation d'ame et de vie qui
porte la langueur et la mort autour de
nous? N'avez-vous pas rencontré des personnes qui avaient une réputation d'esprit
et que vous trouviez fort ennuyeuses ; d'autres, au contraire, à qui l'on en trouvait
peu et que vous trouviez fort aimables?
Sterne pourrait presque se passer d'esprit.
Ce ne sont pas les chapitres où il y en a
le plus qui intéressent davantage ; ce sont
ceux où il montre cette ame et cette imagination si promptes à s'émouvoir; c'est cette
sensibilité exquise ; ce caractère de gaîté et
d'originalité qui vous attache et vous force
d'achever l'ouvrage quand vous en avez lu
le premier chapitre. Il semble n'écrire que
pour son plaisir, et c'est parce qu'il paraît
heureux qu'il rend heureux ses lecteurs,
du moins ceux qui sentent comme moi.

Mais son talent et son esprit s'élèvent et
s'ennoblissent selon la nature des sentimens
qu'il éprouve et des idées qui s'offrent à lui.
Avec quel art, quelle vérité il compose un
tableau et trace un portrait! Voyez, je vous
prie, celui du bon père Laurent : il nous le
dessine avec des traits si nets, si précis,

qu'il me semble qu'un artiste habile, en
prenant sa palette, pourrait nous représenter, d'après la description, cette tête
« qui n'est plus couverte que de quelques
cheveux blancs; cette figure douce, pâle;
ces yeux pénétrans, et qui cependant se
baissent avec modestie vers la terre et semblent viser à quelque chose au-delà de ce
monde; cette taille au-dessus de la médiocre, raccourcie par un pli qu'elle fait en
avant; ce bâton blanc dans sa main droite. »
Tous ces traits me feraient reconnaître le
bon père, par-tout où je le rencontrerais :
je le vois d'ici exposer d'un air humble à
cet étranger les besoins de son couvent;
j'entends ce dernier élevant la voix de
l'humaine philosophie, contre des hommes
qui semblent se soustraire au décret divin
qui a condamné l'homme à gagner son pain
à la sueur de son front; je vois les mouvemens, les regards du bon père qui, en ap-
prouvant les principes de l'étranger, le
conjure de lui en épargner l'humiliation.
Mes joues, je crois, se colorent aussi lorsqu'un rayon de rougeur traverse les siennes;
et quand Sterne ajoute que cette rougeur
se dissipa en un moment et qu'il semblait

que la nature épuisée ne lui fournissait point
de ressentiment, je joins mes reproches à
ceux qu'il se fails à lui-même en s'accusant
de dureté. Pauvre père Laurent ! combien
je suis soulagée quand je vois celui qui l'a
mortifié aller au-devant de lui et lui offrir
sa tabatière comme un gage de paix ! et
combien est intéressant le dialogue qui suit
entre ces deux ames bonnes et simples,
dont chacune veut se charger d'un tort
pour soulager l'autre !

Je voudrais m'étendre, mon ami, sur
les chapitres du *Voyage Sentimental* qui
m'ont fait le plus de plaisir : quand vous
sentez avec moi, comme moi, vous dou-
blez mon plaisir ; vous touchez mon cœur
en flattant mon amour-propre. Vous serez
frappé, je crois, de l'expression de douleur
aussi naturelle que naïve de l'homme qui
a perdu son âne, qui regrette de ne pouvoir partager son pain avec ce bon animal ;
qui pleure l'ami, le compagnon de son
pélérinage ; qui se reproche, comme le font
toutes les ames tendres lorsqu'elles éprouvent des séparations douloureuses, de n'a-
voir pas assez fait pour le bonheur de ce
qu'elles ont aimé, et s'accusent, souvent

sans fondement, d'avoir contribué à la mort
de l'objet de leur affection.

Quant à la disposition de Sterne à aimer
toutes les femmes, comme je ne cours
point le risque de le prendre pour amant,
je la lui pardonne, puisque cette disposition le rend heureux et répand plus d'intérêt sur son ouvrage. Mais ce dont je lui
sais gré, c'est de regarder l'amour comme
la sauve-garde des vertus et le meilleur
préservatif contre les vices ; ce qui prouve
qu'il a connu le véritable amour ; car celui-
là épure l'ame et perfectionne toutes les
vertus.

Lorsqu'il prend *Lafleur* à son service,
et qu'on lui dit qu'il n'a d'autre défaut
que d'être toujours amoureux : « Bon !
« dit-il, cela m'évitera la peine de met-
« tre chaque nuit ma bourse sous mon
« oreiller. J'ai, touté ma vie, été amou-
« reux d'une princesse ou de quelque
« autre, et je compte bien l'être jusqu'à la
« mort. Je suis persuadé que si j'étais des-
« tiné à commettre une action basse, je
« ne la ferais que dans l'intervalle d'une
« passion à l'autre. J'ai éprouvé quelque-
« fois de ces interrègnes, et je me suis

« toujours aperçu que dans ce tems mon
« cœur était fermé; il était si endurci,
« qu'il fallait que je fisse un effort sur moi
« pour soulager un misérable.» Mais comment vous parler du penchant qu'il avait
pour l'amour, sans vous prier de donner
une attention toute particulière au chapitre de Juliette, cette tendre fille que la
perte de son amant a privée de la raison,
qu'il nous montre assise sous un saule, le
coude appuyé sur ses genoux et la tête
dans sa main, habillée de blanc, les cheveux épars et flottans, tenant un chien en
lesse, le tirant à elle au moment où Sterne
s'approche, et lui adressant ces seuls mots
qui prouvent que l'absence de sa raison
n'a point assoupi les regrets douloureux
que lui a causés l'abandon de son amant :
tu ne me quitteras pas, Silvio? ces mots
retentissent encore dans mon cœur. Il me
semble voir d'ici cette intéressante victime
de l'amour ; mon imagination me la représente comme une de ces ombres aimables
qui vivent dans l'Élisée, et lorsqu'elle
parle, je crois entendre un Ange en délire ;
mais la tendre compassion qu'elle inspire
à Sterne prête à cet écrivain sensible un

langage presque divin. « Ah ! si tu étais
« dans mon pays où j'ai un petit hameau,
« tu mangerais de mon pain ; tu boirais
« dans ma coupe; j'aurais soin de ton Silvio;
« tu jouerais le soir de ton chalumeau; je
« dirais mes prières quand le soleil se cou-
« cherait, et l'encens de mon sacrifice serait
« plus agréable au ciel, lorsqu'il serait,
« accompagné de celui d'un cœur innocent
« et malheureux. »

Combien Sterne m'intéresse lorsque, me-
nacé de la Bastille faute de passe-port, et
s'arrangeant en idée pour y vivre commo-
dément, il est rappelé à toute l'horreur
d'une prison par les plaintes d'un sansonnet
enfermé dans une cage, et qui ne cesse
de répéter : « Je ne peux pas sortir, je ne
« peux pas sortir. » Tu sortiras, dit-il, et
vole à sa cage pour le mettre en liberté. Il
nous montre ce pauvre petit animal passant
sa petite tête et pressant sa poitrine contre
les grilles de la prison, que Sterne s'efforce
en vain de rompre. — Je crains, pauvre
petite créature, de ne pouvoir te mettre
en liberté. — Non, dit le sansonnet, je ne
peux pas sortir. — « Je jure que jamais ma
« compassion ne fut plus éveillée, l'accent

« si vrai de ce petit animal renversa tout-
« à-coup mon système sur la Bastille. Dé-
« guise-toi comme tu voudras, malheureux
« esclavage, tu seras toujours la drogue la
« plus amère, et quoique le partage de plu-
« sieurs milliers de mes semblables, tu n'en
« es pas moins haïssable. C'est toi, douce
« déesse, gracieuse liberté, toi l'objet du
« culte et des vœux des mortels, qui seras
« toujours leur idole, tant que la nature de
« l'homme restera la même ! Nul pouvoir
« mortel ne peut te transformer en sceptre
« de fer, rien ne peut tenir ton manteau
« de neige. Avec toi, le berger qui mange
« son pain est plus heureux que le monarque
« de la cour duquel tu es exilé. Dieu bien-
« faisant, s'écrie-t-il en tombant à ge-
« noux, ne me donne que la santé et cette
« douce compagne, et que les autres biens
« soient prodigués à ceux qui en sont
« avides ! » Mais sa pitié s'arrête ensuite
sur l'esclavage sous lequel gémissent tant
de milliers d'êtres de son espèce. Cette vue
d'un malheur général, il la concentre bientôt sur un seul objet. Il le voit, il nous le
montre étendu sur un lit de paille, maigre,
desséché par l'attente sans cesse frustrée de

la liberté, tenant à la main un petit bâton
qu'il fixait dans le mur, et qui ajoutait un
nouveau jour aux jours si longs et si nombreux de sa prison. « Depuis nombre d'an-
« nées, le zéphir n'avait pas rafraîchi son
« sang; les rayons du soleil, ceux de la lune
« n'avaient pas pénétré dans sa prison, et la
« voix d'aucun ami, d'aucun parent n'avait
« passé à travers ses grilles. » Qui ne se
sent ému d'un pareil tableau? qui peut
y arrêter long-tems sa pensée? Aussi
Sterne, dont l'imagination sensible et mobile
savait se retracer si vivement les scènes
lugubres de la vie, était encore plus disposé
à jouir de tout ce que la nature et la société
offrent de consolant et d'aimable. « Je se-
« rais au milieu d'un désert, dit-il, que j'y
« trouverais de quoi m'intéresser : un doux
« myrte, un triste cyprès m'attireraient
« sous leur feuillage; je les bénirais de
« l'ombrage bienfaisant qu'ils m'offrent; je
« graverais mon nom sur leur écorce; je
« leur dirais : vous êtes les arbres les plus
« agréables de tout le désert. Je gémirais
« avec eux en voyant leurs feuilles tomber
« et se dessécher, et ma joie se mêlerait à
« la leur quand le retour de la belle saison

« les couronnerait de verdure... » Quelle
aimable et douce sensibilité que celle qui
s'associe par le sentiment aux êtres muets
et inanimés ; et n'est-ce pas entrer ainsi dans
les vues de la création que de se soumettre
avec joie à l'ordre établi par son auteur et
à la place qu'il nous a marquée ?

Mon ami, si vous n'aimez point Sterne,
gardez-vous de me le dire, car je craindrais
de vous aimer moins.

A.

LETTRE

SUR M. DUBREUIL,

CÉLÈBRE MÉDECIN, MORT A SAINT-GERMAIN
en 1785.

Je n'ai jamais parlé à M. Dubreuil ; je ne l'ai jamais vu ; mais je sais qu'on ne pouvait lui parler sans prendre de lui la plus haute idée ; qu'on ne pouvait le connaître sans l'aimer. Objet des plus vives affections d'une multitude de personnes de tous les rangs, il a eu un de ces amis rares, qui suffiraient seuls au bonheur des ames les plus tendres, et qui ne sembleraient devoir être accordés par le ciel qu'à ceux qui ont besoin d'être consolés de tous les maux de la vie et de l'abandon de tous les hommes. L'amitié qui l'unissait dès l'enfance à M. de Pechmeja, a consacré, pour ainsi dire, la petite ville de Saint-Germain , où ils vivaient tous les deux; et cette amitié était célèbre à Paris, avant même qu'elle eût conduit M. de Pechmeja dans la tombe de

son ami. Mon cœur a remercié l'homme
sensible qui, le premier, a élevé la voix
pour parler de deux hommes si intéressans
et d'une union si touchante : mais j'ai regretté qu'il n'ait pas pu recueillir plus de
faits, plus de détails ; qu'il n'ait pas pu nous
faire mieux connaître et leurs vertus et leur
bonheur.

Je conçois que la douleur de ceux qui
ont vécu avec eux a dû être d'abord trop
vive, trop profonde, pour leur permettre
de verser leurs larmes devant le public. Ce
moment est venu peut-être, et le public
est impatient de les entendre. Combien ils
doivent éprouver de charmes à trouver
toutes les ames si bien disposées à partager
leurs regrets et leur admiration! C'est donc
à ceux qui ont particulièrement connu
M. Dubreuil, que j'ose m'adresser ; c'est
à eux à me dire d'où venait ce charme qui
lui attirait tous les cœurs, et dont le bonheur n'appartient pas à la seule vertu. Quel
était l'attrait qui avait uni, confondu, je
dirais volontiers *collé* l'ame de son ami à
la sienne, comme on nous dit dans l'Ecri-
ture, que l'ame de David était *collée* à celle
de son ami Jonathas ! Cette expression me

paraît d'autant plus convenir à ces deux hommes rares, que la mort, en faisant descendre l'un dans le tombeau, n'a plus laissé à l'autre que le besoin du même asile.

Mais ce n'est là qu'une partie de la pompe funèbre de M. Dubreuil. J'ai su que des malades, qui étaient venus de loin chercher auprès de lui le secours de ses lumières, à qui il avait rendu l'espérance de soulager leurs maux et la joie de renaître pour goûter plus long-tems le charme de la reconnaissance qu'il leur inspirait, ont renoncé, en apprenant sa mort, à l'espérance de guérir comme au desir de vivre. Je demande à ses amis d'où venait cette tendre vénération qu'il inspirait à tout le monde et qu'il n'imposait à personne. Comment a-t-il pu se faire qu'un jeune homme [1], à qui ses premiers essais en poésie promettaient les plus brillans succès, et qui semblait n'être né que pour faire de beaux vers, n'ait plus aimé que la médecine dès qu'il a connu M. Dubreuil? Pourquoi, partout où il paraissait, devenait-il le premier

[1] M. Cabanis, aujourd'hui sénateur, connu alors par des Fragmens de l'Iliade, traduits en vers pleins de talent et de goût.

objet de l'intérêt ? Qu'on me dise comment il arrivait que lorsque ses lumières,
ses soins ne pouvaient rappeler un malade
à la vie, c'était lui sur-tout qu'on plaignait ;
comment environnant le lit d'un ami mourant, les regards s'arrêtaient sur celui qui
n'avait pu l'arracher au tombeau, et faisaient répéter à tout le monde : *ce pauvre
Dubreuil* ! Enfin, qu'on m'apprenne la
cause de cette espèce d'enthousiasme [1] religieux qui lui a élevé un autel pendant sa
vie, honneur qui le rapproche encore de
ces héros de l'antiquité, que la reconnaissance élevait au rang des Dieux ? Sans
doute qu'une pareille gloire, ou plutôt un
semblable bonheur, ne peut appartenir
qu'à la vertu : mais la vertu même ne l'ob-
tient que lorsqu'elle est douce, indulgente ;
que lorsqu'elle est un mouvement naturel
de l'ame, une suite de sentimens aimables,
émanés d'un cœur tendre. C'était cette vertu
que Fénélon portait aux pieds des autels et
aux pieds du trône : c'était aussi sans doute
celle que M. Dubreuil porta auprès des
malades et des mourans...

Mais je laisse à ceux qui l'ont connu, qui

[1] Madame la comtesse de ** à C ***.

l'ont aimé, à nous tracer ce caractère de
vertu que je ne puis qu'imaginer. Tous les
amis de M. Dubreuil ne l'ont pas suivi dans
la tombe.

Je ne sais qu'un mot de M. de Pechmeja[1],
cet ami qui n'a pu survivre à sa perte. Ce
mot rappelle le *j'y allais* si touchant de La
Fontaine. On demandait à M. de Pechmeja
quelle était sa fortune : *J'ai ,* répondit-il,
douze cents livres de rente ; et comme on
s'étonnait qu'un si modique revenu pût lui
suffire : *Oh !* dit-il, *le docteur en a davantage.*

A.

[1] Pechmeja a publié quelques écrits peu considérables, mais qui annonçaient du talent et un
esprit distingué.

OBSERVATIONS
SUR LES LOIS PÉNALES.

I.

On a comparé l'organisation sociale à l'organisation animale ; et cette comparaison offre des rapports très-justes. La législation est le régime du corps politique ; les crimes sont les maladies aigues, et les vices sont les maladies chroniques, qui attaquent les sources de la vie ; les institutions et les lois sont les remèdes des uns et des autres.

Suivant les divers états de civilisation, le corps politique est plus ou moins robuste ; il est sujet à des maladies qui lui sont propres ; et celles qui appartiennent à tous les états de la société y sont plus ou moins graves, plus ou moins fréquentes. Il faut donc étudier le tempérament d'une nation, comme celui d'un individu ; il faut connaître parfaitement les mœurs et les habitudes, les passions et les besoins qui y dominent, pour approprier aux circonstances, et le

régime dans l'état de santé, et les remèdes
dans l'état de maladie.

I I.

Dans les sociétés naissantes, les punitions
doivent être douces, parce que le gouvernement n'a pas encore acquis assez d'autorité sur l'opinion pour faire exécuter stric-
tement ses lois. Le gouvernement se fortifie
avec le tems ; et lorsque son autorité a pris
des racines assez profondes dans l'esprit
des hommes, il peut établir des peines plus
rigoureuses contre les désordres qui trou-
blent l'ordre public ; et cette rigueur est
nécessaire à proportion que la police est
encore plus imparfaite.

Lorsqu'enfin l'habitude de la subordination et une bonne administration ont établi
un ordre stable, les mœurs se forment à la
règle ; les désordres sont plus rares et moins
graves ; les peines douces suffisent alors
pour les réprimer. Ainsi, dans tous les gouvernemens un peu perfectionnés, les lois
pénales, après avoir passé par différens
degrés de sévérité, doivent revenir à leur
douceur primitive.

III.

Chez les anciens peuples d'Europe, gouvernés par les principes de la féodalité, tous
les crimes, le meurtre même, s'expiaient
par des indemnités pécuniaires; usage qui
peut s'expliquer par l'état de société de ces
peuples, et dont on trouverait des traces
chez les anciens habitans de la Grèce. On a
regardé comme barbare cette idée de com-
penser par de l'argent la vie des hommes;
mais n'est-il pas cent fois plus barbare de
verser le sang des hommes pour expier un
dommage pécuniaire, comme on l'a fait
jusqu'ici, en appliquant au simple vol le
supplice de la mort.

IV.

Chez tous les peuples d'Europe, les lois
pénales ont été jusqu'à présent trop sévères; c'est qu'elles ont été presque toutes
faites dans des tems de trouble, de guerre
civile, de tyrannie; dans des tems où les
mœurs étaient féroces et la morale ignorée,
où le gouvernement était faible et la police
imparfaite, où par conséquent il fallait
suppléer par la rigueur des peines à ce qui

manquait de vigilance, de force et de moyens au gouvernement pour prévenir ou punir les crimes. La plupart ont été faites dans des momens où, par des circonstances particulières, de grands crimes devenaient plus fréquens et plus difficiles à réprimer ; et par un vice très-commun dans toute législation, les lois destinées à être un remède contre un mal momentané, subsistant encore quand le mal n'existait plus, devenaient elles-mêmes un grand mal. Les lois pénales sont sévères sur-tout, parce qu'elles ont toujours été l'ouvrage d'une classe d'hommes qui, par leur fortune, leur état et leur éducation, étant plus exposés aux violences qu'il fallait réprimer, étaient en même tems moins exposés aux rigueurs de la loi.

V.

Montesquieu parlant des lois cruelles que les romains avaient faites contre les esclaves pour la sûreté des maîtres, dit : « qu'elles n'étaient pas dépendantes du « gouvernement civil, mais d'un vice ou « d'une imperfection du gouvernement ci- « vil.... Elles étaient proprement fondées

« sur le principe de la guerre; à cela près
« que c'était dans le sein de l'état qu'étaient
« les ennemis. Le senatus-consulte Silla-
« nien dérivait du droit des gens, qui veut
« qu'une société, même imparfaite, se con-
« serve. »

Ce dernier principe, que je ne veux point
examiner ici, pourrait s'appliquer à cer-
taines lois de rigueur, contraires à la liberté,
mais sollicitées par un état de troubles intérieurs et de factions politiques. L'égalité
et la douceur des lois civiles supposent,
dans tous les citoyens, un intérêt égal à la
chose publique, et un danger égal dans la
violation de l'ordre. Mais lorsque deux
factions animées ont des intérêts opposés,
et que l'une voudrait détruire ce que l'autre
veut conserver, il est dans la nature des
choses que la plus puissante cherche à se garantir par des lois très-réprimantes contre
ses adversaires. C'est un véritable état de
guerre: le plus fort use de tous ses moyens
pour ôter à son ennemi le pouvoir de lui
nuire.

V I.

Dans les sociétés naissantes, la punition

des offenses contre les individus était livrée au ressentiment de l'offensé. L'esprit de vengeance est peut-être la passion la plus active et la plus indomptable de l'homme ; elle n'a cédé que tard aux institutions sociales ; elle se montre encore chez les peuples qui ont fait le plus de progrès dans la civilisation : le duel en est une preuve frappante. Les premières lois pénales participèrent du caractère de leur origine. Leur objet était de substituer l'intérêt public à l'intérêt personnel, la justice aux passions ; mais l'énergie des passions se fit long-tems sentir dans l'ouvrage de la raison. L'humanité frissonne du souvenir douloureux de toutes les inventions abominables que l'homme a imaginées pour tourmenter son semblable sous le prétexte de la justice. Les peuples anciens qui nous ont laissé des exemples des plus grandes vertus, les grecs et les romains, nous en ont laissé aussi de la plus grande cruauté dans les lois pénales.

V I I.

Tite-Live nous raconte (*Hist. l. 1, c.* 28) le supplice de Metius Suffetius, dont les membres attachés à deux chars, tirés en

sens contraire, furent ainsi déchirés par un
supplice nouveau, que nous avons imité
depuis. Il dit que tous les yeux se détour-
nèrent de ce hideux spectacle; et ce supplice, ajoute-t-il, fut le premier et le dernier qui flétrit l'humanité des lois ro-
maines, aucun peuple ne pouvant se flatter
d'avoir mis plus de douceur dans les peines.
Comment concilier cette assertion de Tite-
Live avec les autres dépositions de l'histoire? Nous voyons des criminels précipités
de la roche Tarpéïenne; d'autres battus de
verges jusqu'à la mort, et ce supplice est
cité par Suétone, comme très-ancien. *Sup-
plicium more majorum* (In vitâ Neron. 49.)
Les vestales infidèles étaient enterrées vi-
vantes; le supplice de la croix, toujours
précédé de la fustigation, dura plusieurs
siècles; les parricides enveloppés dans un
sac de cuir avec un singe, un coq, un ser-
pent et un chien, étaient jetés ainsi à la
mer; quelques criminels étaient couverts
d'un manteau enduit de poix, auquel on
mettait le feu; on en a livré des milliers
aux bêtes féroces: *praeclara œdilitas*, dit
Cicéron: *unus leo, ducenti bestiarii!* un
seul lion et deux cents victimes!

VIII.

Il faut l'avouer, les peuples de l'Europe, plus barbares dans leurs mœurs, l'ont été aussi encore plus, dans leurs lois.

On est étonné des raffinemens de cruauté qu'ils ont portés dans les supplices. Strahlemberg nous dit qu'en Russie on faisait avaler à un faux-monnayeur le métal fondu de la monnaie qu'il avait fabriquée. Un voyageur ancien, nommé Morrysson, dit qu'il a vu en Allemagne un malfaiteur suspendu vivant à un gibet, ayant tout à côté de lui deux gros chiens pendus par les pieds, et qui, irrités par la faim et la rage, lui dévoraient les jambes. Quel supplice plus effroyable que la roue, si l'accumulation des tourmens, en usage dans notre ancienne jurisprudence contre les régicides, n'effaçait pas toutes les idées d'atrocité que l'imagination humaine puisse supporter. Lors de la condamnation de Damiens, un homme de la cour demanda à un autre s'il irait voir l'exécution. *Dieu m'en garde*, répondit celui-ci, *je craindrais de m'intéresser à ce scélérat.* Ce mot est la plus grande objection contre la cruauté des sup-

plices : elle va directement contre le but
que doit se proposer le législateur, en ins-
pirant de la pitié pour le criminel et de
l'horreur pour la loi.

I X.

Il y a long - tems que la philosophie a
élevé la voix contre les outrages faits à la
nature humaine; mais cette voix était également repoussée par l'ignorance et la
tyrannie. La modération dans les châtimens
est plus propre à corriger les mœurs publiques, a dit Sénèque; la multitude des
coupables invite à le devenir soi-même, et
la sévérité perd de ses terreurs par sa continuité même. Nos législateurs ont adopté
ces principes humains et sages. Il n'est pas
possible de n'être pas touché des sentimens
de philantropie et d'humanité qui ont dicté
les principes du code pénal présenté à l'Assemblée nationale, et qui ont animé les
discussions qui en sont résultées, même
dans les opinions qui tendaient à une plus
grande sévérité. Mais il est arrivé dans
cette partie de la nouvelle législation, ce
qui est arrivé dans quelques autres. Les
imaginations vivement frappées des maux

qu'on voulait éviter, ont été entraînées peut-être trop loin vers l'extrémité opposée : peut-être qu'à force d'humanité on a manqué d'humanité ; car l'objet des lois étant la sûreté des citoyens, trop de clémence pour les méchans serait une cruauté pour les bons ; et les lois qui favoriseraient l'impunité des crimes seraient un piége coupable pour l'innocence. Le sublime de la législation, c'est de trouver cette combinaison de sagesse et de vigilance dans la loi, qui garantit l'accusé qui n'est pas coupable du danger d'être égorgé par le glaive égaré de la justice, et l'homme de bien de périr par le fer de l'assassin.

Charles II, roi d'Angleterre, avait un fou nommé Killigrew, qui, comme quelques autres de ces bouffons de cour, donnait quelquefois, sous le masque de la folie, de fort bonnes leçons et aux princes et aux courtisans. Charles II lui dit un jour : Eh bien ! Killigrew, quelles nouvelles ? — De fort mauvaises, sire. — Qu'y a-t-il donc ? — Il court un bruit que votre majesté a assassiné et volé la nuit dernière un homme dans la rue. — Quelle extravagance dis-tu donc là, reprit le roi. — Eh bien ! sire,

répliqua Killigrew, c'est que l'homme à
qui vous avez fait grace, malgré l'avis de
vos meilleurs amis, a commis le crime dont
je vous parle, et que tout le monde en accuse votre majesté. — Ce que tu me dis
me fait bien de la peine, dit le roi cons-
terné; je réponds que cela ne m'arrivera
plus.

X.

J'aime cette maxime des chinois : *Sois
juste avant d'être généreux ; sois humain
avant d'être juste.* J'entends par humanité
cette sympathie d'instinct, perfectionnée
par la raison, qui nous unit à tous les sentimens de nos semblables. Le principe de
toute justice humaine est dans cette disposition; mais ce principe, comme tous les
autres, a besoin d'être dirigé par une analyse rigoureuse dans son application aux
lois pénales; c'est cette analyse qui a manqué à nos législateurs ; et c'est l'entraînement irrésistible des circonstances qui les a
forcés à tout précipiter, soit en détruisant,
soit en recréant.

Que toute loi générale soit humaine :
voilà le premier principe qui a dirigé les

comités de l'assemblée nationale dans la composition du nouveau code pénal. Mais en quoi consiste l'humanité de la loi : c'est ce qui est très-difficile à déterminer.

L'institution des peines ne peut avoir pour objet de tourmenter un être sensible, quelque coupable qu'il fût. La société n'a droit de faire du mal à un de ses membres que pour épargner de plus grands maux à d'autres. Le premier devoir du législateur est de protéger l'innocence contre le crime ; le second, de ne punir le méchant qu'autant qu'il le faut pour que l'homme de bien, dorme tranquille.

X I.

Il n'y aurait rien de si humain qu'une loi qui, en menaçant d'un supplice atroce le meurtrier et l'empoisonneur, effraierait assez les scélérats pour qu'il n'y eût plus de meurtre ni d'empoisonnement.

Si le supplice de la roue était exclusivement réservé aux monstres qui commettent des meurtres avec des raffinemens de cruautés exercées sur leurs victimes, je trouverais cette rigueur très - humaine. Autant je me sens de penchant à l'indul-

gence pour les crimes que les passions de
la nature ou des besoins impérieux font
commettre, autant je me sens impitoyable
contre les crimes qui ne peuvent être l'effet
que d'une nature cruelle et dépravée sans
espoir d'amendement.

Quelle serait la loi la plus humaine, ou la
loi qui dans une année aurait prévenu vingt
assassinats et fait périr, par un supplice
rigoureux, un seul meurtrier, ou celle qui,
en encourageant les scélérats par un excès
d'indulgence, aurait fait couler sous le fer
des assassins le sang de vingt citoyens utiles
ou pères de famille innocens?

C'est sur-tout à empêcher que l'innocent
accusé d'un crime ne soit puni comme
coupable, que doit s'attacher l'humanité du
législateur. Le scélérat endurci ne mérite
aucun égard; il est l'ennemi de la nature
humaine, comme le tigre. C'est par respect
seulement pour l'humanité, par égard pour
les ames sensibles, qu'il ne faut pas être
sans pitié pour celui même qui a été sans
pitié pour un de ses semblables.

X I I.

Les lois, dit Montesquieu, *rencontrent*

toujours les passions et les préjugés du législateur. Nous sortons d'une législation où la jurisprudence était barbare et les peines atroces ; nous croyons ne pouvoir trop nous éloigner d'un ordre de choses si vicieux, et nous nous laissons emporter à l'extrémité opposée. Mais l'humanité a ses limites, et la justice, comme la vérité, ne se trouve guères dans les points extrêmes.

XIII.

Il était naturel que, dans cette effervescence d'humanité philosophique, on en passât un peu les limites pour y être ramené ensuite par une discussion réfléchie. Thomas Morus, dans son *Utopie*, a donné le plan d'un gouvernement où la peine de mort est proscrite du code pénal. Il n'est pas difficile de concevoir en effet un état de société, moins romanesque même que celui de l'*Utopie*, où cette peine ne serait qu'une inutile barbarie.

Des philosophes éclairés et humains (MM. Beccaria, Condorcet, Pastoret, etc.) ont soutenu depuis, que la société elle-même n'avait pas le droit, pour sa propre sûreté, d'ôter la vie à un de ses membres.

On aimerait à trouver des raisons suffisantes pour adopter une doctrine qui a
pour les ames sensibles quelque chose de
généreux et de touchant ; mais il y a dans
les simples notions du bon sens une lumière
plus frappante que les sophismes spécieux
de cette philosophie. Il y a même dans
l'ame du malheureux qui a ôté la vie à un
de ses semblables, un instinct secret qui lui
dit qu'il a mérité de perdre la sienne ; et ce
sentiment est exprimé avec une grande
vérité par Caïn, lorsqu'obligé d'errer sur
la terre, après le meurtre d'Abel, il craint
d'être tué par ceux qui le rencontreront.

X I V.

*La peine de mort est - elle légitime?
est-elle nécessaire?* Voilà les deux points
de vue sous lesquels la question a été pré-
sentée et discutée à l'Assemblée nationale.

Un membre de l'Assemblée (M. Jallet,
curé du ci-devant Poitou) avait publié, il
y a déjà quelques mois, une *opinion* par
laquelle il soutenait que la société n'avait
pas le droit de punir de mort ; et il fondait
sa doctrine sur ce principe du Contrat Social, si mal compris, ce me semble, par

tous ces raisonneurs politiques qui l'appliquent au hasard dans les journaux ou les pamphlets du jour. M. Jallet prétend que l'homme ne pouvant aliéner sa vie et sa liberté, parce que ce sont deux propriétés qu'il tient de la nature, il ne peut donner à la société le droit de disposer de sa vie. Il faut en conclure que la société ne peut non plus disposer de sa liberté. Si ce principe était fondé, il serait difficile de déterminer quelle espèce de peines la société aurait le droit d'infliger à ceux qui attentent à sa tranquillité et à sa sûreté.

X V.

La peine de mort est-elle nécessaire ? Voilà le vrai point de la difficulté, et je pense que l'Assemblée nationale l'a résolue comme l'exigeait malheureusement l'état de société où nous nous trouvons, c'est-à-dire, la dépravation de nos opinions et de nos habitudes sociales.

En effet, cet usage est un reste de barbarie : c'est un expédient pour échapper à un danger ou se délivrer d'un inconvénient, non une ressource pour prévenir l'un ou remédier à l'autre. On sent que dans

les sociétés naissantes, où il n'y a encore
ni prisons, ni gardes, ni revenus publics,
ce qui a dû s'offrir d'abord pour se débar-
rasser d'un individu nuisible ou dangereux
à la société, c'était de le tuer. Voyez les hot-
tentots : lorsqu'il se commet un crime dans
un de leurs *kraul* ou villages, tous les habitans se rassemblent en cercle, le coupable
est placé au milieu, et sans aucune cérémonie préalable, le chef donne le signal,
et tous assomment ce malheureux à coups
de massues. Ne serait-ce pas par le même
principe de police grossière et de commo-
dité d'exécution, que Dracon donna aux
grecs encore barbares cette législation de
sang où tous les délits étaient punis de
mort et du même supplice. Les stoïciens
semblent avoir voulu justifier les lois de
Dracon ; car ils soutenaient que toutes les
fautes morales étaient également criminelles
et dignes des mêmes peines. On conçoit
difficilement comment une secte si respec-
table a pu adopter une opinion au moins si
paradoxale.

On retrouve les anciens sur les traces
de toutes les vérités morales. *Recourir au
fer sans une extrême nécessité,* dit le sage

Plutarque, *n'est ni d'un grand médecin ni d'un grand politique , et annonce au contraire dans l'un et dans l'autre une profonde ignorance de l'art. (Comparaison d'Agis et de Cléomène avec les deux Gracques.*)

X V I.

L'Assemblée nationale a proscrit dans son code toute espèce de cruauté ajoutée à la mort, et il y a dans cette décision autant de sagesse que d'humanité. Mais n'est-ce pas se priver gratuitement d'un moyen de graduer l'échelle des peines, que d'appliquer le même supplice indistinctement à tous les crimes jugés dignes de mort ?

Ne pourrait-on pas établir différens genres de mort, et dans chaque genre, des circonstances qui, en variant l'appareil et ajoutant différens degrés de honte, sans faire souffrir le coupable, auraient servi à établir une proportion entre les délits et les peines, qui satisferait également la justice et la raison ? Faire pendre par un bourreau, fusiller par des soldats, décapiter par une machine, présenteraient différens degrés d'ignominie et même de supplice, qui, en frappant diversement les imaginations, répondraient mieux au véritable objet de la loi, sans blesser l'humanité. Tout peut devenir par les habitudes de l'opinion un objet de terreur. Les anglais n'ont de supplice pour tous les crimes (excepté celui de haute trahison) que la pendaison, mais avec trois circonstances qui distinguent les crimes et dont l'effet est très-remarquable. Le corps d'un voleur de grand chemin, qui a assassiné, est suspendu avec des chaînes au haut d'un gibet ; celui du meurtrier est livré au chirurgien pour être disséqué ; pour les crimes moins atroces, le corps du pendu est remis à ses parens pour recevoir les honneurs de la sépulture. Ces nuances, qui sembleraient devoir ajouter bien peu de terreur à la perte de la vie, excitent cependant des sentimens bien divers. On trouve dans l'*annual register, chron. mar.* 1761, qu'un nommé Darking, autrement dit *Dumas*, pendu à Oxford, déclara qu'il ne craignait point la mort ; mais que l'idée d'être disséqué lui faisait beaucoup de peine. Les exemples de ce genre ne sont pas rares. Milord Ferrers qui fut condamné en 1773 à être pendu

pour avoir tué son intendant , ne laissa pas
apercevoir la moindre altération sur son
visage , lorsqu'on lui lut la partie de sa
sentence , qui le condamnait *à être pendu
et étranglé jusqu'à ce que mort s'ensuive ;*
mais lorsqu'il entendit ensuite que *son corps
serait porté à l'amphithéâtre des chirur-
giens pour y être disséqué* , il s'écria, en
joignant les mains d'un air très-pénétré :
ah ! que Dieu ait pitié de moi.

X . V I I.

Quelqu'imposante que soit la force publique , instituée pour assurer l'exécution des
lois, cette force sera souvent ou insuffisante
ou trop rigoureuse, si elle n'est soutenue par
une puissance d'opinion ou d'habitude qui
fait la plus grande force des gouvernemens ,
et qui mène bien plus sûrement au but
qu'on doit se proposer. J'en trouve une
preuve assez remarquable dans le fait suivant , qui m'a paru mériter d'être connu.

Il s'est formé à Londres une association
pour encourager la découverte des parties
intérieures de l'Afrique , et l'on a publié ,
en 1790 , un exposé des opérations et des
moyens de la société. On trouve dans cet

ouvrage les détails du voyage de M. Lu-
cas, qui, sur le témoignage d'un shérif
africain, rapporte le fait suivant, comme
en usage dans le royaume de Fezzan. Si
un homme en a offensé un autre, et
qu'il refuse d'aller avec lui devant le juge,
l'offensé trace un cercle autour de l'offenseur, en lui intimant solemnellement, au
nom du roi, de ne pas sortir de la place
jusqu'à l'arrivée des officiers de justice qu'il
va chercher ; et telle est la crainte du châ-
timent infligé à celui qui désobéit, et celle
du bannissement perpétuel qui serait son
inévitable lot s'il sortait du royaume, que
cette prison imaginaire a tout l'effet d'une
détention réelle, et que l'offenseur attend
avec résignation les officiers de justice.

X V I I I.

J'ai examiné avec attention les divers
argumens employés contre la peine de
mort ; un seul m'a vivement frappé. Si
par une erreur de la justice, un innocent
est condamné, le mal est sans remède ;
au lieu que le dommage qui résulte de toute
autre peine, peut être réparé. C'est, je

crois, M. de Condorcet qui, le premier, a fait cette objection. Je n'y vois qu'une réponse : si la mort est de tous les supplices le plus propre à effrayer et à réprimer le crime, l'imperfection des institutions humaines veut qu'il y ait quelques victimes qui se dévouent à la sûreté publique.

X I X.

Les supplices sont des spectacles politiques, qui doivent agir sur les ames par les mêmes ressorts que les spectacles dramatiques. Le but moral de la tragédie est de prémunir, par les impressions de la terreur et de la pitié, contre les dangers et les erreurs des passions ; les exécutions sont destinées à opérer le même effet sur le peuple en masse. Elles doivent frapper vivement l'imagination ; mais plus par la terreur que par la pitié. Tant que l'appareil du supplice occupe l'imagination des spectateurs, il exerce une influence salutaire, en liant, par des traces profondes, l'image du malheur à l'idée du crime ; mais dès que les souffrances du patient éveillent trop fortement la compas-

sion dans leur ame, cette influence devient
contraire au but de la loi.

Malheureusement ce n'est pas sur les
méchans, c'est sur les ames sensibles, que
le spectacle des supplices fait de plus fortes
impressions. L'homme qu'il faut craindre
le plus de rencontrer dans une forêt, c'est
celui qui a l'habitude d'assister aux exécutions des criminels.

X X.

Des tourmens raffinés révoltent cent
fois plus l'humanité que la mort simple :
la nature a condamné tous les hommes à
la nécessité de mourir, mais non à la nécessité de souffrir. Le feu empereur Jo-
seph II avait substitué à la peine de mort,
pour les plus grands crimes, un genre
d'emprisonnement, avec des détails de
rigueur qui, en se renouvelant tous les
jours, offraient l'image d'un supplice plus
cruel que la mort. Une politique plus sage
et plus humaine le détermina ensuite à réformer cette loi.

Quelle horrible humanité que celle de
Guillaume-le-Conquérant, si toutefois il
prétendit être humain! Il défendit de mettre

aucun coupable à mort, pour quelque crime que ce fût; mais il ordonna que le coupable convaincu aurait les yeux arrachés, les pieds et les mains coupés, ou qu'il serait même châtré, suivant la nature du crime. La raison qu'on donne dans le statut, c'est que *le tronc mutilé du coupable resterait comme une preuve vivante de son crime,* (*Littleton's life of Henry II, tom. 5, in-8.° pag.* 289.)

X X I.

Il est extraordinaire que Beccaria, qui croit que la peine de mort n'est autorisée par aucun droit, la regarde cependant comme nécessaire en un cas. « C'est, dit-il, lorsqu'un citoyen privé de sa liberté a encore des relations et une puissance qui peuvent troubler la tranquillité de la nation; quand son existence enfin peut produire une révolution dans la forme du gouvernement établi. Ce cas ne peut avoir lieu que lorsqu'une nation perd ou recouvre sa liberté, ou dans les tems d'anarchie, ou lorsque les désordres mêmes tiennent lieu de lois. »

Les comités de l'Assemblée nationale, en demandant la suppression de la peine

de mort, avaient adopté la même exception. On se trouve à chaque instant, dans la
composition des lois, pressé entre le droit
de chaque individu et le droit de tous;
entre la voix de la nature et l'empire de la
nécessité. Beccaria veut, par le même motif,
qu'on bannisse de la société celui qui, sans
être entièrement convaincu d'attenter à la
sûreté publique, a mis la nation dans la
fatale alternative ou de le craindre, ou de
lui faire une injustice; et dans cette opinion, il peut se couvrir de l'autorité de
Cicéron. Ce grand orateur, apostrophant
Catilina au nom de la république elle-
même, lui crie : « Eloigne-toi et affran-
« chis-moi des terreurs que tu me causes;
« afin que je ne sois pas opprimé par toi, si
« ces terreurs sont fondées, ou que je cesse
« enfin de craindre, quand même elles se-
« raient chimériques. »

Les anglais regardent comme un délit
de *mettre en crainte* un ou plusieurs citoyens. Celui qui par quelque action,
geste ou parole, fait craindre à un autre
quelque danger présent pour sa sûreté ou
sa propriété, est coupable d'infraction à
la paix; s'il est conduit devant le juge, il

est obligé de donner caution qu'il gardera
la paix.

Cet article du code pénale des anglais,
qu'ils regardent avec raison comme très-
salutaire, ne pourrait-il pas être transporté
utilement dans le nôtre ?

S.

DE LA CERTITUDE

DE L'HISTOIRE.

N'EST-CE pas une chose digne d'observation, que de beaux et de bons esprits
de ce tems-ci se disputent pour savoir le
degré de confiance que mérite Hérodote
en nous racontant des événemens arrivés
plusieurs siècles avant lui, dans des tems
de merveilles et de fables, sur des tra-
ditions très-vagues ou des rapports très-
suspects ?

Des érudits, disposés à croire un fait
incroyable, si Hérodote ou Diodore l'ont
écrit, n'ont jamais réfléchi à l'insurmon-
table difficulté qu'il y a souvent à s'assurer
d'un fait qui vient de se passer dans la rue
ou dans le palais des rois.

J'aime à voir le savant M. de la Nauze
s'indigner contre cette *critique outrée* qui
ose accréditer le pyrrhonisme de l'histoire,
au point d'y jeter des doutes sur l'*Histoire
amoureuse de Léandre et Héro ,* quoique
plusieurs poëtes en aient parlé plusieurs

siècles après, et que le fait ait été gravé sur des médailles postérieures encore au tems des poëtes. Comment douter, en effet, après de telles preuves, qu'un jeune homme se soit amusé à passer et à repasser à la nage toutes les nuits le détroit des Dardanelles, pour aller voir sa maîtresse ? Ce qui rend la chose plus vraisemblable, c'est qu'il finit par s'y noyer.

Fontenelle appelait l'Histoire une *fable convenue*. Je pense comme Fontenelle ; et je proposerai à ceux qui sont si faciles aux preuves de la vérité, de réfléchir un moment sur l'anecdote suivante, que je viens de lire dans un ouvrage anglais.

On connaît les exploits et la fin tragique du fameux amiral anglais, sir Walter Raleigh, qui, après avoir rendu les plus grands services à sa patrie, fut condamné à perdre la tête pour une prétendue conspiration contre Jacques I.er, dont il n'y a jamais eu de preuves. L'exécution de l'arrêt fut suspendue, et il resta trois ans dans les fers. Enfin, ayant fait courir le bruit qu'il avait découvert une mine d'or dans la Guyane, il obtint sa liberté, et on lui permit d'armer des vaisseaux pour aller tenter cette aventure. Raleigh partit, et au lieu d'aller chercher cette mine qui n'existait pas, attaqua les espagnols dans la Guyane, et s'empara d'une de leurs villes. Au retour de son expédition, il fut sacrifié au ressentiment de l'Espagne, et il fut décapité en exécution de l'ancien arrêt qui n'avait pas été annullé. Cet homme extraordinaire qui était né dans un siècle ignorant, et qui avait passé sa vie dans le tumulte des armes, était un des plus savans hommes de son tems. Il a laissé une *Histoire du Monde* tres-estimée en Angleterre ; mais on n'en a que la première partie. Voici la traduction littérale du morceau que je vous ai annoncé :

Raleigh, enfermé à la tour de Londres, y préparait le deuxième volume de son Histoire du Monde. Il était à la fenêtre de son appartement, rêvant aux devoirs de l'historien et au respect que mérite la vérité, quand tout-à-coup son attention fut attirée par un grand bruit et du tumulte qui s'éleva dans une cour qui était sous ses yeux. Il vit un homme en frapper un autre, qu'à son habit il jugea officier, et qui, tirant son épée, la passa au travers du corps

de celui qui l'avait frappé ; mais celui-ci
ne tomba cependant qu'après avoir renversé d'un coup de bâton son adversaire.

La garde vint aussitôt se saisir de l'officier, qui était étendu à terre presque sans
connaissance, et l'emmena ; tandis qu'en
même tems le corps de l'homme tué d'un
coup d'épée fut emporté par quelques personnes qui eurent beaucoup de peine à
percer la foule qui les environnait.

Le lendemain, Raleigh reçut la visite
d'un ami connu par une probité sévère. Il
lui raconta l'aventure dont il avait été
témoin la veille, et qui lui avait fait une
vive impression. Quelle fut sa surprise
quand son ami lui dit qu'il n'y avait presque
rien de vrai dans toutes les circonstances
de son récit ; que son prétendu officier
n'était pas officier, mais domestique d'un
ambassadeur étranger; que c'était lui qui
avait donné le premier coup ; qu'il n'avait
pas tiré son épée, mais que l'autre s'en
était saisi et la lui avait passée au travers
du corps avant qu'on eût eu le tems de la
lui arracher ; qu'aussitôt un spectateur qui
était dans la foule avait jeté à terre, d'un
coup de bâton, le meurtrier, et que quel-

ques étrangers avaient emporté le corps du
mort. Il ajouta que la cour avait envoyé
l'ordre d'instruire sur-le-champ le procès
du meurtrier, et de ne lui faire aucune
grace, parce que le mort était un des principaux serviteurs de l'ambassadeur d'Espagne. « Permettez-moi de vous dire, ré-
« pondit Raleigh à son ami, que j'ai pu me
« tromper sur l'état du meurtrier, mais que
« toutes les autres circonstances sont de la
« plus grande exactitude; car j'ai vu de mes
« yeux tous ces incidens, qui se passaient
« sous ma fênetre, à cet endroit, vis-à-vis
« de nous, où vous voyez une pierre du
« pavé élevée au-dessus du reste. — Mon
« cher Raleigh, répliqua son ami, c'était
« sur cette même pierre que j'étais assis,
« lorsque tout cela s'est passé ; j'ai reçu
« cette petite égratignure que vous voyez
« sur ma joue, en arrachant l'épée des mains
« du meurtrier, et sur mon honneur, vous
« vous êtes trompé sur tous les points. »

Sir Walter étant resté seul, prit le manuscrit du deuxième volume de son Histoire,
qui était entièrement achevé ; et réfléchis-
sant à ce qui lui arrivait, il se dit à lui-
même : « Combien de faussetés ne doit-il

« pas y avoir dans cet ouvrage ! Si je ne
« puis pas m'assurer d'un événement qui
« s'est passé sous mes yeux, comment pour-
« rais - je hasarder de raconter ceux qui se
« sont passés des milliers d'années avant ma
« naissance, de ceux mêmes qui se sont
« passés loin de moi depuis que je suis né ?
« Vérité ! vérité ! voilà le sacrifice que je
« te dois... » En même tems il jeta au feu
son manuscrit, le travail de plusieurs années, et le vit tranquillement consumer
jusqu'à la dernière feuille.

De quel énorme fatras de volumes d'his-
toires, de vies, d'anecdotes, etc., nos biblio-
thèques ne seraient pas surchargées, si leurs
auteurs avaient eu le même scrupule que
Raleigh !

S.

LETTRE

SUR LA CONSTITUTION

ET LE COMMERCE DES ÉTATS-UNIS.

———

Je ne fais pas plus de cas qu'un autre de
la personne et des talens de Brissot ; mais
si les bons ouvrages sont ceux qui font
penser, qui donnent lieu à des réflexions
plus justes et plus fécondes que celles de
l'auteur, le voyage de Brissot aux États-
Unis est un des plus utiles que je connaisse ;
c'est celui qui développe le mieux la partie
systématique de la révolution, dont il ne
nous reste plus que la honte et les désastres.
J'ai reçu de cette lecture, une trop singulière et trop vive impression pour ne pas
vous la rendre. Chose étrange ! en général
les faits sont exacts, les descriptions atta-
chantes, les observations judicieuses ; ce
n'est point par ce que dit l'auteur, mais par
ce qu'il ne dit pas, que cet ouvrage a été
funeste à l'époque où il a été publié. Les
enthousiastes de l'Amérique ont appelé la

démocratie parmi nous en en montrant les
heureux effets dans un vaste pays ; et ce
n'est pas en les niant aujourd'hui qu'on
effacera les crimes et les malheurs de la
révolution. Les déclamations contre l'Amérique ne sauraient détruire les preuves in-
contestables de sa prospérité , qui a des
causes sensibles ; elle en a aussi d'inaper-
çues qui ont échappé à Brissot et à d'autres
observateurs. Ce sont celles-là dont je veux
vous entretenir ; car dans toutes les comparaisons d'événemens , d'hommes et de
pays , ce qu'on ne recherche jamais avec
assez d'attention, ce sont les différences.

Les panégyristes de l'Amérique en font
un Elysée ; ses détracteurs ne tarissent pas
sur la cupidité et la mauvaise foi qui se sont
introduites dans ses relations commerciales.
Personne n'ignore en effet que les faillites
y sont très-fréquentes et souvent fraudu-
leuses ; que les créanciers y sont plus mal-
traités que les débiteurs , et qu'un recou-
vrement de fonds dans les principales places
de l'Amérique est une affaire difficile à terminer heureusement. Comment donc concilier la confiance que j'accorde à Brissot ,
lorsqu'il nous décrit les mœurs des amé-

ricains et tous les détails de leur vie civile
et rurale, avec l'opinion très-motivée que
je professe ici sur la tolérance de leur gouvernement pour les plus graves abus dans
les principes et les procédés d'un grand
nombre de leurs commerçans ? Comment
de tels abus pourront-ils permettre l'extension et la prospérité du commerce ?
Comment l'immoralité qu'ils annoncent
n'altère-t-elle pas l'essence des mœurs républicaines, la probité qui en est la base,
l'ordre public qui paraît si respecté et si
bien assuré dans cet heureux pays ? Je ne
me fais ces questions qu'en voulant les résoudre ; et je crois, après y avoir bien réfléchi, avoir trouvé les raisons principales
de l'ordre social des américains et de sa
prospérité, malgré les taches qu'on peut y
remarquer.

Il y a toujours eu, même sous le gouvernement royal, dans les colonies anglaises
de l'Amérique septentrionale, un cadre
subsistant de démocratie. Les quakers et
les presbytériens furent les fondateurs des
premiers établissemens, où les distinctions
féodales et les prérogatives de la noblesse
ne furent jamais admises. L'administration

municipale, la participation des proprié-
taires au pouvoir législatif y furent toujours
en vigueur, et la déclaration de leur souveraineté n'a été que le complément de toutes
ces institutions. Voilà donc des habitudes
anciennes et générales dans toutes les pro-
vinces, qui ont imprimé aux mœurs, aux
usages, à l'esprit public, un caractère d'é-
galité, d'indépendance, qu'aucun intérêt,
aucun préjugé ne contrariaient. De cette
uniformité de goûts et de principes, il a dû
résulter un ordre facile et des mœurs simples, dont le spectacle contrastant avec nos
goûts et nos usages, nous présente une apparence d'austérité qui est plus dans les
choses que dans la morale. Mais comment
les nouveaux venus de toutes les parties de
l'Europe, dont cette population américaine
s'accroît annuellement, contractent-ils les
mêmes habitudes et se subordonnent-ils si
facilement à l'esprit général, tandis qu'on
doit leur supposer des goûts, des mœurs et
des habitudes très-différentes? Cela doit
arriver naturellement et par une raison fort
simple, qui rend la démocratie aussi ora-
geuse en Europe qu'elle est paisible dans
les Etats - Unis. Tous les émigrans qui y

abondent savent quel est le gouvernement
qu'ils y trouveront ; ainsi ils l'ont adopté
par goût ou par nécessité avant de s'em-
barquer ; ils arrivent au moins résignés à
ce nouvel ordre de choses, qui est d'ailleurs
très-favorable au plus grand nombre, et
qui ne peut déplaire qu'à l'ambitieuse vanité. Celle-là reste en Europe, ou ne fait
qu'une apparition passagère en Amérique ;
mais le jeune homme ou le père de famille
qui se décident à s'y établir, n'ont aucun
intérêt d'opposition aux institutions politiques, et ils conçoivent bientôt que leur
sûreté, leur bonheur dépendent de leur
stabilité. Il y a donc un concours bénévole,
une harmonie générale entre toutes les
classes de cette société pour sa conserva-
tion et son perfectionnement, ce qui cons-
titue un bon esprit public et une base de
bonnes mœurs que la vie rurale contribue
efficacement à entretenir. Un enthousiaste
comme Brissot ne pouvait pas s'apercevoir
que l'Amérique est un échiquier dont toutes
les cases sont disposées pour être occupées
comme elles le sont ; tandis que notre Europe est un champ de bataille où les préjugés divers et les passions et les vices se-

raîent sans cesse dans un désordre hostile
sans une force imposante ; ce qui ne veut
pas dire que la servitude y est nécessaire,
mais que la démocratie n'y est pas bonne ;
la force pouvant seule y maintenir la liberté,
en supposant toutefois la force aux ordres
de la justice et de la raison.

Examinons maintenant comment cette
harmonie générale dans les mœurs des
Etats-Unis n'en garantit pas toujours la
pureté, sur-tout parmi les commerçans.
C'est un grand point d'obtenu, c'est même
le plus essentiel dans une société politique,
d'avoir réuni les vœux, les intérêts et les
efforts des citoyens autour du pacte social.
Il est fort peu de nos gouvernemens européens qui aient cet avantage ; car ils se
composent presque tous d'élémens discor-
dans, de disparités individuelles, d'intérêts
opposés. La grande habileté de leur régime consiste à adoucir les frottemens, à
rapprocher les extrêmes, à imprimer à la
masse un mouvement régulier, mais con-
traint, et qui ne peut être harmonique. Il
résulte de ces différences entre l'Europe et
l'Amérique, deux tableaux aussi dissem-
blables dans la composition que dans le ton

des couleurs ; mais de ce que les américains
ont pu se préserver de la plupart de nos
vices politiques, il n'en faut pas conclure
la perfection de leur moralité, sur-tout
dans les professions où l'amour du gain
peut incessamment altérer la pureté ; car
alors l'esprit d'indépendance, la grande
liberté dont jouit chaque citoyen, ne présentent aucun frein à son avidité ; et pourvu
qu'il puisse se soustraire à l'empire de la
loi, celui de l'opinion le favorise plus qu'il
ne le contrarie par des considérations locales qu'il faut encore apprécier.

Un pays nouveau, plus habité par les
mécontens que par les gens fortunés de
l'ancien continent, fournit nécessairement
à l'activité du commerce plus d'industrie
que de capitaux, et il doit être dans l'esprit
de son gouvernement d'y accueillir tous
ceux qui y arrivent avec une mise quel-
conque d'industrie ou de capitaux, sans en
rechercher l'origine, sans informations in-
quiétantes sur la conduite antérieure des
arrivans. Il faut donc distinguer deux personnes dans l'homme moral des États-Unis :
celui qui s'unit sincèrement à la démocratie, parce qu'il en a co-ordonné d'a-

vance les principes à tous ses intérêts, et celui qui poursuit la fortune par toutes les voies qui s'offrent à lui. La première partie de ce caractère uniforme en Amérique, a les plus heureux effets sur la prospérité publique et tempère les inconvéniens de la seconde, mais ne les détruit pas; et comme la recrue nouvelle d'européens se répand plus dans les villes que dans les campagnes, se livre plutôt à l'industrie commerciale qu'à la culture, il doit y avoir des entreprises téméraires, des engagemens hasardeux; la hardiesse et la ruse doivent suppléer à la disette de fonds, et chaque chance malheureuse doit occasioner des banqueroutes que l'intérêt général de cette société croissante ne permet pas d'empêcher ou de punir rigoureusement; car elle a besoin d'hommes pour occuper son territoire, et il faut qu'elle les attire: ainsi elle ne commande pas exclusivement le scrupule et la délicatesse; les crimes seuls qui attentent à sa sûreté, à la paix intérieure, doivent être punis; et ceuxlà sont rares, parce qu'il y a occupation et ressource pour tous les individus. Cependant les anciennes familles du pays et celles

qui y sont solidement établies doivent présenter un tableau satisfaisant d'ordre, d'aisance et de régularité, parce que c'est là
l'esprit et le but de cette organisation sociale, et qu'il y a plus de moyens que d'em-
pêchemens pour y parvenir. Voilà ce qui a
produit l'enthousiasme de Brissot, tandis
que les détracteurs des États-Unis ne veulent voir que les ombres et les taches du
tableau. Mais dans cette situation du commerce telle que je la dépeins, et qu'elle est
en effet, comment peut-il prospérer? Par-
tout où il y a la matière d'un grand commerce et beaucoup d'activité, il y a une
continuité nécessaire d'expéditions, de
ventes et achats, transports, d'importa-
tions, d'exportations; et outre que l'inexac-
titude et l'infidélité des agens ne sont pas
générales, qu'il y a dans chaque ville des
maisons respectables, les risques de la place
se calculent en sus de ceux de la naviga-
tion, et le marché n'est jamais dégarni.
L'Amérique produit aujourd'hui pour le
service de l'Europe une grande quantité
de grains, de bois, fers, salaisons, etc., et
offre un débouché précieux aux manufactures européennes. La somme de ces

échanges se proportionne à celle de sa population , augmente annuellement avec
elle ; et malgré les faillites des maisons
nouvelles qui ne font que disparaître , le
crédit des anciennes se consolide en se liant
au crédit public, qui a acquis dans chaque
état une grande consistance par une sage
administration et la liquidation progressive
de l'ancienne dette. C'est une chose merveilleuse que cette moralité constante du
gouvernement dans un pays où l'immoralité n'est pas rare. J'en ai indiqué la cause
dans son origine et sa composition. J'ajouterai que ce qui corrompt tous les gouvernemens, c'est que leur volonté permanente
étant de se maintenir, les difficultés, les
résistances qu'ils éprouvent les rendent peu
délicats sur les moyens de les vaincre , ce
qui n'arrive pas dans un pays dont les habitudes sont telles qu'il n'y a point de résistance et peu de difficultés dans la marche
du gouvernement.

Vous concevez maintenant les sentimens
divers dont j'étais affecté en lisant les lettres
de Brissot. J'étais presque indigné d'y
trouver de la vérité et beaucoup d'intérêt.
En me reportant à l'époque où il écrivait ,

je voyais cet homme, avide de révolutions
et de démocratie, préparer les poisons,
saper les fondemens de toutes nos institutions, dont un concours inoui de circonstances préparait le renversement ; car toutes
les classes de la nation travaillaient de concert à leur déplacement ; chacun s'ébranlait pour changer de poste ; tous ou presque
tous étaient mécontens ; le mal s'exagérait,
le bien ne suffisait pas, on voulait être
mieux. L'autorité elle-même confessait ses
abus, reconnaissait son origine et se tenait
dans la posture de l'obéissance. Le plus
grand des malheurs dans une telle position,
était l'exemple de la révolution d'Amérique et ses heureux résultats, qu'il était
insensé de nous rendre applicables. Tel
était cependant le vœu de ceux qui ont le
plus influé sur cette grande époque ; et la
démocratie américaine n'était pas même
assez pour eux, ils voulaient une plus parfaite égalité, un gouvernement plus dépen-
dant de la multitude ; car la division du
corps législatif des Etats-Unis, était pour
nos révolutionnaires une imperfection qu'ils
se gardaient bien d'imiter. Ce délire était
attaqué par un autre, celui de la force né-

gative, dont l'énergie est toute en prétentions, également impropre à l'attaque et à
la défense, aux sacrifices et aux conquêtes.
Au milieu de ces deux espèces d'athlètes,
on aperçoit à peine ceux du parti modéré,
si odieux à Brissot, qui remarquait d'un ton
triomphant qu'il n'y a point eu un tel parti
dans la révolution d'Amérique. C'est que
l'objet de la constitution était simple. Il
était facile, il était nécessaire de se décider
pour ou contre ; il s'agissait d'appartenir à
l'Angleterre ou de s'en détacher. Les intérêts opposés pouvaient se calculer, se mesurer, se combattre, mais non se taxer réciproquement de folie, et la raison ne pouvait trouver place dans un parti mitoyen.
Les américains indépendans ne changeaient
rien à leur ordre social que le nom du souverain ; ils conservaient leurs mœurs, leurs
institutions, leur existence politique, en lui
donnant plus de consistance. Il n'en était
pas ainsi parmi nous. Les français révolutionnaires commençaient par tout détruire,
et ne nous laissaient que le choix des crimes
ou des chimères. Mais parmi les défenseurs
de l'ancien régime, que pouvaient pour
leur propre cause ceux qui la séparaient du

vœu national, des réformes salutaires, des
améliorations possibles ? Leur défaite facile
a donné la mesure de leurs moyens ; et si
les amis d'une liberté raisonnable, en s'é-
loignant des deux extrêmes, n'ont pas eu
plus de succès, ils s'honoreront toujours
d'être restés dans les limites du vrai patriotisme, de n'avoir abandonné que ce que la
raison publique a prescrit, et d'avoir constamment défendu tout ce qu'elle a consacré.
Cette modération, si flétrie depuis par
Brissot, n'était pas dans l'esprit, mais bien
dans le ton de son ouvrage ; et l'on ne sau-
rait même aujourd'hui refuser son assentiment à la pluralité de ses principes, de ses
observations, de ses éloges, de ses censures.
Il faut le suivre dans les écarts de la vie
politique, pour reconnaître ceux du voyageur philosophe. Il n'y a rien d'exagéré
dans l'admiration que lui inspire le spectacle des États-Unis, de cette société de
cultivateurs, commerçans, riches par le
travail et l'économie, heureux par l'harmonie de leurs lois et de leurs mœurs, de
la liberté et de l'ordre public ; mais quel
égarement ! quelle perversité d'intentions
dans les combinaisons que lui suggère son

enthousiasme pour les américains! Comment ces sentimens d'amour et de respect pour la justice, l'humanité, la liberté, peuvent-ils engendrer tant d'actes d'injustice, de violence, de destruction? Il faudrait, en lisant les lettres de Brissot, pouvoir en oublier la traduction qu'on trouve dans ses écrits et dans sa conduite postérieure. Nous serions enchantés d'un chinois qui, appréciant avec goût et justesse nos arts et nos sciences, et sur-tout notre architecture, reconnaîtrait en ce genre l'infériorité de son pays sur le nôtre; mais si nous savions que son arrière-pensée est de retourner à Pékin pour incendier la ville impériale et la reconstruire sur le plan de Paris, le philosophe chinois nous paraîtrait un méchant fou. Voilà l'impression que nous fait la philosophie de Brissot, si on la juge dans son ensemble et dans ses résultats; mais en séparant la révolution américaine de tous ses rapports avec la révolution française, et l'écrivain qui en expose les effets, du chef de parti qui veut à tout prix les reproduire en France, le Voyage aux États-Unis est d'un grand intérêt; car il importe à tous les peuples de connaître celui qui, né d'hier,

est déjà parvenu à la virilité, qui **présente**
le premier exemple d'une démocratie sen-
sément ordonnée, où les lois et les actes **du**
gouvernement n'ont point à redouter les
mouvemens impétueux et l'influence anar-
chique de la multitude; et quoiqu'une **telle**
institution doive tous ses succès aux tems,
aux lieux, aux hommes extraordinaires **qui**
l'ont préparée; quoiqu'il soit aussi difficile
que dangereux de la transporter dans d'autres lieux, chez un autre peuple, il est bon
de la faire aimer, de la montrer dans tout
son éclat, et d'indiquer à tous les peuples,
à tous les gouvernemens, ce beau commentaire de la loi naturelle et cet asile toujours
ouvert contre l'injustice et la persécution.
Les formes constitutionnelles, la hiérarchie
politique ne peuvent être les mêmes dans
tous les pays; mais celui qui a le **mieux**
connu la nature, l'objet et les limites **du**
pouvoir, présentera toujours d'utiles leçons
à tous les autres.

M.

EXTRAIT

D' UNE LETTRE

D'UN HABITANT DES ÉTATS-UNIS, A UN DE
SES AMIS DEMEURANT EN EUROPE.

Vous me demandez quelles sont les villes
des Etats-Unis où vous trouveriez réunis
à-la-fois dans un plus haut degré la salubrité, l'économie et les agrémens de la
vie. Ce serait une réponse sévère et peut-
être un peu exagérée que de vous dire,
dans aucune. Je vais donc m'expliquer.
Le climat de ce pays a eu et a mérité long-
tems une réputation de salubrité. Depuis
quelques années, une fièvre épidémique et
souvent meurtrière a paru dans les villes
maritimes. Elle s'est fait sentir à Philadelphie en 1793, 1797 et 1798. Son influence
s'est déployée principalement et presque
exclusivement dans les parties basses et voi-
sines du port, dans les rues étroites et
habitées par la classe pauvre. On en as-
signe différentes causes relatives à des cons-
tructions qui arrêtent le mouvement des

eaux et l'écoulement des immondices. On en trouve une autre dans sa communication très-augmentée avec les Antilles, où des maladies plus destructives qu'à l'ordinaire se sont manifestées depuis la guerre. Ces diverses causes sont développées par des chaleurs très-fortes en été ; car depuis le mois de prairial jusqu'à celui de vendémiaire, le thermomètre de Farenheït se tient entre 65 et 90 degrés. Cet été il s'est élevé, mais pendant peu de jours, à 95 deg. L'hiver est très-froid ; et en tout tems, la température est très-inégale. L'intérieur du pays est assez sain, à l'exception des terrains nouvellement défrichés, où les nouveaux venus sont sujets à des fièvres intermittentes.

La vie est fort chère dans les villes de commerce. Une maison (et ici chaque famille occupe une maison séparée) convenable à une famille aisée sans être riche, coûte environ trois mille six cent francs de loyer ; le pain blanc trois à quatre sous la livre, la viande de boucherie de sept à huit, le beurre frais de vingt-huit à trente, une paire de souliers dix à douze francs. Le poisson de mer est abondant ; le vêtement

n'est pas fort cher. On donne à un domestique mâle quarante à cinquante francs de
gages par mois, de vingt à trente à une
servante. Les domestiques sont rares, et en
général très-mauvais, parce que les hommes
qui ont quelque capacité trouvent d'autres
ressources pour subsister. Les prix ci-dessus
sont pour les grandes villes, car dans l'intérieur du pays et même à peu de distance,
on vit à beaucoup meilleur marché, sur-
tout pour le loyer des maisons.

Quant aux agrémens de la vie, ceux qui
ont été en Angleterre ou en Hollande,
n'ont qu'à se figurer une ville de commerce
dans un de ces deux pays, ils auront une
idée assez exacte de nos villes. Tout le
monde ici fait quelque chose. Cette classe,
commune en Europe, de gens jouissant
d'une fortune aisée, cultivant les arts et
les sciences, n'ayant d'affaires que celles de
satisfaire les goûts d'un esprit curieux ou
les inclinations d'une ame sensible, n'existe
pas ici. Vous y trouverez des marchands,
des fermiers, des légistes, des magistrats et
point d'oisifs. Ne croyez pas cependant que
tout cela soit de la simplicité. Non; il y a
déjà du luxe, mais ce luxe encore grossier

qui devance le règne des arts et du goût.

Il s'élève de grandes fortunes. Celui qui en acquiert une se hâte de bâtir une belle maison, de mettre sur pied un brillant équipage et de donner de somptueux dîners.

La classe moyenne est nombreuse ; la classe pauvre ne l'est pas. La masse entière se compose d'individus industrieux, attentifs à leurs intérêts, paisibles, renfermés dans une vie domestique, et sur-tout infiniment plus éclairés, non-seulement sur leurs intérêts particuliers, mais aussi sur leurs intérêts relativement à la chose publique, que les classes correspondantes en Europe. Vous trouverez difficilement un américain *natif* qui ne sache pas lire et écrire, et qui ne lise au moins les papiers publics. Or les papiers publics fourmillent ici. Les questions de toute espèce y sont agitées dans tous leurs sens, et cela forme un code d'instructions suffisantes aux besoins généraux d'un peuple républicain.

En général, les traits caractéristiques du peuple américain sont, de bonnes mœurs domestiques, un bon sens plus général, avec moins d'inégalité de culture d'esprit qu'en Europe ; plus de disposition à la justesse d'esprit qu'à l'imagination ; et enfin plus de chaleur de cœur que de tête. Vous connaissez de réputation et par ses écrits le docteur Francklin ; sa tournure d'esprit et de tête était éminemment américaine, comme celle de Voltaire, par exemple, était éminemment française ; bien entendu que dans l'un et dans l'autre c'était avec une supériorité d'esprit et de talent, qui fait qu'on trouvera aussi difficilement un second Francklin en Amérique qu'un second Voltaire en France.

Il y a des spectacles passables, mais dans le genre anglais, et qui sont peu suivis ; des concerts qui le sont encore moins ; des cafés qui ne sont que des bourses de marchands ; des clubs où l'on boit et l'on mange. Les plaisirs sont tous domestiques. Un célibataire mène dans ce pays une vie détestable, à moins que la débauche de table ne fasse son bonheur.

Vous m'avez exprimé aussi le desir de savoir si l'on trouve encore de solides spéculations à faire en achat de terres dans ce pays, et quel intérêt on pourrait tirer de son argent par une spéculation de cette espèce. Je vous prie d'observer que le peuple américain croît rapidement ; et il croîtra ainsi pendant plusieurs siècles. Quoi qu'il puisse arrive, il est destiné à être nombreux et puissant. Il en résulte nécessairement que les terres vacantes se couvrent successivement d'habitans, et augmentent en valeur. Le progrès des défrichemens est un sujet d'étonnement perpétuel. Outre cet accroissement réel, il y en a un autre qui vient des spéculations ; celui-ci hausse ou baisse suivant la rareté ou l'abondance du numéraire, suivant l'encouragement ou le découragement local, et enfin par toutes les causes qui influent sur tout ce qui est spéculation. Il y a de bonnes et de mauvaises spéculations en terres comme en toute autre chose. Ces spéculations ne conviennent guère, suivant moi, qu'à deux sortes de personnes : 1.º à un grand capitaliste qui, après avoir fait un bon choix de terrains, laisse au tems à mesurer son affaire, et qui n'ayant pas épuisé ses moyens, peut attendre que les progrès de la population amènent des offres avantageuses ; 2.º à un homme dont le capital principal est dans son industrie, sa bonne conduite et une bonne santé qui lui permette d'unir l'action

à la spéculation. Celui-ci , avec un capital
beaucoup moindre , peut recueillir d'aussi
grands avantages.

(Nous supprimons ici quelques détails
instructifs sur ce genre d'entreprise , mais
qui ne sont pas d'un intérêt assez général).

L'agriculture ici n'est pas savante ; il
n'est pas question de tirer d'un terrain borné
tout ce qu'il est possible d'en tirer , mais
d'en avoir ce que comportent des moyens
bornés. Les bras sont rares, mais la terre
est naturellement fertile.

Quant au choix du lieu pour un établissement , les états du milieu, tels que New-
Jersey , New-Yorck , la Pensylvanie , sont
préférables à tous égards, le climat étant
plus modéré et les terres meilleures que
plus au sud et au nord. Mais si l'immense
distance de toute communication avec les
ports de mer et l'ancien monde n'effrayait
pas, les bords de l'Ohio offrent certainement des terres supérieures à toutes autres , avec un climat plus égal ; et les
établissemens y sont déjà plus nombreux
qu'on ne se l'imagine.

Il est remarquable que les nouveaux
occupans des terres nouvelles viennent

tous des é ats du nord qui sont pleins, **et**
dont les terres sont pauvres, principlement
du Connecticut, sans que la population
de ces états diminue ; ce qui suffit pour
prouver l'accroissement prodigieusement
rapide de la population. Il est probable que
le sud multiplie moins, de sorte que cette
race du nord paraît être celle qui doit faire
souche en Amérique ; et cela est heureux,
car elle est plus sage et plus industrieuse
que celle du sud.

Il y a sept à huit colléges dans les Etats-
Unis. Les principaux sont ceux de Massa-
chussett, de New-Yorck, de New-Jersey,
de Philadelphie. Le premier appelé *collége*
de Cambridge, est le plus considérable.
Celui de New-Yorck a un professeur des
langues grecque, latine et orientale, avec
un traitement de mille piastres (environ
5,500 livres tournois) ; un professeur de
mathématiques, 1,250 piastres ; un de philosophie, 375 piastres ; un de rhétorique,
375 piastres ; un de langue française, 375
piastres ; un de chimie, 500 piastres. Les
professeurs reçoivent, outre cela, 5 piastres de chaque étudiant qui assiste à leurs
leçons, et 10 piastres de chaque personne

du dehors qui veut suivre un cours. La
plupart des professeurs ont leur logement
au collège. Le nombre des étudians est
d'environ cent. L'état de professeur a de la
considération sans éclat.

Il y a quelques maisons d'éducation particulière, mais qui ne sont soutenues par
aucun encouragement public. L'esprit de
notre gouvernement étant de gouverner
le moins possible, il laisse les établissemens de ce genre se protéger eux-mêmes.
S'ils sont utiles et bien combinés, ils n'ont
pas besoin d'aide ; dans le cas contraire,
ils n'en méritent pas.

*Vous voulez savoir quel est l'état de
la littérature et des sciences dans les
États-Unis ? de quelle considération les
gens de lettres et les savans y jouissent ?*
La littérature et les sciences demandent
du loisir, et personne ici n'en a. Les
hommes de loi, les médecins, les ecclé-
siastiques, etc., cultivent les branches de
connaissances relatives à leurs professions.
Il y a peu d'amateurs désintéressés : le
tems n'est pas encore venu. Les connaissances les plus estimées sont le droit public, les lois du pays, l'éloquence soit du

barreau, soit des assemblées législatives. La médecine est aussi en honneur, mais c'est celle de l'école anglaise.

L'importation des livres a prodigieusement augmenté dans ce pays depuis plusieurs années. Il s'y vend même des livres français ; mais en petit nombre, en proportion des livres anglais. En général, on lit plus qu'on n'a jamais fait ; mais tout concourt à faire donner la préférence à la littérature anglaise.

Il n'est guère de pays où une moindre partie des droits naturels soit sacrifiée à l'ordre social, aucun où le citoyen ait moins à abandonner de sa liberté naturelle et de sa propriété pour jouir en sûreté du reste. On ne voit ni on ne sent presque le gouvernement.

Une portion considérable du peuple américain partage l'ivresse française sur sa révolution. L'affranchissement de la race humaine, le développement de ses facultés, un élancement rapide vers la perfection de notre nature, sont des objets trop grands, trop sublimes, pour ne point passionner non-seulement toute ame ardente et généreu se, mais même tout entendement simple et droit. **M.**

EXTRAIT

D'UNE LETTRE

D'UN NÉGOCIANT ALLEMAND,

ÉTABLI A NEW-YORCK (1800).

————————

« Je me trouverais bien heureux (dit un voyageur allemand qui est établi depuis quelque tems dans les Etats-Unis) si je pouvais revenir en Europe avec les débris de ma fortune, et quitter pour jamais ce purgatoire où je suis venu pour mes péchés. Le pis est qu'en même tems que l'argent devient chaque jour plus rare dans ce pays, la cherté y est toujours extrême et aug‑mente encore.

« D'un autre côté, l'indifférence pour les sciences et les lettres me paraît s'accroître sensiblement. Vous savez que dans le tems où vous étiez à Philadelphie, je fis annoncer dans les papiers publics, un cours de ma‑thématiques et de science militaire que je me proposais de faire. Vous vous rappelez qu'il ne se présenta personne pour y souscrire. Mais lorsque j'annonçai ensuite, que j'avais de la grosse toile à vendre, ma maison regorgea de monde. Je vous assure que rien n'est encore changé de ce que vous avez vu.

« Il est remarquable que dans un pays qui compte quatre millions d'habitans, on ne trouve pas aujourd'hui un seul écrivain distingué, si l'on excepte Adams et Jefferson ; car on ne comptera pas dans ce rang les déclamateurs Imlay et Bartram. Il est aisé de s'apercevoir que les américains rétrogradent à pas de géant dans la moralité et la culture de l'esprit.

« Ainsi il paraît très-certain qu'ils retomberont bientôt sous le despotisme de l'Angleterre, s'ils conservent leur constitution actuelle. »

L'HOMME FRANC.

C'EST véritablement une chose abominable que ces habitudes de fausseté, établies dans le monde, qui empêchent la vérité d'y être accueillie à moins qu'elle ne se présente sous une forme agréable. Mais peu m'importe, je la dirai toujours, qu'on me la demande ou non. Je suis franc, moi, et j'en avertis tous ceux que je rencontre, afin qu'ils se règlent là-dessus. Quelques-uns me font entendre qu'ils n'aiment pas la franchise ; mais cela m'est égal. La mienne tient beaucoup moins à mon caractère qu'à mes principes. J'ai été élevé à la campagne par mon oncle, lequel était devenu philosophe, à ce qu'il disait, parce que sa maîtresse l'avait trompé et que son homme d'affaires l'avait volé. Il aurait dû s'y attendre ; car long-tems auparavant il avait écrit un livre où il assurait que tous les hommes étaient faux, toutes les femmes fourbes, et tous les hommes d'affaires fripons. Cependant il était aussi fâché que s'il n'avait rien prévu, et tous les soirs, après nous avoir raconté des traits de la mali-

gnité des hommes, des femmes et des gens
d'affaires, il nous disait : Concevez-vous
que ma maîtresse, que j'avais enlevée à un
de mes amis, m'ait quitté, et que mon
homme d'affaires m'ait emporté mille écus?
car c'était pour cela que mon oncle était
devenu philosophe. Ensuite il me disait que
la fausseté habitait les grandes villes sous
le nom de *politesse,* et que le caractère des
hommes dans le monde, *ressemblait à une
médaille usée ;* ce que j'avais déjà entendu
dire. Il mourut ; et sitôt que je fus en pos-
session de ses biens, je résolus d'aller à
Paris, montrer à la grande ville un homme
franc, et je montai dans la diligence. J'y
trouvai une femme qui me parut jolie ; je
le lui dis sans tournures. Une autre était
laide, je le lui appris sans qu'elle m'en
priât. En conséquence, comme je me plai-
gnais du froid, la laide tint la fenêtre ouverte de son côté pendant tout le tems du
voyage, et la fenêtre du côté opposé le fut
par le mari de celle que j'avais trouvée jolie.

En arrivant d'assez mauvaise humeur,
je trouvai dans la cour de la diligence un
des amis de mon oncle ; je me forçai pour
lui dire que je n'étais pas fâché de le voir,

et que si je ne l'avais pas trouvé là, j'aurais
bien pu, dans le courant du mois, lui aller
faire une visite. Quoiqu'un peu étonné,
comme il était bon homme, il prit cela pour
le patois de mon pays, et me mena chez
une de ses parentes, qui m'invita à venir
entendre une comédie qu'on devait lire
chez elle le soir même. Je m'attendais à
trouver la pièce détestable et à le dire :
néanmoins elle n'était pas mauvaise ; et
comme je me pique de franchise, je dis
à l'auteur qu'elle était médiocre. Tout le
monde fut embarrassé ; et quoique la maîtresse de la maison ne s'intéressât nulle-
ment à celui qui avait lu sa pièce chez
elle, je sus quelques jours après qu'elle
donnait un concert dont je fus formelle-
ment exclus ; tant dans cette grande ville on
a d'aversion pour la franchise. Pour m'en
consoler, j'allai au parterre de l'Opéra.

Mon voisin, qui était un maître maçon,
m'offrit du tabac. Je le refusai, parce que
je n'en prends jamais, et j'ajoutai que
celui-là d'ailleurs sentait fort mauvais. Mon
voisin se fâcha ; son compère, qui était
aussi un maître maçon et un peu chaud de
vin, se fâcha comme lui ; les maîtres maçons

étaient ce jour-là en force à l'Opéra : j'aurais été assommé sans un homme qui me
protégea, me tira de la bagarre et me conduisit chez lui.

Il avait une femme fort belle; elle me
plut; j'étais trop franc pour le lui dissimuler, elle trop sincère pour me déguiser l'impression que j'avais faite sur elle.
Comme je suis la candeur même, je ne
mis point de mystère à mes démarches. Le
mari se douta de quelque chose, et me
demanda ce qui en était. Vrai comme je le
suis, je ne pouvais lui rien cacher. La femme
fut renvoyée dans sa famille, et je reçus du
mari trois coups d'épée dont je pensai
mourir. Quelques personnes me blâmèrent,
et prétendirent qu'au lieu de tout dire au
mari, j'aurais dû tâcher de n'avoir rien à
lui avouer. Cela peut bien être; mais je n'y
avais pas pensé d'abord, et d'ailleurs je ne
me pique que de franchise.

Cependant cela me fit tort. Je retournai
dans ma province, résolu du moins à ne
plus dire de vérités en face. J'allai donc
chez madame A.... et lui dis que madame
B.... était bien aimable. Elles étaient brouil-
lées, et le lendemain la porte de la première

me fut fermée. Le lendemain étant chez madame C...., je vis entrer mademoiselle D... qui avait une épaule d'un demi-pied plus haute que l'autre, et je dis qu'elle était bossue. Mademoiselle E.... qui m'entendit ne répondit rien, mais elle alla faire le tour de la chambre en parlant à tout le monde, et l'instant d'après, je vis que la bossue me faisait la moue, et que madame F.... me boudait, parce que sa petite-fille, madame G..., qui n'avait qu'un œil, supposait que, par la même occasion, j'avais bien pu dire qu'elle était borgne. Alors je me tournai vers M. H... pour lui dire que sa femme était bien mieux mise que madame J... que j'appris l'instant d'après être sa maîtresse.

J'en étais là lorsqu'un mariage qu'on me proposa avec mademoiselle K..., parce que j'avais dit qu'elle chantait bien, me fit des ennemis jurés de tous les parens de mademoiselle L... qui avait la voix fausse. Je le manquai pour avoir confié à madame M... que ma prétendue ne dansait pas sur la pointe du pied, ce qui acheva de me brouiller avec les vingt-quatre lettres de l'alphabet. Alors je courus m'enfermer dans mon château, où, depuis deux jours, je suis en froid avec ma concierge, parce que je lui ai prouvé par mes calculs qu'elle avait cinquante-huit ans, tandis qu'elle prétend n'en avoir que cinquante-six.

P.

SUR LA MODE.

AU RÉDACTEUR DU PUBLICISTE.

J'ai à vous proposer, monsieur, de changer le titre de votre journal ou d'en supprimer l'article qui concerne les modes. Je vous défie de me citer aucun publiciste qui ait jamais disputé sur les modes; mais si nous avions une bonne législation sur les mœurs, je ne doute pas qu'elle ne s'en occupât pour mettre un frein à une folie aussi dangereuse que ridicule.

Lorsque j'ai vu se former une nouvelle congrégation de missionnaires publiant une croisade contre la philosophie, j'espérais bien qu'au lieu de débuter par une attaque contre Rousseau, Voltaire, etc., ces messieurs s'attacheraient à la racine du mal, qui est l'empire de la mode sur les opinions comme sur les coiffures; car ils n'avaient que deux partis à prendre, ou celui de se mettre eux-mêmes à la mode et de s'emparer de son influence, ou celui de la proscrire.

Ils n'ont su faire ni l'un ni l'autre; ils pla-

cent dans leurs journaux des coiffures à la
Titus et des turbans verts à côté de leurs
homélies. Je suis incapable de cette tolérance ; j'ai de l'indignation contre la mode ;
je lui attribue tous nos maux, toutes nos
sottises ; nous lui devons plusieurs de nos
guerres, notamment celle d'Amérique, et
enfin tous les excès de la révolution.

J'étais hier au spectacle à côté de la loge
de l'ambassadeur turc. En examinant son
vêtement, sa barbe, son turban, je me di-
« sais : « Voilà donc une mode qui dure de-
« puis plus de trois mille ans ! quel dom-
« mage que ces asiatiques n'aient pas débuté
« par de bonnes institutions, ils les auraient
« conservées comme leur doliman ! Mais
« nous, qui changeons perpétuellement de
« parures, et qui laissons à nos tailleurs, à
« nos modistes, et même aux courtisanes
« un empire absolu sur nos costumes,
« quelle fixité pouvons-nous avoir dans nos
« mœurs et dans nos lois ? Si nous ren-
« controns par hasard quelque vérité,
« quelqu'institution raisonnable, ne suffit-
« il pas d'un bonnet rouge pour la dé-
« truire ? »

En vérité, monsieur, je ne vois rien de

plus pressé dans ce moment-ci, rien de plus
utile que de former une coalition puissante
contre la mode ; et pour qu'elle soit irrésistible, je voudrais la composer des philosophes et des anti-philosophes, ces deux partis
ayant un égal intérêt à anéantir son influence ; car s'il plaît à la mode de les renverser et d'en former un troisième, quand
il n'aurait d'autre enseigne que celle des
souliers pointus, ce sera le parti dominant.
Ne prenez point ceci pour une plaisanterie ;
un sophiste impudent, un zélateur hypocrite sont, à mon avis, moins dangereux
que les préceptes et les succès de la mode ,
qui, en commençant par l'importance des
chiffons, finissent par la dégradation des
caractères. On s'étourdit sur les effets de
cette démence épidémique , aussi conta-
gieux que ceux de la fièvre jaune ; car il y
a deux manières de tuer les hommes ; et
celle qui détruit leur moralité n'est pas la
moins funeste.

Mais qu'y a-t-il, me dira-t-on, d'immoral
dans un habit, dans une parure plus ou
moins élégante ? Qu'est-ce que tout cela
fait aux mœurs, au bon ordre, à la prospérité de la république ?

Qu'est-ce que tout cela fait! Le voici.
Il serait assez indifférent qu'entre tous les
costumes de l'antiquité ou des tems modernes, les français adoptassent celui qui leur
plairait le plus ; mais que ce choix appar-
tienne au premier étourdi, à la première folle, qui se présentent comme modèles aux passans, et que leurs succès
dépendent de la bizarrerie de leurs essais ;
qu'aussitôt que le mot d'ordre, *c'est la*
mode, a été prononcé, une obéissance
servile s'empare de tous les rangs, de toutes
les classes de la société, je dis, monsieur,
qu'une telle puissance ne peut être accordée
à des sottises qu'au détriment de celle que
devraient avoir des goûts raisonnables et des
devoirs sacrés. Je dis que la frivolité et la
raison, la légèreté et l'honnêteté ne se
rencontrent pas sur la même ligne ; que ce
changement continuel dans les costumes
produit celui des principes et des opinions ;
qu'il n'y a rien de stable dans la manière
d'être d'un peuple, dont les goûts d'hier
ne sont plus ceux d'aujourd'hui ; que l'é-
tourderie de nos femmes, la dissipation de
nos jeunes gens, les prétentions, la fatuité,
l'impertinence, n'ont pas d'autre cause que

eette mobilité : ce qui nous paraît une plaisanterie, une chose indifférente, tient, selon moi, à l'ordre essentiel des sociétés ; et il n'y en aura jamais de bien régie que celle qui aura des lois assez sages, pour qu'il en résulte des mœurs et des costumes uniformes. Je dis que la mode et l'esprit public sont inconciliables ; qu'un homme et une femme à la mode sont des êtres ridicules, dont la célébrité devrait être flétrissante. Ce considéré, monsieur, il vous plaise retrancher votre article des modes, ou renoncer à votre titre de *Publiciste*.

M.

RÉPONSE *d'une femme à la lettre précédente.*

J'avais lu votre lettre avec tant de plaisir, monsieur, que j'étais toute disposée à partager votre prédilection pour les modes asiatiques en faveur de leur ancienneté ; c'est une belle chose, pensais-je, que de porter une barbe taillée précisément à la façon dont on les taillait il y a trois mille ans ; et, sans remonter si haut, il est bien agréable pour un fidèle croyant de pouvoir

se dire: Les manches de ma robe sont faites absolument comme l'étaient celles que
portait notre grand Prophête le jour où,
pressé de se rendre à la mosquée, il coupa
sa manche pour ne pas déranger son chat
qui était couché dessus. De pareils souvenirs m'attendrissaient, et je regardais avec
complaisance un turc qui, dans ce moment
là, passait justement sous ma fenêtre,
quand je me suis rappelé que la mode des
sérails datait à-peu-près de la même époque
que celle des turbans; et cela m'a sur-le-
champ dégoûtée des modes qui régnaient
il y a trois mille ans.

J'ai alors recouru à votre lettre, et j'ai
vu que vous n'approuviez pas généralement les usages des orientaux, que vous
regrettiez même qu'ils n'eussent *pas débuté
par de bonnes institutions, parce que,*
dites - vous, *ils les auraient conservées
comme leurs dolimans.* Mais, monsieur,
qu'entendez - vous par de *bonnes institutions !* D'après votre sévérité sur les modes
et votre humeur contre la légèreté, je serais tentée de croire que vous êtes à-peu-
près, soit dit sans vous fâcher, ce qu'on
appelle *un philosophe.* Je suppose donc

que dans votre sens, de bonnes institutions seraient celles qui laisseraient à l'esprit l'usage de ses facultés. Mais, monsieur, de la liberté de penser à la liberté d'agir il n'y a qu'un pas, et vous sentez bien que cela va tout droit à l'abolition des sérails et de l'esclavage des femmes.

Or, vous savez peut - être, monsieur, que des femmes qui cessent d'obéir sont bien près de commander, si même elles n'ont déjà commencé, et si une fois nous commandions en Orient, vous devinez les conséquences. Montesquieu l'a dit : *L'envie de plaire plus que les autres établit les parures, et l'envie de plaire plus que soi-même établit les modes.* Celui donc qui en rognant sa barbe aurait obtenu un regard favorable, la raserait le lendemain pour avoir un rendez-vous ; et comme les bonnes institutions auraient amené la chute des barbes, il se pourrait bien faire, d'après vos principes, qui sont aussi les miens, que la chute des barbes amenât celle des institutions. Vous voyez donc bien, monsieur, que si les turcs avaient eu de bonnes institutions, ils n'auraient plus ces grandes barbes que vous aimez tant à rencontrer, et

que quand on veut qu'un peuple retienne
trois mille ans ses institutions, il faut bien
se garder de les lui donner bonnes ; parce
que les bonnes institutions tendent insensi-
blement à détruire les préjugés, la seule
chose qui se conserve. C'est aussi, à mon
avis, une assez bonne chose que les préjugés. Je n'aime pourtant pas ceux qui font
qu'on est obligé d'enfermer sa femme, et
qu'on a le droit de vendre sa maîtresse.

　. Vous me direz que c'est l'extrême liberté des femmes qui donne à la mode cet
empire qui vous irrite. Mais, monsieur, la
liberté des hommes a bien aussi ses inconvéniens. C'est dans les républiques que naît
l'esprit de parti ; nous y substituons l'*esprit
de mode* ; l'un vaut bien l'autre, je pense.
Le premier divise les opinions, l'autre les
réunit ; et au lieu de mille folies qui se con-
trediraient, nous n'en avons qu'une qui
domine. C'est un gain positif, au moins sur
la quantité.

　Mais c'est l'esprit de mode qui a amené
la révolution, j'en conviens ; mais c'est l'esprit de parti qui l'a rendue si sanglante. Elle
avait été commencée par la bonne compagnie ; elle a été continuée par la très-mau-

vaise; et au lieu que les opinions de la première avaient été une affaire de mode, les habillemens de la seconde sont devenus une affaire de parti. Dans les premiers jours de la révolution, les opinions de la grande majorité des parisiens ne les obligeaient qu'à porter des cannes et des boutons d'une certaine forme; quand on eut adopté le bonnet rouge, il fallut se faire jacobin, c'est-à-dire, tuer les autres de peur d'être tué.

Voilà ce qu'il nous en a coûté pour vouloir sortir de notre caractère : nous commençons à y rentrer; gardez-vous bien de nous en empêcher. Laissez-nous notre soumission à la mode : elle a un faux air de ressemblance avec le respect pour l'opinion; et entre deux femmes je parierais en faveur de celle qui suit la mode contre celle qui la brave. La femme prudente, occupée du *qu'en dira-t-on,* se garde bien d'adopter un costume qui ne soit pas le plus généralement reçu; son chapeau est semblable à ceux qu'elle a vus la veille. Elle choisit pour divertissemens ceux qui sont fréquentés par le plus grand nombre. La femme légère, peu inquiète de ce qu'on

dira, veut sur-tout qu'on parle d'elle ; elle
se fait remarquer par des costumes de fantaisie, va au bal en été, et en hiver au bois
de Boulogne: c'est elle que vous verrez à
la promenade, couverte de diamans, et au
spectacle, en robe du matin. Cette mode,
dont vous dites tant de mal, est donc pour
nous une sorte de législation qui fixe l'imagination et donne des bornes à la folie. Sans
la mode, qui prescrit aux femmes de rac-
courcir leurs jupes jusqu'au-dessus de la
cheville, qui sait si quelques-unes ne les
couperaient pas au genou ? Mais si la mode
prescrivait à toutes de les couper au genou?
Eh bien alors, vous le savez mieux que moi,
ce ne serait plus qu'une mode. Nous avons
donc le plus grand besoin de cette autorité
qui maintient les jupes longues, ou rend
les courtes indifférentes en les multipliant.

Malheureusement, et quoi que vous en
puissiez dire, monsieur, l'empire de la mode
n'est plus aussi universellement reconnu
qu'il devrait l'être ; des peuples inconnus
sont venus envahir son domaine : nouveaux
conquérans, ils finiront par prendre les
mœurs des peuples conquis ; mais ils commencent par les altérer. Accoutumés à ne

reconnaître de lois que leurs caprices, et de bornes que celles de leurs fantaisies, ils rejettent l'usage et regardent même la mode comme un assujettissement auquel ils ne se soumettent pas, parce qu'ils se croient le droit de l'imposer; mais trop forts pour reconnaître aucune autorité, ils sont trop peu unis pour en former une, et c'est faute de cette autorité légitime que les modes semblent varier à chaque instant. La multitude des législateurs porte à l'infini le nombre des lois, et la multiplicité des lois rend l'obéissance impossible. Jamais on n'a vu tant de modes, et jamais de moins généralement suivies; c'est ce qui fait, monsieur, que nous n'avons pas d'opinion publique. Vous ne pouviez donc choisir plus mal votre moment pour vous élever contre la mode et son influence. Il n'est pas bien d'attaquer avec tant de force un ennemi détrôné; attendez qu'il ait repris son empire, et alors, si vous persistez dans votre opinion, je vous crois tout ce qu'il faut pour la faire réussir, c'est-à-dire, pour la mettre à la mode.

P.

RÉPONSE de l'Anti-modiste à madame***.

Je vous supplie de croire, madame, que mon respect pour les modes de trois mille ans, et ma répugnance pour celles de tous les jours, ne vont point jusqu'au desir de faire renfermer les femmes, parce que c'est l'ancien usage de nos ancêtres les asiatiques qui, comme vous savez, sont ceux du genre humain. Ce n'est pas qu'il n'y eût de bonnes raisons à alléguer en faveur des *harem*. Pour peu que vous réfléchissiez au tems perdu dans nos salons, à l'ennui des visites, à celui des grandes assemblées et des tracasseries de société, vous conviendrez qu'il y aurait beaucoup à gagner à nous en délivrer. D'ailleurs, vous me paraissez trop instruite pour ignorer que les femmes de l'Orient ne se plaignent point du tout de leur manière de vivre; qu'elles ne connaissent ni les maux de nerfs, ni les maux de poitrine; qu'elles ont en général une santé robuste, un embonpoint remarquable, et que les épouses ont, comme parmi nous, la ressource du divorce quand elles sont mécontentes de leurs maris :

quant aux femmes vendues et achetées,
c'est encore un de ces anciens usages, conservé en Europe sous des formes diverses,
que nous avions adopté en Amérique, avec
toutes les formes orientales. La mode le
proscrivit, la nécessité le rétablit; et vous
savez ce qu'il nous en coûte pour l'essai.

Ou je me trompe fort, madame, ou vous
n'êtes pas, autant que vous voulez le paraître, esclave de la mode; car, pour la
défendre, vous lui supposez un objet utile :
dans ce cas nous serions d'accord; avec
cette différence que je voudrais alors la
fixer et lui donner la consistance de ces
barbes de trois mille ans, au lieu de la
laisser voltiger comme vos jupes, dont vous
me faites craindre le raccourcissement jusqu'au genou. Et en effet, depuis que vos
manches, laissant le coude à découvert, se
sont retirées jusqu'à l'épaule, je ne vois
pas pourquoi les jupes n'auraient pas la
même permission : or, si toutes ces modes
et leur variation vous paraissent indifférentes, oserais-je vous demander ce qui
peut vous garantir de la reprise du bonnet
rouge ?

Sérieusement, madame, croyez - vous

que l'empire de la Chine se serait maintenu jusqu'à nos jours, si les manches et les
jupes y avaient éprouvé, depuis quatre
mille ans, les mêmes révolutions que parmi
nous ?

En vous plaignant de l'anarchie de la
mode, en réclamant son empire, vous re-
venez, sans le vouloir, ou peut-être en le
voulant, à ce qu'il vous plaît d'appeler la
sévérité de mes principes ; car ce sont les
innovations brusques et arbitraires qui,
dans tous les genres, me paraissent aussi
odieuses que funestes. En politique, c'est
de la tyrannie; dans les usages de la vie
civile, c'est légèreté, c'est folie, d'où suit
la dépravation.

Je ne peux croire, madame, que vous
soyez du nombre des femmes à la mode,
qui n'ont plus sur le corps que quelques
aunes de toile, qui ont leurs poches dans
leur mouchoir, ne pouvant rien mettre
sous la clef, et ayant abandonné jusqu'au
petit sac qui contenait leur bourse et leur
étui; mais, j'ose vous le demander, que
pourrait-on attendre d'une nation qui permet à ses femmes de se promener en chemise, s'il n'y avait quelque arrière-pensée

dans cette tolérance, quelque vue profonde de nos législateurs ? Vous m'inté-
ressez trop, madame, quoique je n'aie pas
l'honneur de vous connaître, pour que je
dissimule mes conjectures : je suis persuadé que les européens, en laissant ainsi
la bride sur le cou à leurs femmes, ont
voulu voir jusqu'où elles pourraient aller,
et qu'avant de revenir aux anciens usages
de clôture, de séparation des deux sexes, on
a jugé nécessaire de motiver cette grande
mesure par le plus libre développement de
toutes les fantaisies du luxe et de la coquetterie. En vérité, lé beau sexe est parvenu
sur ce point là au *maximum ;* et si, dans
les différens états de l'Europe, la loi ré-
pressive n'est pas encore rédigée, il n'est
pas possible qu'on ne s'en occupe. Il dépend de vous, mesdames, de prévenir les
dangers de cette contre-révolution : ce sont
les patriotes que nous avons vus comme
vous en chemise et les bras retroussés, qui
ont fait sentir la nécessité des garde-foux ;
c'est en abusant de la liberté que les nègres
se font encore enchaîner.

Je crois, madame, que vous défendez
moins votre propre cause que l'honneur de

votre pavillon, et je vous vois, malgré vos
plaisanteries, plus rapprochée qu'éloignée
de mes opinions; mais vous ne voulez pas
vous soumettre sans conditions à la perpé-
tuité des mêmes usages. Cette barbe des
orientaux vous déplaît, quoiqu'il me paraisse
admirable à moi, je l'avoue, de retrouver aujourd'hui à Ispaham le costume d'Assuérus
et la toilette de la reine Esther; tandis que
les habits de Louis XIV et les robes de la
reine Anne d'Autriche seraient si ridicules
parmi nous. Hé bien! je vous crois plus propre que personne à ramener celles de votre
sexe à des idées raisonnables; mais d'abord
il en est une qui ne l'est pas, à laquelle
j'ose vous prier de renoncer, c'est que
l'empire de la mode est un supplément de
l'opinion publique, et peut être utile sous
ce rapport. Non, madame, tout ce qui est
de mode tient aux fantaisies, c'est-à-dire,
aux caprices les plus bizarres, les plus in-
sensés, et ce genre d'influence a toujours
les plus déplorables effets. Si, au contraire,
il s'agit d'accréditer une vérité, ce ne peut
être un objet de fantaisie; c'est la conscience publique, c'est l'intérêt général qui
doivent s'en charger. L'empire de la mode

est, par son essence, borné à des sottises,
à des erreurs, à des mensonges ; et quicon-
que a le sens commun ne peut s'y soumettre, même pour des parures, qu'autant
qu'elles n'offensent point la décence et n'ont
rien d'insalubre et d'incommode ; on ne
peut donc pas dire que la philosophie ait
jamais été à la mode, parce qu'il n'y a aucune époque où nous ayons été tout-à-la-
fois sages et éclairés, ce qui est le vrai caractère de la philosophie ; mais il est de
mode aujourd'hui de l'insulter, parce que
les hypocrites et les fripons de l'un et l'autre
sexe trouvent bien plus commode de lui
imputer tous nos malheurs, qu'à leurs
mauvaises mœurs.

Voulez-vous maintenant que nous tra-
vaillions à un concordat sur le respect dû
aux anciens usages, et les améliorations
possib'es même dans la parure, en nous
préservant de cette fureur de nouveauté
qui nous a fait tant de mal, et qui s'empare
encore une fois des femmes, des jeunes
gens et des beaux esprits ? Ne croyez point
que je veuille proscrire l'élégance des
formes et des ajustemens ; j'aime tout ce
qui est beau, tout ce qui est fait pour plaire,

III. 14

et je ne veux point interdire aux femmes
le choix d'un costume agréable : je consens
à ce qu'elles forment un congrès pour
traiter cette grande question ; mais je veux
un costume national qui ne varie point au
gré des modistes ; je veux des bases constitutionnelles, comme, par exemple, des habits
d'été et des habits d'hiver ; je veux que la
neige excl.e la mousseline et rappelle les
étoffes de Lyon. Je ne vous dirai pas tout
ce que je veux encore, parce qu'il convient
de laisser quelque latitude à vos proposi-
tions , si vous voulez bien prendre les
miennes en considération : n'oubliez pas
sur-tout, je vous en conjure, que le danger
est pressant , et qu'en nous avertissant
vous-mêmes du raccourcissement de vos
jupes, vous éveillez toutes les législations
de l'Europe sur la police de vos toilettes.

M.

Réplique de Madame ***.

Et pourquoi, s'il vous plaît, monsieur,
voulez-vous supposer que je porte des
poches ? Vous ne me croyez point *esclave
de la mode* ? Non, vraiment, je n'en suis
point esclave ; si je lui obéis, c'est par

choix, par goût et par raison. Je tiens à la
mode comme aux habitudes de ma vie ; car
ce n'est point une mode ou une autre qui a
de l'attrait pour moi ; c'est la mode en général. Je l'aime malgré ses changemens ;
comme vous aimez, je suppose, à dîner tous
les jours de votre vie, quoiqu'on ne vous
serve pas tous les jours la même chose. Je
m'accoutume à ses bizarreries, comme aux
défauts des gens avec qui je vis, et je la suis,
comme je me plie à leurs caprices. Mes
yeux, comme mon esprit, s'habituent bientôt à ce qui m'a d'abord frappé de ridicule ;
et le moyen autrement de vivre un peu
tranquille ! S'il avait fallu m'indigner des
costumes de nos jeunes gens, que ne m'aurait point fait éprouver, à plus forte raison, le ton qu'ils ont eu pendant quelque
tems ; et si je ne savais pas même m'ac-
commoder de quelques modes un peu extraordinaires, comment ferais-je pour supporter les opinions extravagantes que j'entends établir tous les jours ? D'ailleurs,
monsieur, avez-vous calculé de combien
d'amabilité, de grâces, d'esprit, aurait besoin une femme qui voudrait réussir dans
le monde avec des poches et tout le cos-

tume qu'on avait il y a quinze ans, ou
seulement il y a quinze mois! Quant à
moi, je ne me sens ni assez de moyens
pour y parvenir, ni assez de courage pour
l'entreprendre; et je trouve bien plus commode et bien plus sûr de me décharger
sur ma couturière ou ma marchande de
modes, d'une partie des frais qu'il me faudrait faire pour obtenir quelque succès ou
une certaine considération.

Un philosophe, a dit Labruyere, *se
laisse habiller par son tailleur.* Il a oublié d'ajouter : *mais il aura soin d'en choisir un bon.* C'est un devoir imposé à qui-
conque veut défendre une vérité utile.
Avant d'énoncer son opinion, il faut s'appuyer de tout ce qui peut lui concilier l'opinion générale. Vauvenargues l'a bien dit,
monsieur, et vous voyez que je ne manque
pas de moralistes pour me soutenir. *Quand
la métaphysique et l'algèbre sont à la
mode, ce sont les métaphysiciens et les
algébristes qui font la réputation des
poètes et des musiciens.* Nous nous occu-
pons en ce moment fort peu de métaphysique ou d'algèbre; mais j'ai vu telle occasion où un bonnet de chez *Leroy*, ou quel-

que autre modiste [1] célèbre, devenait
un accessoire nécessaire pour défendre
Mlle Duchesnois ou Mlle Georges; et sans
une voiture faite sur le modèle de Londres,
je défie de décider avec quelque autorité
sur un point de philosophie ou d'anti-phi-
losophie.

Ne croyez donc pas que nous puissions
renoncer à un moyen si simple et si facile
de parvenir à la considération. Nous pour-
rons quelque jour reprendre les poches,
même les grands paniers; il ne faut répondre de rien ; mais ce sera en conser-
vant la faculté de les quitter encore. On
pourra faire des lois somptuaires , comme
vous paraissez le désirer ; mais elles dé-
truiront quelques modes sans détruire l'esprit de la mode; depuis la coiffure jus-
'qu'aux souliers, quelque part que la loi le
poursuive , il trouvera toujours où se re-
fugier. Mais si quelque jour on parvenait
à le comprimer sur tous les points, monsieur, prenez-y garde , c'est lorsque tout
est défendu qu'on se croit tout permis. Dans

---

[1] *Modiste* est un mot nouveau , nécessité par
l'importance toute morale qu'a acquise la chose
qu'il exprime.

ce tems où l'on nous faisait un crime de
posséder ce qui nous appartenait, j'ai entendu de très-honnêtes gens soutenir qu'il
n'y avait point de mal à *voler la nation.*
N'êtes-vous pas un peu effrayé, monsieur,
des idées que l'exécution de votre projet
pourrait faire passer par la tête des honnêtes femmes !

D'ailleurs, si vous nous ôtez la faculté
de varier les modes, vous ferez donc des
académies de femmes; vous nous donnerez
des places au tribunal, au conseil; vous
nous permettrez l'ambition, l'amour de la
gloire, etc.; car il faut bien nous amuser
à quelque chose. Dites - moi aussi à quoi
vous occuperez nos jeunes gens, et comment vous remplirez ces conversations où
le moins spirituel pouvait jouir des dou-
ceurs de l'égalité, et où le plus ignorant
trouvait quelques connaissances à déployer.
Tous ces gens que nous entendions hier
avec intérêt discourir sur la forme d'une
robe ou la coupe d'un cabriolet, que de-
viendrons-nous si nous les forçons à parler
morale ou littérature ? Et s'ils vont s'aviser
de nous parler raison ! Ah ! monsieur, vous
rappelez-vous ces tems où tout le monde

se mêlait de faire des lois? Si tout le monde veut se mettre à parler raison, il faudra que la moitié du monde fasse enfermer l'autre.

Si, dans le nombre de vingt - cinq personnes qui voudront juger des hommes et des choses, il est vraisemblable que vingt - quatre jugeront à faux, ne vaut - il pas mieux que ces vingt-quatre là s'occupent de modes que de morale? Souvenons-nous de cette époque où nous entendions à souper les femmes, dans leur sagesse, balancer les droits des souverains, et les jeunes gens discuter les intérêts des nations; et convenons, monsieur, que vouloir ôter au peuple ses habitudes, aux enfans leur soumission irréfléchie, au monde ses modes et ses utilés, c'est vouloir substituer à des gens qui ne raisonnent pas, des gens qui déraisonnent.

Marchande de modes était déjà un assez bel état, mais la révolution l'a ruiné; on sait qu'on trouva un jour mademoiselle Bertin toute en larmes, parce qu'elle avait *perdu trois royaumes*. Elle n'était alors que marchande de modes; aujourd'hui elle serait *modiste*; et cela console de beaucoup de choses. La différence est essen-

tielle ; elle tient, comme on voit, au fond
des mœurs.

Autrefois il n'y avait qu'une bonne compagnie, comme un bon ton et une seule
mode. Il y a aujourd'hui quarante *compa-*
gnies, assurément toutes excellentes, mais
qui ont toutes chacune leur idiôme. Où donc
trouver le centre des lumières ? chez les
marchandes de modes : leurs paroles sont
des oracles. Autrefois on causait avec sa
marchande de modes, à présent on l'é-
coute ; on tenait conseil avec elle, on rapporte de chez elle des avis comme des bon-
nets tout faits. Telle femme qui aurait
donné la vogue à son marchand de modes,
recevra maintenant toute sa considération
de celui chez lequel elle se fournit :

Et c'est assez vous dire
Qu'il faut un nouveau nom pour un nouvel empire.

(*La mort de César.*)

La marchande de modes était donc l'esclave de la mode ; le modiste en est l'arbitre.
Je connais une simple couturière, qui n'é-
tait pourtant pas madame Germon, mais qui
avait l'amour de son art ; une de ses pra-
tiques s'effrayait du tems qu'elle devait

employer à la composition mentale de ses ouvrages : *Oh ! point*, dit-elle, *je ne travaille que la nuit ; comment, au milieu de mes ouvrières voulez-vous que j'aie des idées nettes ?* Elle n'était apparemment pas de l'avis d'un homme connu qui disait à un de ses amis : *L'abbé, mets-toi là ; tu diras des bêtises, et cela me rappellera mes idées.*

Mais quelles seraient les idées d'un *marchand ?* Il n'est chargé que de débiter celles des autres. Ne me parlez pas d'un *magasin de modes ;* quelle image d'entassement et de confusion cela me présente ! Ne dites pas même *profeseur en modes :* le professeur est celui qui enseigne la science et non celui qui la fait.

Modiste était le véritable mot, le mot nécessaire, le synonyme et le confrère d'artiste : une *expression trouvée.* Et voilà comme aux yeux de l'observateur attentif, les modifications des mots indiquent les nuances des mœurs. Voilà comment les mots, les plus ridicules en apparence, font souvent une fortune prodigieuse : c'est que, comme je le disais tout-à-l'heure, ils nous *rappellent nos idées.* P.

ULTIMATUM *de l'Anti-modiste à Madame de * * **.

S'il fallait être à la mode pour vous plaire,
madame, vous feriez de moi un nouveau
converti, c'est-à-dire, un hypocrite, ce qui
est assez souvent un moyen de succès ; mais
malgré votre bonne contenance, je vois
bien que vous trouvez la place que vous
défendez hors d'état de soutenir un siége
en règle, et que vous ne tarderez pas à
battre la chamade. Je ne veux point vous
réduire à cette extrémité, ni élever mon
pavillon, en faisant baisser le vôtre : au
lieu de vous combattre, je vais vous commenter ; j'aime bien mieux vous regarder
comme auxiliaire que comme ennemie.

Quoique je n'aie pas l'honneur de vous
connaître, je parie que vous savez le latin :
ainsi je prends pour texte cette fois - ci,
abyssus abyssum invocat. Il y a autant de
grâces que de bonté de votre part à n'opposer à ma censure de la mode que ses
déplorables effets : vous avez voulu me
procurer une victoire facile ; je vous en
fais l'hommage ; je veux au moins vous la

faire partager. Il est certain, comme vous le dites, que la mode fournit beaucoup à la conversation des femmes et des jeunes gens ; que la plupart n'auraient rien à dire, si l'on ne pouvait parler de chiffons, de coiffure et de voitures à l'anglaise ; et comme vous avez le bon esprit de trouver tout aussi ridicules leurs dissertations sur la souveraineté du peuple et sur la législation, n'ayant plus à choisir qu'entre des sottises, vous donnez la préférence aux plus insignifiantes. Votre calcul est juste, et vous me saurez gré de vous fournir un expédient qui vous débarrassera tout-à-la fois de tous les genres de platitudes en circulation dans les cercles. Je laisse là les jeunes gens ; c'est aux femmes que je m'adresse, parce que ce sont elles qui donnent le ton ; je leur propose de se taire, jusqu'à ce qu'il leur vienne une bonne pensée, une idée gaie, une proposition intéressante à faire : elles connaissent tous les inconvéniens et l'ennui du bavardage ; et si elles voulaient essayer les ressources et le charme du silence, elles y prendraient goût. Voyez les quakers, leurs assemblées sont aussi imposantes que les nôtres le sont peu ; on y

entendrait voler une mouche : chacun y
songe tranquillement à son salut, à ses affaires, à sa maîtresse, et ce silence n'est
interrompu que par un homme ou une
femme qui ne parlent qu'après y avoir bien
réfléchi. Vous concevez qu'alors on n'a plus
besoin de disserter sur la mode ou sur la
constitution ; ce qui ne peut être comparé, ni pour l'instruction ni pour l'a-
musement, aux jouissances d'une douce
rêverie. Ainsi, madame, quand vous for-
meriez le projet d'aller passer la soirée
dans un cercle, vous auriez une perspec-
tive de repos, d'intérêt, qui vous manque
aujourd'hui : mais ne croyez pas que je
veuille vous réduire à la triste observance
des quakers ; je proposerais toujours en
supplément des conversations sur la mode,
la lecture d'un chapitre de Montaigne, ou
même d'un conte de madame de Genlis,
jusqu'à ce que vous, mesdames, et celles
de votre classe, eussiez à nous communiquer quelques pensées analogues à celles
de Labruyère. Quant aux jeunes femmes
qui ne sont pas jolies, pourvu qu'elles aient
un cœur sensible, je ne leur refuserais pas
la parole après un peu de recueillement ;

quand nous devrions n'en obtenir qu'un soupir, on sait au moins ce que cela signifie ; au lieu que les propos que vous me citez comme excuse et comme résultats de la mode, ne sont d'aucune langue et ne laissent aucune impression.

J'espère, madame, que vous serez satisfaite de ma manière d'expliquer et de résoudre votre principale objection ; vous voyez bien que je vous entends à demi-mot ; aussi n'ai-je point été déconcerté de votre dédain pour les *poches*, ni de l'attachement profond que vous professez pour les caprices de la mode, *qui sont pour vous un besoin d'habitude comme celui de dîner.* Vous avez vous-même réduit cette déclaration à sa juste valeur, en nous montrant la mode comme l'aliment nécessaire de la légèreté ; mais quoique je pense bien comme vous, que la légèreté est l'état habituel de la plupart des gens du monde, j'ose vous croire persuadée que ce n'est pas leur état nécessaire, qu'ils peuvent et qu'ils devraient avoir un autre ton de conversation, d'autres manières, d'autres habitudes que celles qui ne produisent rien d'utile ni d'agréable : veuillez donc, madame, ne pas

tenir plus long-tems votre lumière sous le
boisseau ; ne sacrifiez point à Baal contre
votre conscience , et , au lieu de vous mo-
quer de la mode en vous y soumettant ,
bravez-la , reprenez vos poches ; car je ne
doute plus , au ton de votre lettre , que la
privation ne vous en soit très-sensible. Ne
croyez pas au surplus que je veuille réduire
les femmes au désespoir. Je leur dirai
comme madame de Sévigné , ne faites jamais de folies que celles qui vous feront
un véritable plaisir. Ah! combien nous serions sages et heureux , s'il n'y avait plus
que ce genre de folie qui fût à la mode ! je
me bornerais à en demander la perma-
nence , et nous n'aurions pas besoin de lois
somptuaires.

                                        M.

SUR LES MŒURS ACTUELLES

ET SUR LA FATUITÉ EN PARTICULIER.

IL y a long-tems que vous n'avez entendu parler de moi; ce n'est pas que je n'aie eu souvent la fantaisie de ranimer ma correspondance avec vous; mais de quoi vous entretenir qui puisse intéresser vos lecteurs? Vous parlerai-je de moi? c'est bien ce que je sais le mieux, mais c'est aussi ce qui intéresse le moins; de la société? je n'y reconnais plus rien; de la politique? elle est passée de mode. C'était un sujet de discours assez piquant, quand tout le monde s'en mêlait; mais nous nous en sommes si mal trouvés, qu'il faut peut-être remercier Dieu d'être dispensés du soin de nous en occuper. J'aimerais assez à parler de littérature; elle charme seule les tristes loisirs de la solitude et de la vieillesse. En voyant les querelles qui s'élèvent dans les journaux et le ton dont elles se traitent, on pourrait croire que la génération actuelle y met un vif intérêt; mais je crains bien que ce ne soit une méprise. D'ailleurs, tout est dit sur les ouvrages anciens ; et qu'y a-t-il à dire sur la plupart des nouveaux ? Si on veut louer, on n'est pas sûr de satisfaire celui qui est l'objet de l'éloge, et l'on est sûr de déplaire à un grand nombre de ceux qui le lisent. La critique est plus aisée et son succès plus sûr ; mais elle a aussi ses inconvéniens. On blesse celui qu'on critique sans le corriger, et souvent le censeur est blâmé par celui même que la censure amuse. S'il faut se taire sur les choses et les personnes, tâchons au moins de nous entendre sur les mots.

Je lisais, il y a quelque tems, dans un journal, un éloge de la coquetterie : passe pour cela ; on y joignait celui de la fatuité ; mais, en vérité, j'ai peine à reconnaître la fatuité dans la peinture qu'on en fait. Faut-il donc beaucoup d'esprit pour être un fat ? guère plus, je pense, que pour être un sot. Ce que croit le sot, le fat veut le faire croire ; et cependant entr'eux la différence n'est pas grande. Le sot est persuadé de son mérite, le fat veut en persuader les autres. Pour démasquer le fat, il ne faut que le démentir ; le sot se dément lui-même par toutes ses paroles, par tous ses mouvemens. Il y a une espèce de fatuité qui n'a pour objet que les femmes ; celle-là est toujours assez sûre de parvenir à son but : toutes les femmes sont disposées à croire aux succès d'une homme, comme tous les hommes à la faiblesse d'une femme.

Ce n'est pas au reste de cette espèce de fatuité qu'il faut parler maintenant ; elle ne compte plus parmi les travers du moment, et le souvenir du ridicule qui a existé ne prête guères plus à la plaisanterie que le souvenir de la beauté qui n'est plus ne peut inspirer l'amour. Duclos a dit quelque part : *La fatuité tombera comme les grands empires, par l'excès même de sa puissance ;* nous avons vu le moment de la crise ; la révolution l'a ruinée. Comme l'ombre a besoin du soleil, la fatuité ne peut exister qu'au milieu d'une certaine décence de manières. Un fat en Suisse serait la chose du monde la plus remarquable ; mais ce n'est plus en France qu'il faut le chercher dans sa gloire. Les femmes ont-elles gagné à ce changement ? je l'ignore ; c'était en détruisant leur réputation qu'un homme cherchait à élever la sienne ; c'est aux dépens de leur amour-propre qu'il veut aujourd'hui acheter le triomphe du sien ; on mettait son ambition à leur avoir plu ; **on** borne ses desirs à ne se plus soucier de **leur** plaire ; on comptait trop sur elles ; on **ne** les compte plus pour rien. Chacun en tout se resserrant en soi-même , communique beaucoup moins avec les autres ; l'amour-propre semble les avoir oubliés dans **ses** calculs.

Voyez un jeune homme un peu content de lui : cette satisfaction n'est point fondée sur le suffrage des autres; il ne l'a point cherché , il ne veut rien faire pour le mériter ; votre opinion n'ajouterait rien à l'idée qu'il a de son importance ; votre indifférence n'y change rien. Il revient du spectacle, confondu de l'insolence du parterre, qui l'a invité au silence lorsque sa voix couvrait celle des acteurs ; ou il sort du parterre, indigné contre ses voisins qui l'ont prié de ne pas s'étendre sur la banquette lorsqu'il n'y avait de place que pour s'asseoir. Il n'y a pas un cocher de fiacre qui ne lui ait manqué de respect, pas un ouvrier qui n'ait mérité d'éprouver les effets de son ressentiment. Il jouit de l'étonnement qu'il vous cause, veut se faire un mérite de l'opinion qu'il a de lui, et ne s'occupe point de vous apprendre ce qu'il vaut, mais de vous faire comprendre à quel point il le sait.

Cet autre s'approche de vous pour vous parler de lui ; non de ses places , il n'en a pas ; ni des services qu'il a rendus, per-. sonne n'a jamais eu besoin de lui ; il n'a pas même l'avantage de posséder quelque fortune ou de manger celle qu'il n'a pas ; mais il vous parlera de lui , de lui qu'il aime et considère uniquement ; et il se considère encore moins qu'il ne s'aime. Il vous confiera ses goûts , vous entretiendra de ses plaisirs , vous dira ce qu'il a gagné ou perdu *au quinze ,* vous détaillera les qualités de son cheval ; vous saurez la couleur qui lui plaît , le logement qu'il va prendre , le cabriolet qu'il fait faire. Il ne cherche pas si une telle conversation vous amuse ; il lui suffit qu'elle l'intéresse ; et il emporte en vous quittant , moins le plaisir de vous avoir occupé de sa personne , que la satisfaction intime d'avoir parlé de lui.

Un troisième énonce son opinion ; il ne la discute point, il la déclare ; il ne l'appuie point de raisons ; on voit bien qu'il ne songe pas à vous la faire partager. En un mot, chacun semble s'entretenir avec soi-même et parler pour ses propres oreilles ; on ne prétend point à l'opinion des autres, tout au plus à leur attention ; la complaisance maintenait l'union dans la société ; l'indifférence y entretient la paix. Ce ne sont plus ces réunions où chacun veut jouir par soi et par les autres, et met en commun ce qu'il a apporté pour contribuer au festin : c'est la salle du restaurateur, où l'on se trouve sans se chercher, où l'on se quitte comme on s'était trouvé, où chacun paye son écot, et part lorsqu'il a fini, sans s'embarraser de ce que font, pensent ou deviennent les autres.

P.

DU STYLE ÉPISTOLAIRE

ET DE MADAME DE SÉVIGNÉ.

Qu'est-ce qui caractèrise essentiellement le style épistolaire ? Il est embarrassant de répondre à cette question. Le style
épistolaire est celui qui convient à la personne qui écrit et aux choses qu'elle écrit.
Le cardinal d'Ossat ne peut pas écrire
comme Ninon ; et Cicéron n'écrit pas sur
le meurtre de César du même ton dont il
raconte le souper qu'il a donné en impromptu à César. On pourrait appliquer
le même principe au style de l'histoire,
de la fable, etc. Le style de Tacite n'a
rien de commun avec celui de Tite-Live,
ni le style de La Fontaine avec celui de
Phédre.

A quoi servent ces distinctions de genres
et de tons qu'on est parvenu à introduire
dans la littérature ? On veut tout réduire
en classes et en genres : on prend pour le
terme de la perfection dans chaque genre,
le point où s'est arrêté l'écrivain qui a été
le plus loin , et l'on semble prescrire pour

modèle la manière qu'il a prise. Cet esprit
critique , qui distingue particulièrement
notre nation , a servi , il est vrai , à répandre
un goût plus sain et plus général , mais a
contribué en même-tems à gêner l'essor
des talens et à rétrécir la carrière des arts.
Heureusement le génie ne se laisse pas
garotter par ces petites règles que la pédan-
terie , la médiocrité , la fureur de juger ,
ont inventées et s'efforcent de maintenir.
L'homme de génie est comme Gulliver au
milieu des lilliputiens qui l'enchainent pendant son sommeil ; en se réveillant , il brise
sans effort ces liens fragiles que les nains
prenait pour des cables.

Revenons au style épistolaire. Rien ne
se ressemble moins que le style épistolaire
de Cicéron et celui de Pline, que le style
de madame de Sévigné et celui de M. de
Voltaire. Lequel faut-il imiter ? Ni l'un ni
l'autre , si l'on veut être quelque chose ; car
on n'a véritablement un style que lorsqu'on
a celui de son caractère propre et de la
tournure naturelle de son esprit , modifié
par le sentiment qu'on éprouve en écrivant.

Les lettres n'ont pour objet que de communiquer ses pensées et ses sentimens à des

personnes absentes ; elles sont dictées par l'amitié, la confiance, la politesse. C'est une conversation par écrit : aussi le ton des lettres ne doit différer de celui de la conversation ordinaire, que par un peu plus de choix dans les objets et de correction dans le style. La rapidité de la parole fait passer une infinité de négligences, que l'esprit a le tems de rejeter lorsqu'on écrit, même avec rapidité ; et d'ailleurs l'homme qui lit n'est pas aussi indulgent que celui qui écoute.

Le naturel et l'aisance forment donc le caractère essentiel du style épistolaire ; la recherche d'esprit, d'élégance ou de correction, y est insupportable.

La philosophie, la politique, les arts, les anecdotes, les bons mots, tout peut entrer dans les lettres ; mais avec l'air d'abandon d'aisance et de premier mouvement, qui caractérise la conversation des gens d'esprit.

Quel est celui qui écrit le mieux ? Celui qui a plus de mobilité dans l'imagination, plus de prestesse, de gaîté et d'originalité dans l'esprit, plus de facilité et de goût dans la manière de s'exprimer.

Mais pourquoi l'homme le plus spirituel, le plus animé et le plus gai dans la conversation, est-il souvent froid, sec et commun dans ses lettres ? C'est qu'il y a des hommes que la société excite, et d'autres qu'elle déconcerte. Le mouvement de la société est une espèce d'ivresse, qui donne à l'esprit des uns plus de ressort et d'activité, qui trouble et engourdit l'esprit des autres. Les premiers restent froids lorsqu'ils sont dans leur cabinet, la plume à la main ; ceux-ci y retrouvent l'exercice plus libre de toutes leurs facultés.

On conçoit aisément que les femmes qui ont de l'esprit et un esprit cultivé, doivent mieux écrire les lettres que les hommes même qui écrivent le mieux. La nature leur a donné une imagination plus mobile, une organisation plus délicate : leur esprit, moins cultivé par la réflexion, a plus de vivacité et de premier mouvement ; il est plus *prime-sautier*, comme dit Montaigne : renfermées dans l'intérieur de la société, et moins distraites par les affaires et par l'étude, elles mettent plus d'attention à observer les caractères et les manières ; elles prennent plus d'intérêt à tous les petits événemens qui occupent ou amusent ce qu'on appelle le monde. Leur sensibilité est plus prompte, plus vive, et se porte sur un plus grand nombre d'objets. Elles ont naturellement plus de facilité à s'exprimer; la réserve même que leur prescrivent l'éducation et les mœurs, sert à aiguiser leur esprit, et leur inspire, sur certains objets, des tournures plus fines et plus délicates; enfin leurs pensées participent moins de la réflexion, leurs opinions tiennent plus à leurs sentimens, et leur esprit est toujours modifié par l'impression du moment : de là cette souplesse et cette variété de tons qu'on remarque si communément dans leurs lettres; cette facilité de passer d'un objet à d'autres très-divers, sans efforts et par des transitions inattendues, mais naturelles; ces expressions et ces associations de mots, neuves et piquantes sans être cherchées; ces vues fines et souvent profondes, qui ont l'air de l'inspiration; enfin ces négligences heureuses, plus aimables que l'exactitude. Les hommes d'esprit, plus habitués à penser et à écrire, mettent tout naturellement et comme malgré eux, dans leurs idées une méthode qui y donne trop l'air de la réflexion, et dans leur style une correction incompatible avec cette grâce négligée et abandonnée qu'on aime dans les lettres des femmes.

D'ordinaire, a dit je crois Voltaire, les savans écrivent mal les lettres familières, comme les danseurs font mal la révérence.

Les lettres de Balzac et de Voiture, qui ont eu tant de succès dans le siècle dernier, sont oubliées aujourd'hui ; parce que l'amour du bel esprit est moins vif, le goût plus formé, et l'art d'écrire mieux connu. Il est resté de ce siècle immortel des lettres de deux femmes, qui vivront autant que notre langue : tout le monde a lu les lettres de madame de Maintenon, et l'on ne peut se lasser de relire celles de madame de Sévigné. Mais quelle différence entre ces deux femmes célèbres ! Les lettres de la première sont pleines d'esprit et de raison : le style en est élégant et naturel ; mais le ton en est sérieux et uniforme. Quelle grâce au contraire ! quelle variété ! quelle vivacité dans celles de madame de Sévigné !

Ce qui la distingue particulièrement, c'est cette sensibilité momentanée qui s'émeut de tout, se répand sur tout, reçoit

avec une rapidité extrême différens genres
d'impressions.Son imagination est une glace
pure et brillante, où tous les objets vont se
peindre, mais qui les réfléchit avec un
éclat qu'ils n'ont pas naturellement. Cette
mobilité d'ame est ce qui fait le talent des
poëtes, sur-tout des poëtes dramatiques,
qui sont obligés de revêtir presqu'en même
tems des caractères très-divers, et de se
pénétrer des sentimens les plus opposés,
lorsqu'ils ont à faire parler dans la même
scène l'homme passionné et l'homme tranquille, l'homme vertueux et le scélérat,
Néron et Burrhus, Mahomet et Zopire, etc.

On a dit que madame de Sévigné était
une caillette : cela peut être, si l'on entend
simplement par caillette une femme sans
cesse occupée de tous les mouvemens de la
société, de tous les mots qui échappent, de
tous les événemens qui s'y succèdent ; qui
saisit tous les ridicules, recueille toutes les
médisances ; qui conte avec la même vivacité une sottise plaisante et la mort d'un
grand homme, le succès d'un sermon et le
gain d'une bataille. Mais comment peut-on
donner le nom de caillette à une femme du
meilleur ton, très-instruite, pleine d'es-

prit, de grâces, de gaîte et d'imagination, admirée et recherchée des hommes les plus distingués du siècle de Louis XIV ?

Le mérite de son style est bien difficile à sentir pour un étranger ; il tient au progrès qu'a fait la société en France, où elle a créé un langage qui n'est bien connu que des personnes qui ont vécu quelque tems dans la bonne compagnie. Les finesses de ce langage consistent particulièrement dans un grand nombre de termes, qui, étant un peu détournés de leur sens primitif, expriment des idées accessoires dont les nuances se sentent plutôt qu'elles ne se définissent. Il y a une infinité d'expressions et de tournures qui reviennent sans cesse dans nos conversations, et qui n'ont point d'équivalent dans les autres langues. Les mots *sentiment* et *galanterie,* qui expriment des idées bien distinctes pour un français, ne peuvent se traduire ni en latin, ni en italien, ni en anglais. Il faut qu'un étranger soit fort avancé dans la connaissance de notre langue, pour être en état de sentir le charme des lettres de madame de Sévigné et celui des fables de La Fontaine.

Le comte de la Rivière, parent de madame de Sévigné, et de qui on a un receuil de lettres en deux volumes, dit quelque part : *Quand on a lu une lettre de madame de Sévigné, on sent quelque peine, parce qu'on en a une de moins à lire.* Ce mot vaut mieux que le reste du recueil.

Ce qui ajoute un grand prix aux lettres de madame de Sévigné, c'est une foule de traits qui nous peignent cette cour brillante de Louis XIV. On aime à se trouver, pour ainsi dire, en société avec les plus grands personnages de ce beau règne, qui, malgré les censures d'une philosophie sèche et sévère, a toujours un éclat et un air de grandeur qui attache et qui impose. Je ne crois pas que notre siècle ait jamais le même attrait pour nos descendans. *Ce qui me dégoûte de l'histoire,* disait une femme de beaucoup d'esprit, *c'est de penser que ce que je vois aujourd'hui sera de l'histoire un jour.* Ce mot est spirituel, mais ne doit pas être pris à la lettre. L'histoire des intrigues du Vatican ne doit pas nous dégoûter de celle de la république romaine.

M. de Voltaire n'a pas rendu justice à madame de Sévigné, dans sa notice des écrivains du siècle de Louis XIV. « C'est

« dommage, dit-il, qu'elle manque abso-
« lument de goût, qu'elle re sache pas
« rendre justice à Racine, qu'elle égale
« l'oraison funèbre prononcée par Masca-
« ron au grand chef-d'œuvre de Fléchier ».
Il est vrai qu'elle a écrit qu'on se dégoûterait
de Racine comme du café, et en cela elle a
fait une double méprise ; mais il ne faut
pas toujours attribuer à un défaut de goût
une faute de goût. Les gens d'esprit se trom-
pent tous les jours dans les jugemens qu'ils
portent de leurs contemporains : c'est que
ce n'est pas le goût seul qui juge ; les préventions personnelles, les affections, les
rivalités, l'opinion publique séduisent et
égarent les meilleurs esprits. Madame de
Sévigné avait vu naître les chefs-d'œuvres
de Corneille : élevée dans l'admiration de
ce grand homme, son enthousiasme était
bien légitime ; mais, comme tout enthousiasme, il était un peu exclusif. Lorsque
Racine vint apporter sur le théâtre des
mœurs plus faibles, un ton moins élevé,
une grandeur moins apparente, elle crut
qu'il avait dégradé le caractère de la tragédie, parce qu'elle comparait Racine à
Corneille, et qu'elle ne pouvait juger de

la perfection d'une tragédie que d'après celles de Corneille. *Pardonnons-lui*, disait-elle, *de méchans vers en faveur des sublimes et divines beautés qui nous transportent : ce sont des traits de maître qui sont inimitables. Despréaux en dit encore plus que moi.* En se trompant ainsi, on voit que son erreur était sans prévention et sans humeur. Il faut bien se garder de la mettre au rang des Nevers, des Deshoulières, de cette cabale acharnée qui persécutait Racine en protégeant Pradon. Voyez avec quelle aimable sensibilité elle parle d'une représentation d'Esther à Saint-Cyr. « Je ne puis vous dire l'excès de « l'agrément de cette pièce. C'est un rap- « port de la musique, des vers, des chants « et des personnes, si parfait qu'on n'y « souhaite rien. On est attentif, et l'on n'a « point d'autre peine que celle de voir « finir une si aimable pièce. Tout y est « simple, tout y est innocent, tout y est « sublime et touchant. Cette fidélité à l'his- « toire sainte donne du respect : tous les « chants convenables aux paroles sont « d'une beauté qu'on ne soutient pas sans « larmes. La mesure de l'approbation qu'on

« donne à cette pièce est celle du goût et
« de l'attention. »

Quant à la comparaison de Mascaron
avec Fléchier, M. de Voltaire s'est bien
trompé.

L'oraison funèbre de Mascaron parut la
première, et madame de Sévigné la trouva
belle ; mais lorsqu'elle vit celle de Fléchier,
elle n'hésita pas à lui donner la préférence.
Lors même qu'elle se trompe, on trouve
dans ses jugemens et dans ses opinions
toujours de la bonne foi , et jamais de
suffisance.

Il me semble que ceux-mêmes qui aiment le plus cette femme extraordinaire,
ne sentent pas encore assez toute la supériorité de son esprit. Je lui trouve tous les
genres d'esprit ; raisonneuse ou frivole,
plaisante ou sublime, elle prend tous les
tons avec une facilité inconcevable. Je ne
puis pas me refuser au desir de justifier
mon admiration par la citation des traits
les plus piquans qui se présenteront à ma
mémoire ou à mes yeux, en parcourant
ses lettres au hasard.

C'est sur-tout dans les récits et les tableaux,
que la grâce, la souplesse et la vivacité de

son esprit brillent avec le plus d'éclat. Il n'y a rien peut-être à comparer à ce conte de l'archevêque de Rheims, le Tellier. « L'ar-
« chevêque de Rheims revenait fort vîte
« de Saint - Germain, c'était comme un
« tourbillon ; s'il se croit grand seigneur,
« ses gens le croient encore plus que lui.
« Il passait au travers de Nanterre, tra,
« tra, tra ; ils rencontrent un homme à che-
« val, gare, gare ; ce pauvre homme veut
« se ranger, son cheval ne le veut pas, et
« enfin le carrosse et les six chevaux ren-
« versent cul par - dessus tête le pauvre
« homme et le cheval, et passent par-dessus,
« et si bien par-dessus, que le carrosse
« fut versé et renversé ; en même tems
« l'homme et le cheval, au lieu de s'amuser
« à être roués, se relèvent miraculeuse-
« ment, remontent l'un sur l'autre, et s'en-
« fuient, et courent encore, pendant que
« les laquais et le cocher de l'archevêque
« même se mettent à crier : *arrête, arrête*
« *ce coquin, qu'on lui donne cent coups.*
« L'archevêque, en racontant ceci, di-
« sait : *Si j'avais tenu ce maraud - là, je*
« *lui aurais rompu les bras et coupé les*
« *oreilles.* »

Voici un tableau d'un autre genre :
« madame de Brissac avait aujourd'hui la
« colique ; elle était au lit, belle et coiffée
« à coiffer tout le monde ; je voudrais que
« vous eussiez vu ce qu'elle faisait de ses
« douleurs, et l'usage qu'elle faisait de
« ses yeux, et des cris, et des bras, et des
« mains qui traînaient sur sa couverture,
« et la compassion qu'elle voulait qu'on
« eût. *Chamarrée* de tendresse et d'admi-
« ration, j'admirais cette pièce et la trou-
« vais si belle, que mon attention a dû
« paraître un saisissement, dont je crois
« qu'on me saura fort bon gré ; et songez
« que c'était pour l'abbé Bayard, Saint-
« Hiran, Monjeu et Planci, que la scène
« était ouverte. »

Écoutez-la à présent annoncer la mort
subite de M. de Louvois ; voyez comme son
ton s'élève sans se guinder : « Il n'est donc
« plus, ce ministre puissant et superbe,
« dont le *moi* occupait tant d'espace, était
« le centre de tant de choses ! Que d'inté-
« rêts à démêler, d'intrigues à suivre, de
« négociations à terminer !.... O mon Dieu,
« encore quelque tems ! je voudrais humi-
« lier le duc de Savoie, écraser le prince

« d'Orange : encore un moment !... Non,
« vous n'aurez pas un moment, un seul
« moment ! » Ce dernier mouvement n'est-
il pas digne de Bossuet ? Il me semble qu'on
n'est pas plus sublime avec plus de simplicité.

Lorsque le prince de Longueville fut tué
au passage du Rhin, on ne savait comment
l'apprendre à la duchesse de Longueville
sa mère, qui l'idolâtrait. Il fallait pourtant
lui annoncer qu'il y avait eu une affaire :
comment se porte mon frère, dit - elle ?
Sa pensée n'osa pas aller plus loin, ajoute
madame de Sévigné ; ce trait n'est-il pas
admirable ! Le tableau qu'elle fait ensuite
de la douleur de cette mère tendre fait fris-
sonner.

« Cette liberté que prend la mort d'in-
« terrompre la fortune, doit consoler de
« n'être pas au nombre des heureux ; on
« en trouve la mort moins amère. » Les
lettres de madame de Sévigné sont semées
de réflexions semblables, d'une vérité frappante, exprimées d'une manière énergique,
fine, originale, et entremêlées souvent de
traits plaisans et curieux.

Elle dit quelque part, en parlant d'une

vieille femme de sa connaissance qui venait de mourir : « Quand elle fut près de mou-
« rir l'année passée, je disais, en voyant
« sa triste convalescence et sa décrépitude :
« Mon Dieu ! elle mourra deux fois bien
« près l'une de l'autre. Ne disais-je pas
« vrai ? Un jour Patris étant revenu d'une
« grande maladie à quatre-vingts ans, et
« ses amis s'en réjouissant avec lui et le
« conjurant de se lever ; hélas ! leur dit-il,
« est-ce là la peine de se rhabiller ?

« Il n'y a qu'à laisser faire l'esprit hu-
« main, dit-elle ailleurs ; il saura bien trou-
« ver ses petites consolations ; c'est sa fan-
« taisie d'être content.

« Les longues maladies usent la douleur,
« et les longues espérances usent la joie.

« On n'a jamais pris long-tems l'ombre
« pour le corps : il faut être, si l'on veut
« paraître. Le monde n'a point de longues
« injustices.»

Elle montre par-tout un grand penchant
à la dévotion, et une grande tiédeur sur la
pratique. « Mon Dieu, qu'il est heureux !
« (dit-elle, du fameux cardinal de Retz)
« que j'envierais quelquefois son épouvan-
« table tranquillité sur tous les devoirs de

« la vie! on se ruine quand on veut s'ac-
« quitter. »

Sa dévotion est douce et humaine. « Nous
« parlons quelquefois de l'opinion d'Ori-
« gène et de la nôtre : nous avons de la
« peine à nous faire entrer une éternité de
« supplices dans la tête, à moins que la
« soumission ne vienne au secours. »

Combien de réflexions touchantes sur le
tems, la vieillesse, la mort !

« La mort me paraît si terrible, que je
« hais plus la vie parce qu'elle y mène, que
« par les épines qui s'y rencontrent.

« Je trouve les conditions de la vie assez
« dures: il me semble que j'ai été traînée
« malgré moi à ce point fatal où il faut
« souffrir la vieillesse : je la vois; m'y voilà,
« et je voudrais bien au moins ménager de
« n'aller pas plus loin, de ne point avancer
« dans ce chemin des infirmités, des dou-
« leurs, des pertes de mémoire, des *défi-*
« *guremens,* qui sont près de m'outrager.
« Mais j'entends une voix qui dit : il faut
« marcher malgré vous ; ou bien si vous
« ne le voulez pas, il faut mourir ; ce qui
« est une autre extrémité où la nature ré-
« pugne.

« Je regardais une pendule, et pre-
« nais plaisir à penser : voilà comme on
« est quand on souhaite que cette aiguille
« marche : cependant elle tourne sans
« qu'on la voie, et tout arrive à la fin. »

Il lui échappe quelquefois des expressions
hardies, qu'on pourrait trouver maniérées
en les considérant isolées, mais qui, vues à
leur place, paraissent très-naturelles; c'est,
il est vrai, le naturel d'une femme dont
l'imagination est très-vive et l'esprit très-
orné. « Je ne connais plus les plaisirs, dit-
« elle quelque part; j'ai beau frapper du
« pied, rien ne sort qu'une vie triste et
« uniforme. » On voit qu'elle venait de
lire dans Plutarque le mot de Pompée, qui
se vantait qu'en quelqu'endroit de l'Italie
qu'il frappât du pied, il en sortirait des
légions prêtes à obéir à ses ordres.

Pour faire entendre que le crédit d'un
ministre diminue, madame de Sévigné dit
que *son étoile pâlit.* Cette figure n'est-elle
pas heureuse et brillante sans aucune affectation ?

Son style n'est presque jamais simple,
mais il est toujours naturel; et ce naturel
se fait sur-tout sentir par une négligence

abandonnée qui plaît, et par une rapidité qui entraîne. On sent par-tout ce qu'elle dit quelque part : *J'écrirais jusqu'à demain ; mes pensées, ma plume, mon encre, tout vole.*

Veut-elle quelquefois raconter un trait, une plaisanterie d'une gaieté un peu libre pour une femme ? Quelle adresse dans la tournure ! quelle mesure dans l'expression ! Elle fait tout entendre sans rien prononcer. On peut se rappeler un mot de ce genre sur la Brinvilliers.

Ce qui brille par-dessus tout dans les lettres de madame de Sévigné, c'est ce fonds inépuisable de tendresse pour sa fille, dont les expressions se varient sous mille formes diverses, toujours sensibles, toujours intéressantes ; mais ce sont les traits les moins propres à être cités, parce que ce ne sont ordinairement que des expressions et des tournures très-simples, qui ne peuvent guères se détacher des circonstances ou des idées accessoires qui les environnent. Quelquefois cependant son sentiment s'embellit par la pensée et par l'imagination.

Sa tendresse pour sa fille emprunte souvent des tournures très - ingénieuses sans cesser d'être naturelles. « Savez - vous ce « que je fais de ma lunette ? écrit - elle à « madame de Grignan. Je ne cesse de la « tourner du côté dont elle éloigne ; les im- « portuns qui m'environnent disparaissent, « et je peux ne penser qu'à vous.

« Je regrette, dit-elle dans un autre en- « droit, ce que je passe de ma vie sans « vous, et j'en précipite les restes pour « vous retrouver , comme si j'avais bien « du tems à perdre. » Elle répète plu- sieurs fois cette idée : « Je suis bien aise « que le tems coure et m'entraîne avec lui « pour me redonner à vous. » Et dans un autre endroit : « Je suis si désolée de me « retrouver toute seule , que , contre mon « ordinaire, je souhaite que le tems ga- « loppe, et pour me rapprocher celui de « vous revoir, et pour m'effacer un peu « ces impressions trop vives.... Est-ce donc « cette pensée si continuelle qui vous fait « dire qu'il n'y a point d'absence ? J'avoue « que, par ce côté, il n'y en a point. Mais « comment appelez-vous ce que l'on sent « quand la présence est si chère ? Il faut de « nécessité que le contraire soit bien amer.

« Mon cœur est en repos quand il est
« près de vous; c'est son état naturel, le
« seul qui peut lui plaire...

« Il me semble, en vous perdant, qu'on
« m'a dépouillée de tout ce que j'avais d'ai-
« mable.... Je serais honteuse, si, depuis
« huit jours, j'avais fait autre chose que
« pleurer.... Je ne sais où me sauver de
« vous, dit-elle ailleurs à sa fille. »

Elle écrit au président de Moulceau :
« J'ai été reçue à bras ouverts de madame
« de Grignan, avec tant de joie, de ten-
« dresse et de reconnaissance, qu'il me
« semblait que je n'étais pas venue en-
« core assez tôt ni d'assez loin. »

Je sens quelque peine à remarquer les
défauts d'une femme si aimable et si rare ;
mais il faut le dire pour l'honneur de la
vérité : madame de Sévigné, avec tant d'esprit et un si bon esprit, avait aussi les
sottises de son siècle et de son rang. Elle
était glorieuse de sa naissance jusqu'à la
puérilité. On la voit se pâmer d'admiration
sur la généalogie de la maison de Rabutin,
que le comte de Bussy se proposait d'écrire ;
elle croit que toute l'Europe va s'intéresser
à cette belle histoire.

Elle était enivrée, comme presque tout
son siècle, de la grandeur de Louis XIV.
Ce prince lui parla un jour, après la représentation d'*Esther*, à Saint-Cyr : sa vanité se montre et se répand, à cette occasion, avec une joie d'enfant. Le passage est
curieux. « Le roi s'adressa à moi et me dit :
« Madame, je suis assuré que vous avez
« été contente. Moi, sans m'étonner, je
« répondis : Sire, je suis charmée ; ce que
« je sens est au-dessus des paroles. Le roi
« me dit : Racine a bien de l'esprit. Je lui
« dis : sire, il en a beaucoup, mais en vérité
« ces jeunes personnes en ont beaucoup
« aussi ; elles entrent dans le sujet comme
« si elles n'avaient jamais fait autre chose.
« Ah! pour cela, reprit-il, il est vrai ; et
« puis sa majesté s'en alla, et me laissa
« l'objet de l'envie. M. et Mme la princesse
« me vinrent dire un mot ; madame de
« Maintenon, un éclair : je répondis à tout,
« car j'étais en fortune. »

C'est dans ces endroits que la femme
d'esprit est éclipsée un moment par la
caillette. On sait qu'un jour Louis XIV
dansa un menuet avec madame de Sévigné.
Après le menuet elle se trouva près de son

cousin le comte de Bussy, à qui elle dit :
*Il faut avouer que nous avons un grand
roi. Oui sans doute, ma cousine,* répondit
Bussy, *ce qu'il vient de faire est vraiment
héroïque !* Il faut avouer que de toutes les
sottises humaines, il n'y en a point de plus
sottes que celles de la vanité.

SUARD

EXTRAIT

D'UNE LETTRE

SUR LES PEINTURES DE SAINT - BRUNO,
PAR LE SUEUR, ALORS DANS LE CLOÎTRE
DES CHARTREUX.

———————

L'été nous raccommodait dans nos promenades aux Chartreux. Lorsque nous entrions dans ces beaux cloîtres, et que nous considérions les merveilleux tableaux de Le Sueur[1], nous étions alors un peu d'accord. Vous aviez cent choses à me dire; et moi si je n'avais rien à vous dire pour appuyer vos jugemens et vos éloges, je n'avais du moins rien à répliquer pour les contredire : j'étais presque toujours de votre avis; mais je ne savais pas pourquoi un sentiment in-

[1] Le Sueur sortait de l'école de Vouet et n'avait que 28 ans lorsqu'il peignit le Cloître des Chartreux en 1645, et ce fut sur cet ouvrage qu'il s'établit la grande réputation dont il jouit. On a des estampes de ces peintures du cloître des Chartreux, gravées par Chauveau; mais elles n'en rendent tout au plus que la composition.

térieur que je ne démêlais point me forçait
de penser comme vous : enfin la nuit nous
renvoyait chacun chez nous, et me livrait
à mes réflexions. Ce n'était plus de vous
alors que j'étais mécontent, c'était de moi-
même : je m'impatientais de ne pouvoir
me rendre raison d'un sentiment qui n'en
était pas moins vif, quoique le principe ne
m'en fût pas connu ; et dans mon impa-
tience j'avais quelque regret au plaisir que
mon sentiment m'avait procuré.

Comme nos promenades et nos visites
du cloître se répétaient souvent, mes yeux
se dessillèrent enfin, et le voile tomba. En
considérant ces tableaux incomparables,
qui me donnent plus que tous les autres
l'idée que je me fais de la peinture des grecs,
et du goût qu'ils portèrent dans les arts,
comme dans les ouvrages purement de l'esprit ; en considérant, dis-je, ces tableaux, je
remarquais que deux ou trois personnages
dans une cellule, ou dans un païsage aussi
simple que la cellule même, faisaient tout
le sujet. Point de ces attitudes forcées que
la nature désavoue, et que le peintre met
sans nécessité, et seulement pour montrer
qu'il se joue du dessin. Point de ces expres-

sions outrées et toujours manquées, de ces draperies dont toute la richesse est dans la bizarre surabondance des plis et dans des ornemens superflus. Point de ces palais de fées, qui percent un ciel brûlant et tout en feu. Point de ces contrastes dans l'ordre des groupes, ainsi que dans la distribution des ombres et des lumières, qui ajoutent au fracas qu'on appelle la machine. Notre cloître nous représente quelques pieux solitaires debout, à genoux, ou dans d'autres attitudes, chacun conformément à la situation de son ame, dans la méditation, dans la prière, dans des exercices intérieurs de pénitence ou de dévotion. Un long vêtement de serge blanche couvre de la tête aux pieds la figure humble et modeste des pieux solitaires, dont la plupart ont les mains enveloppées dans leurs manches, les bras croisés ou quelquefois tombant avec négligence; leurs draperies sont jetées avec la même négligence, telles que le hasard les fait rencontrer, ou que les avait présentées au peintre la nature même, qu'il avait toujours étudiée, et qui sera toujours la seule maîtresse des arts et du bon goût. Un petit nombre de couleurs donnent la vie à ces tableaux, et n'imposent point par un faux brillant. Tout y respire la plus grande simplicité : les compositions semblent s'être offertes telles qu'elles sont, et n'avoir rien coûté à leur auteur. Cependant plus je les considérais, plus j'étais enchanté ; je fis alors cette réflexion, que plus on nous découvre par ses efforts l'envie de nous émouvoir, moins nous sommes émus ; et plus on sait cacher l'artifice, plus on parvient à nous séduire et à nous toucher : j'en conclus ensuite que moins on emploie de moyens à produire un effet, plus il y a de mérite à le produire, et plus le spectateur ou le lecteur se livre volontiers à l'impression qu'on a cherché à faire sur lui. C'est par la simplicité de ces moyens, qui semblent avoir été mis dans les mains et sous les yeux de tous les hommes, quoiqu'ils en fassent si rarement usage, que les chefs-d'œuvres dans tous les genres ont été créés pour nous servir éternellement de modèles. C'est là ce sublime sur lequel on a tant disputé.

Je me suis raccommodé depuis ce temslà, monsieur, avec vos gros porte-feuilles, vos croquis, vos statues égyptiennes, vos

vases étrusques. Je reconnais que la division dans nôs jugemens ne vient que d'avoir
voulu commencer par où il fallait finir ; je
voulais pénétrer dans les mystères de la
peinture, et je n'y étais pas seulement initié ;
comme bien d'autres, je voyais sans voir :
il fallait pour me ramener dans la bonne
voie, des choses absolument faites, et qui ne
me laissassent rien à suppléer ; des ouvrages
sur-tout qui parlassent à l'esprit ; je les ai
trouvés : j'admirerai maintenant sans complaisance tout ce que vous voudrez ; j'espère
aussi que vous ne serez pas obligé de faire
plus d'efforts pour goûter mon gros volume
de l'Anthologie. Partez du même principe
que moi, et je me flatte que vous verrez
avec plaisir une ancienne épitaphe grecque [1], sur laquelle je tombai ces jours pas-

[1] Elie Vinel, qui le premier a rapporté cette épitaphe dans son commentaire sur Ausone, imprimé
en 1590, dit que trente-cinq ans auparavant il l'a-
vait copiée sur le marbre même qui se trouve dans
la ville de Bordeaux, et qu'alors on pouvait la lire
très-facilement ; mais que depuis ce tems-là, des
gens qui ne connaissaient point le culte et la vénération qu'on doit aux antiquités, avaient employé
ce marbre au pavé de l'église souterraine de Saint-
André, où tous les jours il est foulé aux pieds de

sés, ce qui excita en moi un sentiment que j'aurais de la peine à vous exprimer. Peut-être n'a-t-il d'autre source que dans cette belle simplicité, qui fait le principal mérite des ouvrages d'esprit, comme de tous les ouvrages de l'art.

Que le grec ne vous effraie point, en voici la traduction française littérale :

« Ici reposent les restes de Lucile ; elle accoucha de deux jumeaux qui furent partagés, le vivant au père, et l'autre à la mère. »

Je me suis amusé, quoique je ne sois rien moins que poëte, à la mettre en vers, vous y sentirez peut-être mieux l'intention de l'original.

> De son mari, Lucile uniquement chérie,
> A deux jumeaux donna la vie
> Et la perdit en même tems.
> Le sort aux deux époux partagea les enfans :
> L'un au tombeau suivit sa mère,
> L'autre vécut pour consoler son père.

six cents personnes dont la plupart ont des clous à leurs souliers, et qu'il a été tellement usé depuis, qu'à peine peut-on y reconnaître quelques lettres dans le tems où il écrit.

On peut voir dans le même commentaire, les traductions en vers latins de huit différens auteurs qui se sont exercés sur cette inscription ; ce qui suffirait pour en relever le mérite.

III.   17

Je souhaiterais que quelques-uns de nos poëtes voulûssent employer leurs talens à traduire cette épitaphe, et qu'ils s'appliquassent sur-tout à lui rendre la simplicité et la précision que j'ai tenté inutilement de lui conserver.

LA RÉALITÉ

DE L'ILLUSION.

HISTOIRE VÉRITABLE.

Dans une de ces sociétés rares, intéressantes et ignorées, où l'on s'amuse encore sans le secours du jeu, où l'on cause avec cette liberté douce qui fait le charme des esprits cultivés, où l'on ne montre de prétention que pour plaire, et d'empressement que pour s'instruire, la conversation tomba sur les objets réels et sur les visions fantastiques. On voulut assigner leur différence et déterminer leur analogie ; trouver les rapports qui existent entre un rêve suivi et une longue méditation, entre un contemplatif ardent et un observateur froid, entre l'enthousiasme qui peint et l'examen qui démontre.

Quelqu'un avança alors qu'une imagination fortement exaltée attestait avec autant d'énergie l'existence des êtres, que les sens pouvaient le faire. Il fut contredit, s'échauffa ;

on était à la troisième replique, et l'on s'entendait cependant encore, lorsqu'un officier dit qu'il croyait qu'un fait valait mieux pour éclaircir une opinion que cent raisonnemens, et que, si l'on voulait, il en rapporterait un qui jeterait peut-être quelque lumière sur la question qui s'obscurcirait par la dispute. Il ajouta que ce fait était arrivé à un capitaine de son régiment, qu'il en avait été témoin, et que tous ses camarades pouvaient le certifier.

On consentit à l'écouter. Il promit de ne s'écarter, dans son récit, de la fidélité la plus somptueuse, que pour changer des noms qui devaient être ignorés ; il demanda de l'indulgence pour des détails qui lui avaient été trop souvent répétés pour qu'il lui fût possible de les omettre, et pour des réflexions qu'il ne pouvait s'empêcher de lier à un sujet dont il était profondément affecté : il raconta ensuite l'histoire que l'on va lire.

Après une affaire très-vive que nous eûmes en Italie pendant la dernière guerre, on transporta les officiers français qui avaient été blessés, à Milan. Dorville était du nombre ; il fut conduit à l'hôpital. Ses blessures laissaient peu d'espérance pour ses jours : il fut bientôt à l'extrémité ; mais les secours puissans de l'art, aidés des secours plus décisifs encore de sa vigueur et de sa jeunesse, le sauvèrent.

A peine eut-il repris la connaissance dont l'usage avait été suspendu pendant plus d'un mois, ou par un délire violent, ou par un sommeil léthargique, qu'il prodigua les questions sur le lieu qu'il habitait, sur l'état où il avait été, et sur tous ces objets si intéressans à l'homme qui se resaisit, pour ainsi dire, de l'existence, qui essaie des sensations neuves, et qui jouit du plaisir d'être, dont il n'y a que ceux qui ont échappé à des maladies dangereuses qui puissent avoir l'idée.

La religieuse qu'il interrogeait lui répondit avec autant de modestie que si elle n'avait pas contribué essentiellement à sa guérison, et autant d'exactitude que si elle ne l'avait pas quitté un seul instant. Il voulut voir celle qui lui faisait avec tant de complaisance des détails qu'il demandait avec tant d'avidité. Il entr'ouvrit ses rideaux. Quelle fut sa surprise de découvrir à côté de son lit une personne charmante qui ne paraissait pas avoir plus de dix-huit ans! En l'examinant avec toute l'attention qu'elle excitait, il remarqua des yeux où se peignaient la bienfaisance et la candeur ; il surprit un regard caressant et timide ; il vit une de ces physionomies tendres, spirituelles et mélancoliques, qui ont un attrait plus puissant que la beauté, et qui inspirent plus d'intérêt ; il admira une taille souple et légère, un maintien noble, des grâces qui enchantaient, parce que l'art ne les avait pas apprises, qui devenaient plus piquantes encore par la nécessité de les chercher sous un habit qui irritait les desirs en indiquant les privations.

Dorville, étonné de trouver tant de charmes dans l'asile de la douleur, le fut bien plus encore lorsqu'il sut que cette religieuse, qui s'appelait Adélaïde, avait été sa seule garde pendant sa longue maladie ; qu'elle passait les jours à le servir, qu'elle le veillait les nuits, qu'elle ne prenait qu'un sommeil court qui n'avait jamais retardé des soins dont elle l'avait comblé avec une patience, une douceur, un courage admirables, et qu'enfin il lui devait la vie.

Né avec un de ces tempéramens de feu qui rendent les hommes si aimables et si malheureux, et qui multiplient les peines parce qu'ils étendent les affections, Dorville n'envisageait la reconnaissance que comme un dévouement, et tous ses sentimens se transformaient en passions. Il s'abandonna sur-le-champ à une sensibilité excessive; il crut qu'il n'en témoignerait jamais à celle qui lui en avait fourni tant de motifs. Il n'osait plus accepter les services qu'elle s'empressait toujours de lui offrir; il voulait déjà commencer, disait-il, à s'acquitter des dettes immenses qu'il avait contractées; il ne pouvait souffrir qu'elle le veillât. Dès que la nuit était venue, il la conjurait d'aller prendre du repos, c'était à cette condition seule qu'il lui devenait permis d'en goûter. Mais bientôt après, il n'en fut plus pour lui; une passion trop violente pour qu'il fût possible de la méconnaître, s'empara de son cœur. Les égards dûs à l'état d'Adélaïde, le respect que méritaient ses bienfaits, la retenue qu'inspirait l'innocence de ses mœurs, lui firent une loi d'un silence qu'il ne viola jamais mieux que lorsqu'il y croyait

manquer le moins : la flamme s'élançaît
avec d'autant plus d'activité, qu'il faisait des
efforts plus grands pour la concentrer. Il
ne s'aperçut de cet effet que par la réserve
subite d'Adélaïde. Craignant alors de tout
perdre, il osa tout ; il risqua l'aveu qu'il
s'était promis de ne jamais faire ; il s'attendait à un refus : il l'essuya, il en fut accablé.
Toutes les raisons qu'on lui donna pour
vaincre son amour, l'accrurent ; toutes les
consolations qu'on lui présenta le désespé-
rèrent ; tous les dédommagemens qu'on lui
offrit ne lui parurent que des tourmens. Sa
maîtresse déchirée voulait s'éloigner ; elle
était sur le point de se faire remplacer par
une de ses camarades : une des blessures de
Dorville se rouvrit, et elle resta.

Notre régiment arriva dans ces circonstances à Milan pour y passer le quartier
d'hiver. J'allais tous les jours tenir compagnie à mon ami ; je trouvais Adélaïde ;
j'étais témoin de ses soins ; quelquefois elle
pansait la plaie devant moi, et j'y voyais
tomber quelques larmes qu'elle s'efforçait
en vain de retenir et de calmer. Dorville ne
lui parlait pas, mais ses regards étaient
brûlans, et son silence passionné. Une

éloquence aussi puissante , une situation
aussi terrible , tant de réserve avec autant
d'amour , l'énergie qui caractérise un sentiment vrai , ce cri de l'ame qui le prouve ,
cette persuasion qui l'accompagne , tout se
réunit contre Adélaïde : tout conspira pour
faire entrer dans son cœur sensible une
ardeur dévorante. Elle ne la découvrit
qu'avec effroi ; elle ne craignit cependant
pas de la montrer toute entière à celui
qui l'avait fait naître. Le connaissant généreux , elle crut que sa vertu ne courrait
jamais moins de danger que lorsqu'elle l'en
aurait rendu responsable : elle osa donc lui
confier ce dépôt sacré , et il jura qu'il serait
respecté. Il croyait pouvoir être fidèle à
un serment que la nature désavouait , et
contre lequel il ne fut pas long-tems sans
réclamer. Bientôt il ne put dominer ses
sens ; il prodigua les caresses , les prières
et les pleurs. Adélaïde lui rappelait sa pro-
messe ; quelques paroles tendres de celle
qu'il adorait suspendaient ses transports.«Eh
« quoi ! lui disait - elle , ma perte doit-elle
« être le prix de ma sensibilité , et voulez-
« vous la honte de celle que vous aimez » ?
Il tombait à ses genoux , l'assurait de son

repentir, renouvelait les protestations de
son respect, et éprouvait que les refus de
l'innocence, si pénibles dans l'instant où
on les reçoit, ne sont pas toujours sans
quelque douceur pour l'homme honnête
qui chérit ce qu'il révère. Lorsqu'il pensait
aux sacrifices que multipliait une infor-
tunée qui avait à se défendre de la force
de son amant et de sa propre faiblesse,
dont la victoire si difficile devait être
achetée par des peines vives qui ne promettaient que d'autres peines, il s'accusait
de manquer de délicatesse, il condamnait
ses désirs, il voulait s'en interdire jusqu'à
l'expression, et dès que sa maîtresse paraissait, il n'en avait plus le pouvoir.

Adélaïde soutenue par une piété réelle,
par le souvenir de ses vœux, par une conduite jusqu'alors irréprochable, surmonta
long-tems la tendresse qu'elle partageait;
mais son triomphe était suivi de cette douleur aride qui n'a point de larmes, qui
surcharge d'un poids immense, qui agite
sans distraire : il lui devint sur-tout impossible de soutenir l'idée qu'elle faisait le
malheur de celui auquel elle aurait immolé
sa vie. Cette conviction contre laquelle les

ames aimantes ne trouveront jamais de défense, fut son arrêt. Elle céda ; et le jour qui fut pour son amant le comble de la félicité, fut pour elle celui du désespoir. Dès cet instant elle crut lire sa honte dans tous les yeux. Les préjugés religieux, les plus tyranniques de tous, jetèrent l'épouvante dans sa conscience timorée. Cet amour qui l'avait asservie, qui lui avait tant coûté, dont elle avait fait éprouver tous les charmes sans les goûter, elle ne l'envisagea plus que comme le plus grand des crimes.

Lorsqu'elle remplissait ses fonctions les plus nobles et les plus utiles, mais les plus lugubres et les plus effrayantes de toutes celles que les sociétés religieuses ont pu s'imposer, et que l'humanité bienfaisante a pu choisir, le tableau de la mort qui se retraçait sans cesse à ses yeux, glaçait ses sens, augmentait ses terreurs, et livrait cette ame douce et timide à la mortelle activité des remords.

Adélaïde ne put résister à des afflictions qui, chaque jour, devenaient plus aigues ; tant de trouble, de combats, d'amour, de regrets, de desirs, de nuits consécutives

passées auprès de son amant , écrasèrent
une constitution faible. Son sang s'échauffa ;
la fièvre en redoubla l'ardeur : sa maladie
fut sur - le - champ décidée mortelle , et la
conduisit rapidement au tombeau. »

Son amant qui avait caché à tout le
monde qu'il aimait, ne put dissimuler qu'il
avait tout perdu : son désespoir éclata de
la façon la plus sinistre ; le premier accès
fut terrible , on parvint à peine à en
arrêter les effets ; il fut remplacé par une
douleur morne et froide. Il annonça qu'il
rejoindrait dans peu celle qui avait emporté sa vie. On ne pouvait le résoudre à
prendre quelque nourriture ; il ne dormait
plus.

Pénétrés de son état , nous ne négligions
rien pour l'en tirer ; mais il paraissait que
notre empressement à soulager ses maux
les augmentait, et que notre zèle aigrissait
le sentiment de sa peine. Consternés de
l'inutilité de nos soins , nous mîmes dans
un de nos entretiens une vivacité dont
le motif ne pouvait lui déplaire. Nous lui
reprochâmes tendrement son peu d'amitié;
nous le conjurâmes de ne point rejeter nos
instances ; les larmes nous gagnèrent. . . .

Il nous interrompit brusquement et nous tint ce discours :

« Mes amis, vos efforts sont vains. Il « ne dépend de qui que ce soit d'affaiblir « ma douleur; elle ne finira qu'avec ma « vie. Qui peut consoler l'homme de la « perte de celle qu'il adorait? L'absence; « et cette ressource n'existe pas pour « moi. »

Il s'arrêta. Nous attendions en silence l'explication de ces paroles étranges. Tout-à-coup son visage s'anime; il se lève, et s'écrie : « Adélaïde est morte ! elle est « morte, mais elle n'est point absente. « Elle est là, ajouta-t-il, en arrêtant la « vue sur un fauteuil vers lequel il éten-« dait la main. Oui, elle est là; je la vois « comme je vous vois; elle me fixe, m'é-« coute. Si j'approche elle s'éloigne, mais « ne disparaît jamais ».

Il se tut, et nous cessâmes de lui offrir des consolations plus capables peut-être de le révolter que de le guérir, et qui ne pouvaient avoir de prise sur une affliction trop éloignée de l'ordre commun pour pouvoir céder à des moyens ordinaires. Le hasard qui les rassemble quelquefois dans des crises bizarres, parut en présenter un qui nous fit concevoir l'espérance de sauver nôtre ami et de le rendre à lui-même.

On donnait une fête publique. Toutes ces femmes méprisables qui conservent, dit-on, les mœurs d'une ville en les corrompant, s'y étaient rendues. Je les examinais en parcourant la salle du bal, lorsque j'en aperçois une dont la ressemblance avec Adélaïde me saisit d'étonnement. Je vole vers un officier de mon régiment ; je lui demande s'il veut que je lui montre un portrait de la maîtresse de Dorville, probablement plus exact et sûrement plus réel que celui dont ce malheureux est obsédé. Bientôt sa surprise égale la mienne. Nous nous plaçons à côté de cette femme, nous étudions ses traits ; l'examen confirme le premier coup-d'œil : nous formons sur-le-champ le dessein de profiter d'une rencontre si singulière, pour finir les maux de notre ami. Persuadés que le fantôme qui le poursuivait ne tiendrait pas contre l'objet réel que nous lui opposerions, et que son imagination serait désabusée lorsque ses sens seraient frappés, nous nous déterminons à lui présenter, sous les habits d'Adé-

laïde, celle qui en avait la figure. Convenus
avec la courtisane du déguisement qu'elle
prendra, du lieu où elle doit se rendre,
du signal auquel elle avancera, de son attitude, de sa démarche et de tout ce qu'exigeait le rôle dont elle était chargée, nous
allons trouver Dorville, nous lui deman-
dons une dernière preuve de son amitié :
« Nous partons, lui disons-nous, en le
« serrant dans nos bras. Peut-être ne nous
« reverrons-nous plus ». Le voyant attendri, nous insistons ; nous lui déclarons que
la preuve que nous désirons consiste à venir le soir même souper avec nous. Il n'ose
nous refuser ; il arrive, on se met à table.
Il n'avait pas dit un mot, et le repas allait
finir, lorsque, pour porter au comble
l'émotion nécessaire à une révolution to-
tale, nous lui parlons du jour fatal où il
reçut le dernier soupir de son amante.
Sans nous répondre, il regarde fixément
un lieu peu éclairé, qui était vis-à-vis de
lui. Il se soulève, étend les bras comme
pour se réunir à l'objet que son délire lui
réalise. Nous donnons à l'instant le signal.
La fausse Adélaïde entre, il l'aperçoit, se
jette à la renverse ; il frissonne et s'écrie :

« O mes amis ! mes amis, sauvez-moi !
« Je suis perdu ! Je n'en voyais qu'une,
« et j'en vois deux. » On veut lui démontrer son erreur. Il tombe en convulsion,
et meurt en prononçant le nom d'Adélaïde.

DEVAINES.

ÉLOGE

DE M. DROUAIS,

ÉLÈVE DE L'ACADÉMIE ROYALE DE
PEINTURE.

Germain-Jean Drouais, fils et petit-
fils de deux peintres, membres de l'A-
cadémie royale de peinture, était né le 25
novembre 1763. Son père, François-Hubert
Drouais, a eu de la réputation dans le
genre du portrait. Jamais il n'y eut de vo-
cation plus impérieuse que celle qui appelait le jeune Drouais à la peinture. Il mania
le crayon dès son enfance, et ses premiers
essais furent étonnans. « Si je ne craignais
« pas, disait un jour son père, l'aveugle-
« ment de la prévention paternelle, je
« prédirais que cet enfant deviendra un
« Raphaël; à dix ans, il fait avec une in-
« telligence et une facilité incroyables cc
« que je ne faisais qu'avec peine à dix-
« huit. »

Son père le confia aux soins de M. *Bre-
net*, de l'Académie royale de peinture. La

docilité de ce jeune homme, son ardeur
pour l'étude et les leçons d'un habile maître, lui firent faire des progrès rapides.
De cette école il passa à celle de M. *David*,
jeune artiste, qui rapportait alors de Rome
ce sentiment du vrai, du grand, du simple,
qu'il avait puisé dans l'étude de l'antique
et des grands maîtres, et qui respire dans
les belles compositions de *Bélizaire*, du
serment des Horaces, de la *mort de Socrate*, ouvrages qui suffiraient pour faire
la réputation d'un peintre, mais qu'on ne
doit regarder que comme le présage de la
gloire de leur auteur.

L'instinct avait donné au jeune Drouais
l'enthousiasme de son art et des idées de
perfection que l'exemple et les leçons de
son maître exaltèrent encore en les diri-
geant. Tout annonça bientôt qu'il était fait
pour les plus brillans succès. Lui seul se
défiait de ses forces, et restait mécontent
de ses essais, quand ses maîtres mêmes y
applaudissaient.

Il concourut au prix de l'Académie en
1785. On sait que les élèves qui concourent
travaillent dans des loges particulières, sans
pouvoir communiquer à personne leur ou-

vrage. Il venait parler à M. David de son
travail, quelquefois satisfait, plus souvent
mécontent de ce qu'il avait fait. Son maître
cherchait à ranimer sa confiance. Le terme
du concours était près d'expirer, lorsque
Drouais arrive un jour chez M. David, et
lui apporte un fragment de son tableau,
que, dans un moment de découragement,
il avait coupé par la moitié. Le maître juge,
par ce fragment, du mérite de la composition : « Malheureux, lui dit-il, qu'avez-vous
« fait, vous cédez le prix à un autre. —
« Vous êtes donc content de moi, lui ré-
« pondit le jeune homme ? — Très-content.
« — Eh bien, j'ai le prix ; c'est le seul que
« j'ambitionne ; celui de l'Académie tom-
« bera sur un autre à qui il sera peut-
« être plus nécessaire qu'à moi. L'année
« prochaine j'espère le mériter par un
« meilleur ouvrage. » Ce présage ne fut
pas vain. L'année suivante on proposa
pour sujet du prix, *la Cananéenne aux
pieds de Jésus-Christ*. Le jeune Drouais
fit un tableau qui étonna toute l'Académie,
et qui obtint le premier prix d'une voix
unanime. Jamais aucun élève n'avait annoncé une telle maturité de conception et

de talent. L'admiration fut universelle ;
celle de ses camarades et ses rivaux se ma-
nifesta d'une manière aussi touchante que
nouvelle. Ils le couronnèrent de lauriers,
et malgré sa résistance le portèrent en
triomphe chez M. David, et ensuite chez
sa mère. Comment a-t-on pu blâmer dans
le tems ce mouvement d'enthousiasme d'une
jeunesse ardente, mais juste, qui ne con-
sultait que cet amour vif et pur de l'art, que
n'ont encore corrompu ni les tristes sentimens de l'envie, ni les vils calculs de l'intérêt ?

Le jeune Drouais partit pour Rome l'année suivante, et M. David voulut l'y accompagner. Je ne puis vous faire un plus bel
éloge de l'élève qu'en rapportant ce que le
maître m'a écrit depuis à ce sujet. « Je pris
« le parti de l'accompagner, autant par
« attachement pour mon art que pour sa
« personne. Je ne pouvais plus me passer
« de lui, je profitais moi-même à lui donner
« des leçons, et les questions qu'il me fai-
« sait seront des leçons pour ma vie. J'ai
« perdu mon émulation. »

Drouais étant arrivé à Rome, toutes les
merveilles des arts dont il se vit entouré

attirèrent d'abord ses regards; mais bientôt il ne vit plus que l'Antique et Raphaël. Raphaël sur-tout l'enivrait d'admiration, et l'absorba bientôt tout entier. Voulant se rendre compte du fruit de ses travaux, il peignit la figure d'étude que les élèves sont obligés d'envoyer à l'Académie pour faire juger de leurs progrès. Cette figure était un gladiateur vaincu et blessé, dans les yeux duquel on voyait encore briller le desir de la vengeance.

Il se levait tous les jours à quatre heures du matin, et travaillait jusqu'à la fin du jour, quelquefois sans avoir pris aucune nourriture, d'ordinaire n'ayant mangé qu'un morceau de pain jusqu'à la nuit. Pour retenir son modèle près de lui, il lui donnait le dîner que lui apportait le cuisinier de l'académie.

M. David avait beau lui représenter que cet excès de travail altérait sa santé, et nuirait même à son talent; que l'esprit comme le corps avait besoin de repos pour mieux employer ses forces : toutes les remontrances étaient inutiles. *Vaincre ou mourir*, était sa réponse constante; *il faut que je sois peintre ou rien.*

M. David, après une année de séjour à
Rome, quitta avec regret son élève, et
revint à Paris.

Le jeune Drouais, prenant un essor encore plus hardi, fit seul et sans conseil son
tableau de *Marius*, qu'il ne produisit qu'a-
vec timidité à l'exposition publique de
Rome. Cet ouvrage y eut le plus grand
succès, et fut également applaudi des artistes et des amateurs. Tout Paris s'est empressé d'aller voir ce tableau. On y a
admiré la hardiesse de la composition, le
bon goût et la science du dessin, la vérité
et l'harmonie de la couleur en général,
sur-tout la forte et belle expression de la
tête de *Marius*; et l'effet brillant de cette
figure principale qui, en appelant fortement l'attention, semble être le foyer de
la lumière qui éclaire toute la composition.
On pourrait sans doute modifier ces éloges
par des critiques très-fondées; mais les défauts ne prouvent que l'imperfection de
tout ouvrage humain, et les beautés de
celui-ci annonçaient dans un si jeune artiste
des idées grandes, un esprit vigoureux
et sage, et un talent dont il était difficile
de fixer les bornes.

Il fit ensuite une *académie*, représentant *Philoctète exhalant ses imprécations contre les Dieux*. Cette figure est, dit-on, un chef-d'œuvre; mais elle lui coûta la vie. L'ardeur qu'il mit à la peindre acheva d'enflammer son sang. Il méditait déjà une composition plus considérable que toutes celles qu'il avait faites; c'était C. Gracchus sortant de sa maison, accompagné de ses amis, pour aller appaiser la sédition où il périt. Ce tableau avait seize pieds de large sur onze de haut; toutes les études en étaient faites, et les figures étaient déjà tracées sur la toile; mais une fièvre inflammatoire saisit le jeune artiste au milieu de son travail; la petite-vérole s'y joignit, et il succomba au bout de quelques jours à la violence du mal.

M. *Menageot*, directeur de l'Académie de France, si bien fait pour sentir le prix et le mérite de tant de talens, lui prodigua pendant sa maladie les soins les plus assidus et les plus tendres; ses camarades le gardèrent à l'envi, le soignèrent avec un zèle extraordinaire, le pleurèrent comme leur ami, leur frère et leur modèle. Ils lui élèvent un monument qui représente la Peinture accompagnée des autres arts, pleurant la victime qui s'est dévouée à son culte. Ce sont les élèves seuls qui l'ont conçu et qui l'exécutent.

Cet hommage si honorable, rendu à un artiste de 24 ans par ses camarades et ses concurrens, est sans exemple; mais il est inspiré par une réunion de talens et de qualités aimables, qui était peut-être aussi sans exemple.

Ce jeune artiste avait reçu de la nature tous les dons qui plaisent avec toutes les qualités qu'on estime. Il était grand et bien fait; ses traits avaient de la régularité, de la noblesse et de la douceur, et sa constitution était saine et robuste. Possesseur depuis la mort de son père de plus de 20,000 livres de rente, il ne mettait aucun prix ni aux agrémens de la figure, ni aux avantages de la fortune. Il avait une jolie voix, et un goût naturel pour la musique; on lui conseillait de l'apprendre : *non*, disait-il, *je veux être peintre, et je n'ai pas trop de toute ma vie pour le devenir.*

Il ne connaissait aucun goût de vanité, de fantaisie ou de dissipation; jamais ses amis, ni ses parens, qui cherchaient à le

distraire, ne purent l'engager à aller dans
ces assemblées d'innocens plaisirs, qu'il est
si naturel d'aimer et de rechercher dans la
jeunesse. Il craignait de perdre quelques
heures pour le travail. On le détermina cependant un jour à aller dans le monde ; il
céda aux instances qu'on lui fit, consentit
à s'habiller et à se faire coiffer avec plus
d'élégance que de coutume. Quand sa toilette fut achevée, il se regarda au miroir ;
et tout-à-coup, honteux de tant de recherche
pour un genre de dissipation dont il craignait les suites, il prit tranquillement des
ciseaux, et coupa les quatre boucles de ses
faces que le perruquier avait frisées avec
tant d'art, reprit son habit simple et uni,
et dit : *à présent j'espère qu'on ne me parlera plus d'amusement ni de société, et
qu'on me laissera travailler.*

Cette ardeur de travail et cette force
de volonté, il les portait sur tout ce qu'il
entreprenait : il y joignait une extrême
facilité pour tout apprendre. On lui fit
sentir la nécessité d'étudier le latin ; et quoiqu'il n'y pût donner que peu d'heures par
semaine, en moins de trois ans il fut en
état d'expliquer Tacite.

Il lui restait une mère, digne de l'être ;
et qu'il aimait avec une tendresse qui ne
s'est jamais démentie. Rien n'égalait aussi
l'attachement qu'il avait pour M. David.
C'était tout-à-la-fois le respect pour un
grand talent qu'il admirait, la plus vive
reconnaissance pour un maître dont les
leçons lui étaient si utiles, et le retour
qu'il devait à la tendresse d'un ami. Il était
adoré de tous ses camarades, parce qu'ils
le trouvèrent toujours simple, franc et généreux ; qu'il louait avec transport tout
ce qu'ils faisaient de bien, et repoussait
avec la modestie la plus vraie tout ce qui
pouvait marquer sa supériorité sur les
autres.

Quel ami des arts ! quelle ame sensible
pourra voir sans attendrissement tant de
qualités aimables enlevées par une fatalité
si inattendue à des parens, à des amis dont
elles eussent fait le bonheur ; un talent si
rare perdu pour l'art dont il eût maintenu
la splendeur, et pour notre école dont il
eût fait l'ornement ! Comment ne pas
mêler quelques regrets à ceux de M. David
qui, en perdant un jeune homme aimable
que son cœur avait adopté, perd en même

tems un élève qui eût honoré son école, et qui ne pouvait obtenir de la gloire qu'il n'en rejaillit une partie sur celle de son maître !

J'ai dit que M. Drouais avait *une mère digne de l'être :* qui peut penser sans être ému jusqu'aux larmes, aux déchiremens de ce cœur maternel ! Cette mère avait perdu un mari, jeune encore, qu'elle chérissait ; elle avait une fille douée d'une rare beauté, d'une bonté et d'une vertu plus rares encore, qu'une mort imprévue moissonna à seize ans : il lui restait un fils en qui elle avait placé toutes ses affections et toutes ses espérances ; elle le perd. Ce serait bien mal connaître la nature humaine que de croire qu'il y ait dans la vie quelque compensation pour une si grande perte ; qu'il y ait dans les paroles quelque consolation pour une douleur si légitime. Le seul adoucissement qu'elle puisse espérer à son malheur, est dans le souvenir même de l'objet qui le cause. Ses amis pourraient peut-être, d'après un philosophe éloquent de l'antiquité, dire à cette mère désolée : « N'est-ce donc rien que d'avoir donné le « jour à un fils digne d'être ainsi regretté ?

« N'y a-t-il pas encore quelque charme
« dans l'image de ces triomphes si flatteurs
« dont vous avez été témoin? votre ame
« ne s'émeut-elle pas encore avec quelque
« douceur au souvenir de la tendresse qu'il
« vous a montrée, du bonheur qu'il vous
« a donné pendant quinze ans? Voudriez-
« vous enfin n'avoir pas eu un tel fils? »

Je terminerai cette notice en disant que
les faits qu'elle renferme, je les tiens de
M. David lui-même, et d'un homme sage
et éclairé, ami de la famille de M. Drouais,
qui avait veillé sur sa jeunesse et ses travaux avec la sollicitude d'un père, et qui
le pleure comme un fils d'adoption.

S.

ÉLOGE

DE PIGALLE,

CÉLÈBRE STATUAIRE.

Jean - Baptiste Pigalle naquit à Paris
en 1714. Son père, qui était menuisier,
entrepreneur des bâtimens du roi, le mit
dès l'âge de huit ans chez M. *le Lorrain* ,
sculpteur de l'Académie.

Il ne montrait aucune disposition pour le
dessin : il aimait à modeler ; mais il n'avait
ni adresse ni facilité, et il ne pouvait rien
finir sans un travail opiniâtre et pénible.

Cette lenteur et ce défaut de facilité
firent juger qu'il n'avait aucun talent, et
auraient déterminé ses parens à lui faire
apprendre un métier, s'il ne s'était obstiné
à étudier la sculpture, vers laquelle il se
sentait entraîné par un penchant impérieux.

Pigalle entra à 20 ans chez le Moyne,
qui aimait son art avec passion, et ses disciples comme ses enfans, et qui a laissé de
bons ouvrages et d'excellens élèves. Il tenta
de concourir pour le grand prix de l'Acadé-

mie, mais sans succès. Honteux et presque
découragé, il n'osait plus retourner à l'Académie. Il s'arrangea avec un compagnon
de la même infortune, et fit avec lui, à
pied, le voyage d'Italie, sans savoir comment il subsisterait : mais voir l'Italie, la
véritable école des arts, admirer les monumens précieux de l'antiquité, perfectionner
son talent, c'était tout pour lui ; l'indigence
n'était rien.

Il vit enfin cette belle Italie ; il s'enivra
des beautés que lui offraient tant de chefs-
d'œuvres de l'art ancien et moderne. Pendant plus de trois ans, il passa tous les instans de tous ses jours à les admirer, à les
étudier, à les copier. Dépourvu des moyens
de subsister sans sacrifier son tems à des
travaux qui n'auraient rien ajouté à son
talent, il trouva dans l'amitié d'un cama-
rade de quoi y suppléer. M. Coustou, fils,
lui ouvrit sa bourse avec cette naïve générosité, si naturelle au talent et à la jeunesse,
qui ne connaissent guère la valeur de l'argent. Pigalle y puisa avec la même simplicité de quoi subvenir à ses modestes
besoins.

Plus il étudia les ouvrages des grands

maîtres, plus il les admira. La vue d'un chef-d'œuvre enflammait son imagination ; il brûlait de prendre l'ébauchoir ou le crayon ; mais lorsqu'ensuite il examinait son ouvrage et le comparait à ses modèles, l'ébauchoir et le crayon lui tombaient de la main. Cent fois ce découragement modeste lui aurait fait renoncer à la sculpture, s'il n'avait été relevé et soutenu par ce sentiment intérieur de ses forces, qui accompagne d'ordinaire le vrai talent, et qui peut-être le produit quelquefois.

En revenant en France il fut retenu à Lyon par différens travaux dont il fut chargé. C'est là qu'il fit son *Mercure*, le premier ouvrage où il fut content de lui-même, et celui qui a commencé sa réputation.

Après dix-huit mois de séjour à Lyon, il vint à Paris avec le *Mercure*. Quoique persuadé qu'il avait fait un bon ouvrage, il ne le présenta à son ancien maître qu'avec une défiance timide. Le Moyne lui dit, pour toute réponse, en l'embrassant : *Mon ami, je voudrais l'avoir fait*. Ce fut pour Pigalle un nouveau motif d'émulation et de courage.

Il fut sur-le-champ agréé à l'Académie, qui lui fit faire en marbre cette même figure pour sa réception. Il l'acheva en 1744.

Pigalle acquit de la réputation ; mais il manqua long-tems du nécessaire. Pendant cinq ans, il fut obligé, pour vivre, de travailler pour un sculpteur et de se charger de travaux peu dignes de lui.

Une vierge qu'il fit pour les Invalides, le fit connaître du comte d'Argenson. Ce ministre lui commanda de faire une statue de Louis XV. Madame de Pompadour, qui aimait à encourager les arts, lui fit faire une figure en pied qui était son portrait, une autre figure du *Silence*, et le groupe bien connu de l'*Amour et de l'Amitié*. Dès ce moment Pigalle ne connut plus le besoin, et commença à jouir du fruit de sa constance et de ses longs travaux.

Le roi lui fit exécuter en grand son *Mercure*, et lui commanda pour pendant une *Vénus*, qui fut trouvée fort belle. Ces deux statues furent envoyées en présent au roi de Prusse, qui en a toujours fait le plus grand cas.

Nous ne parlerons pas d'un grand nombre d'ouvrages peu considérables, que Pigalle fit successivement. Nous ne rappellerons que le petit enfant qui tient une cage d'où s'est échappé un oiseau, morceau qui est un chef-d'œuvre de vérité piquante et de grace naïve.

Ce qui donna le plus grand éclat à la réputation de Pigalle, ce fut le tombeau du maréchal de Saxe, que Louis XV voulut consacrer à la mémoire de cet habile capitaine, et qui est aujourd'hui placé dans la métropole de Strasbourg. Ce monument est trop célèbre, le plan et l'exécution, les beautés et les défauts en sont trop connus des amateurs, pour que nous ayons besoin d'en faire ici l'analyse.

A ce grand ouvrage succéda la statue pédestre de Louis XV, exécutée en bronze et érigée à ce monarque par la ville de Rheims. L'idée en est heureuse et simple ; l'exécution en est très-soignée. Au bas du piédestal sont deux figures allégoriques, dont l'une est une femme conduisant un lion et le tenant par quelques poils de sa crinière, pour désigner la douceur du gouvernement ; l'autre est un homme assis sur des ballots de marchandises, pour désigner la tranquillité et la sûreté dont jouissent les

III.   19

citoyens. Cette seconde figure est digne du
Puget pour la beauté du caractère et la
vérité des détails. La ville de Rheims donna
au statuaire une marque flatteuse d'estime
et de satisfaction. Elle désira que la figure
du citoyen fût le portrait de Pigalle même;
et le portrait est fort ressemblant. Cette
même figure valut à Pigalle une autre
distinction, plus touchante encore, parce
qu'elle était une grande marque d'estime
de la part d'un habile artiste, dont il était
l'émule et dont il n'était pas l'ami. *Bou-
chardon* touchait au terme de sa carrière,
et il sentait avec douleur qu'il ne lui restait
plus assez de force et de tems pour mettre
la dernière main à la statue équestre de
Louis XV. Il pria l'administration de la
ville de confier à Pigalle le soin d'achever
ce qui manquait à cet ouvrage. On ne balança pas à suivre son vœu. Pigalle à exé-
cuté et fondu lui-même les quatre figures
du piédestal, ainsi que les bas-reliefs et les
trophées. L'exécution en est soignée et de
bon goût, mais n'a rien d'assez distingué
pour ajouter à la gloire de l'artiste.

On se rappelle que des gens du monde
et des gens de lettres, voulant venger un

grand homme des persécutions que lui sus-
citaient la sottise, l'ignorance et la médiocrité jalouse, ouvrirent une souscription
pour ériger une statue en marbre à *Voltaire* : les plus grands souverains et les
personnes les plus illustres, dans toute
l'Europe, crurent s'honorer en y concou-
rant. Pigalle fut choisi pour faire la statue ;
mais ce n'est pas son meilleur ouvrage.
Frappé de l'idée de représenter une nature
extraordinaire très-rarement traitée en
sculpture, il imagina de représenter Voltaire entièrement nu. On eut beau lui représenter que cette nudité de la vieillesse
blesserait tout-à-la-fois nos mœurs, le bon
goût et la vérité même, il tint obstinément
à son idée et l'exécuta. Il en est résulté un
chef-d'œuvre de vérité et d'exécution qui
choque les yeux et qu'on ne peut placer
nulle part.

La même erreur l'égara dans l'exécution
du tombeau du duc d'Harcourt qu'on voit
à Notre-Dame. Il y a représenté un mourant
exténué par une longue maladie. Les con-
naisseurs y admirent beaucoup de détails
vrais et précieux ; les gens de goût détour-
nent la vue de cette figure hideuse.

Pigalle aimait sur-tout à faire les portraits de ses amis. On a de lui ceux de *Diderot*, l'abbé *Raynal*, *Perronet*, *Gougonot*, etc. Le dernier ouvrage dont il s'est occupé est la figure d'une jeune fille qui se tire une épine du pied ; et l'on y trouve encore, comme dans tout ce qu'il a fait, ces vérités de nature qu'il savait observer et rendre avec finesse.

Pigalle, reçu à l'Académie en 1744, fut nommé adjoint à professeur en 1745, professeur en 1752, adjoint à recteur en 1770, recteur en 1777 ; enfin chancelier de l'Académie en 1785. Il avait été décoré en 1769 de l'ordre de Saint-Michel.

Il avait épousé, dans un âge déjà avancé, une de ses nièces, de laquelle il n'a point eu d'enfant. Il est mort le 20 août 1785.

Nous avons parlé du peu de disposition et du défaut de facilité qu'avait Pigalle dans ses premières études. Un des plus grands peintres en portraits qu'aucune école ait produits, qui vit encore, qui a consacré à des actes de bienfaisance patriotique une partie de l'aisance qu'il a acquise par ses travaux, M. *de la Tour*, m'a dit souvent qu'il était né avec une mal-adresse de la main qu'il n'avait jamais pu vaincre, et que ses progrès avaient été excessive-ment lents. L'histoire des arts nous, offre beaucoup d'artistes supérieurs dont la jeunesse ne promettait rien. Louis *Carrache* montra dans la sienne tant de lenteur et de mal-adresse qu'on l'appelait le *Bœuf*. On donnait le même surnom au *Dominiquin* dans l'école d'Annibal Carrache, comme à *St.-Thomas* dans l'école d'Albert-le-Grand. La plupart des grands talens s'annoncent par des espérances précoces et par des progrès rapides ; mais il en est qui n'ont point de présages, qui ne se développent point par des progrès successifs, et qui éclatent par une sorte d'explosion, comme s'ils avaient brisé tout-à-coup l'obstacle qui arrêtait leur énergie. On pourrait dire que c'étaient des talens *noués*.

Lorsque Pigalle arriva à Paris avec son *Mercure*, encouragé par le suffrage de plusieurs habiles artistes, il l'exposa dans son atelier à l'examen des amateurs. Un jour que plusieurs personnes étaient venues pour le voir, un étranger, après l'avoir examiné avec la plus grande attention, s'écria : *Jamais les anciens n'ont rien fait de plus beau.* Pigalle qui écoutait, sans se faire connaître, les jugemens divers que l'on portait de son ouvrage, s'approcha de l'étranger, et lui dit : *Monsieur, avez-vous bien étudié les statues antiques ?* — *Eh ! monsieur,* lui répondit avec vivacité l'étranger, *avez-vous bien étudié cette figure-là ?* Ce sentiment du beau, plus puissant dans l'ame de l'artiste que celui de son propre talent, méritait un éloge aussi pur et aussi flatteur.

Le tombeau du maréchal de Saxe est le plus grand ouvrage de Pigalle ; c'est aussi, à ce que nous pensons, la plus grande composition en sculpture qui existe. Il mérite que nous nous y arrêtions un moment. Cet examen donnera lieu à quelques observations que je soumettrai aux gens de goût, et au jugement des artistes éclairés, qui, supérieurs aux préjugés et aux routines d'école, savent chercher dans la nature et la raison les principes qui doivent diriger l'emploi du talent dans tous les arts.

Un tombeau chez les anciens n'était qu'un monument destiné à indiquer et à orner la sépulture d'un mort. Une urne qui renfermait ou était censée renfermer sa cendre; la figure symbolique d'un parent ou d'un ami qui pleurait sur ces restes chéris; un génie qui tenait un flambeau renversé, ou quelque allégorie aussi simple : voilà les modèles des tombeaux antiques.

Les modernes qui ont composé des tombeaux sur des plans plus vastes et plus compliqués, en croyant étendre les bornes de l'art, en ont peut-être méconnu les vrais principes.

Nous avons vu le mausolée du maréchal de Saxe sur le lieu même pour lequel il a été destiné; et il faut convenir que l'effet en est imposant. On admire, au premier coup-d'œil, et la grandeur de l'ouvrage et la hardiesse de l'artiste. Mais lorsqu'ensuite on se rend compte des idées que l'auteur a voulu rendre, et des impressions qu'on éprouve, on revient contre ce premier sentiment d'admiration, et l'on trouve dans son esprit et dans son goût une foule d'objections contre le plan et contre l'exécution de l'ouvrage. Voici les principales qui m'ont frappé.

Les sujets qui conviennent à un art en particulier sont déterminés par les instrumens et les procédés propres à cet art, par la nature des substances sur lesquelles il opère, et par l'objet qu'il se propose. En développant ces principes, on verra que ces vastes compositions, où l'action est compliquée et les personnages nombreux, sont peu favorables à la sculpture. En rapprochant trop les figures, on risque d'être confus; en les dispersant, on est décousu. Une action simple, claire, avec un petit nombre de figures, paraît donc plus convenable aux compositions de sculpture. Le peintre a, dans l'emploi des couleurs et dans le clair-obscur, un moyen d'unir les groupes et les objets, pour en faire un tout harmonieux : ce moyen manque au statuaire, quoiqu'il ait aussi son art de combiner les lumières et les ombres. Le monument de Pigalle nous a paru, à cet égard, manquer de liaison, d'ensemble et d'harmonie.

L'allégorie était familière aux anciens; elle tenait à leur religion et à leurs mœurs. Elle est presque toujours étrangère à notre religion et à nos mœurs; et cependant nos poëtes et nos artistes en abusent plus que les anciens. L'allégorie est un voile et non un masque; elle doit embellir les objets et non les cacher. Il faut donc qu'elle soit claire, juste et intéressante. Ces trois conditions ne paraissent pas assez sensibles dans l'allégorie du mausolée.

1.º Je ne sais quel est le lieu de la scène : je vois Maurice descendant des degrés, sans voir aucun édifice auquel ces degrés appartiennent. Au bas de l'escalier, la mort, ôtant le couvercle d'un sarcophage, appelle le héros, qui, malgré les efforts d'une femme qui désigne la France, descend de lui même pour aller se renfermer, armé de pied en cap, dans cet étroit cercueil. Ne croirait-on pas, en voyant cette action, que le maréchal est mort volontairement ? et assurément personne n'était moins détaché de la vie et plus disposé à lutter contre la mort.

2.º Un tombeau n'a pour objet que d'honorer la mémoire d'un mort : il paraît étrange de représenter comme vivant celui qu'on suppose mort : je ne crois pas qu'il y en ait d'exemple chez les anciens.

3.º Je vois au coin du mausolée une figure d'Hercule appuyée sur sa massue, avec l'attitude et l'expression de la douleur. On me dit qu'elle désigne la *force* ; mais

qu'est-ce que la force fait-là? On entend
bien que la force abandonne un guerrier
qui se meurt; mais on ne conçoit pas qu'elle
s'afflige en le voyant mourir.

4.° Pigalle a représenté, suivant l'usage,
la mort sous la forme d'un squelette; mais
cet usage absurde n'a pu naître que dans
ces tems d'ignorance et de superstition
gothiques, où les ars naissans participaient
encore de la barbarie générale. La fameuse
danse des morts, attribuée à Holbein et
répétée en cent endroits, représente ainsi
la mort. Ce symbole choque évidemment
l'esprit, la raison et le bon goût.

C'est une idée assurément bien plate et
bien grossière que de représenter la divi-
nité qui tue les hommes, par un squelette
humain; c'est comme si l'on voulait figurer
le mauvais génie de la peste en représentant
un mourant couvert de bubons. Dans des
tems plus éclairés, d'habiles artistes ont
adopté par routine cette ineptie.

5.° Toutes les fois qu'on veut représenter un corps humain avec les mouvemens
propres à l'organisation humaine, il faut
lui donner les organes nécessaires pour
exécuter ces mouvemens. Or, comment cet

assemblage d'os, privé de muscles, de ligamens et de nerfs, peut-il mouvoir ses mains et ses jambes, voler, manier une faux, etc.

6.º Mais le plus grand vice de ce symbole, c'est qu'il choque l'imagination et les sens, effet qu'on doit sur-tout éviter dans toutes les productions des arts. Il faut se souvenir que ce qui caractèrise les *beaux-arts*, ce qui en fait à-la-fois la dignité et le charme, c'est de reproduire l'image et le sentiment du *beau*. Qu'y a-t-il de plus étranger à toute idée de beauté que la figure d'un squelette, excepté peut-être pour un anatomiste ?

Que les anciens connaissaient mieux le véritable esprit des arts ! Il faut avouer qu'un génie aîlé renversant un flambeau allumé pour l'éteindre, qu'une fleur flétrie sur sa tige ou coupée par la faux, sont des symboles plus heureux pour désigner la mort, qu'un squelette décharné. Ces anciens, qui prenaient tant de soin pour déguiser à l'imagination ce que la nature a mis de terreur dans l'idée de la mort; qui, dans leur langage comme dans leurs sculptures, représentaient souvent la mort sous

les mêmes traits que le sommeil, n'avaient
garde de l'offrir aux yeux sous une forme
aussi dégoûtante. Fénélon, qui avait dans
son ame comme dans son goût le sentiment
de l'antique et du beau, fait descendre
Télémaque aux enfers, et lui offre, parmi
les monstres qui en gardent l'entrée, *la
mort aux yeux creux, au teint pâle et
livide*.

Au reste tous les artistes modernes n'ont
pas désigné la mort par un squelette. Dans
le *triomphe de la Renommée*, par le Titien,
la mort y est représentée sous la figure d'une
femme étendue aux pieds de la Renommée,
et ayant à côté d'elle une tête de mort. Ce
n'est pas que je trouve l'idée du Titien
heureuse ; mais je l'aime encore mieux que
le squelette ambulant.

7.º Pigalle, pour cacher sans doute une
partie de cette figure hideuse, l'a enve-
loppée d'une draperie ; mais ce moyen est
gratuit et sans motif. Toute draperie doit
être un vêtement ou un voile de décence,
et on ne peut supposer au squelette de la
mort ni pudeur, ni besoin de se vêtir.

Ce n'est point pour déprimer ni le mausolée, ni le statuaire, que j'ai insisté sur

ces observations critiques. Loin de mo
cette idée de vouloir flétrir la gloire de
l'artiste que nous estimons et que j'ai
voulu honorer ; mais j'ai cru devoir exposer librement mes idées, et provoquer la
discussion sur des principes que je regarde
comme essentiels aux progrès du goût et
des arts.

Je n'examinerai donc ici ni le reproche
qu'on a fait à Pigalle d'avoir donné à son
héros une figure trop courte, ce qui la rend
en effet moins héroïque , ni d'avoir fait
relever la pierre du sarcophage , ce qui
embarrasse son passage ; effet gauche , mais
nécessité par la nature et les moyens de l'art.
Ces défauts et quelques autres sont bien
rachetés par de grandes beautés. La figure
d'Hercule , d'un style simple et grand ,
exprime admirablement une douleur noble
et profonde. Il y a aussi une belle expression et un beau caractère dans la tête du
maréchal. Je trouve à cette mort , qui me
choque tant , une expression toute particulière : on me pardonnera de dire qu'elle
paraît pleine de vie. Chaque partie d'ailleurs
présente des détails de vérité , rendus avec
finesse , et le tout m'a paru d'une exécution

à-la-fois ferme et soignée. Enfin on ne peut
nier que l'effet général n'en soit grand et
attachant ; ce qui suppose un mérite qui ne
sera jamais commun.

Après cette digression, je reviens à
Pigalle, et je terminerai ce qui me reste à
en dire par une anecdote assez curieuse, et
par quelques observations sur le caractère
du talent de cet artiste.

Le 15 juillet 1775, il se rendit à Strasbourg
pour y placer le mausolée du maréchal de
Saxe. Quelques travaux préliminaires demandant environ trois semaines avant qu'il
pût procéder à cette opération, il profita
de cet intervalle pour aller à Berlin, où il
désirait depuis long-tems d'aller voir Frédéric et son *Mercure.* Arrivé à la porte de
Berlin on lui demanda son nom : il répondit :
Pigalle, auteur du Mercure. Le roi donnait à souper le même soir au grand-duc de
Russie et à la princesse de Wirtemberg,
destinée en mariage à ce prince. Pigalle
fut introduit au soupé. Le roi avait défendu
de laisser entrer personne dans la salle où
l'on servait ; mais les portes en étaient ou-
vertes, et Pigalle resta à l'entrée comme
une foule d'autres spectateurs.

Le roi l'ayant distingué comme étranger, ordonna qu'on le laissât entrer dans la salle, et demanda en même tems le nom de ce français. On lui répondit, d'après le signalement de la porte, que c'était M. Pigalle, *auteur du Mercure.* Sa majesté prussienne crut que c'était l'*auteur du Mercure de France;* et comme elle ne connaissait peut-être cet ouvrage périodique que par le mot de Labruyère, sa curiosité n'alla pas plus loin.

Pigalle, qui avait fort bien démêlé la question du roi, sortit un peu mortifié de l'indifférence dédaigneuse qui avait suivi la réponse. Il serait parti sur-le-champ de Berlin, s'il n'avait pas voulu voir sa *Vénus* et son *Mercure.* Il se rendit le lendemain à Potsdam, où ces deux statues étaient placées. Après avoir examiné la première : *Je serais très-fâché,* dit-il, *si je n'avais pas fait mieux depuis.* Il examina ces deux ouvrages comme s'il eût examiné ceux d'un autre, et en analysa les défauts et les beautés avec sa naïveté naturelle. M. de Grimaldi, qui le rencontra dans le jardin de Potsdam, lui proposa de le présenter au roi ; mais il refusa cet honneur avec un

peu de dépit, et retourna le soir même
à Berlin. Le roi ayant appris le lendemain
la méprise qu'il avait faite, fit chercher
Pigalle sur-le-champ ; mais il était parti
de grand matin pour Dresde.

Pigalle a toujours regretté de n'avoir pu
modeler la figure de ce monarque. Il disait
que les deux plus belles têtes qu'il eût vues
en sa vie étaient celles de Louis XV et de
Frédéric II ; la première pour la noblesse
des formes, la seconde pour la finesse spi-
rituelle de la physionomie ; et il ne pouvait
retenir son indignation quand il rencontrait
ces portraits du roi de Prusse, où on lui a
donné, disait-il, *l'air d'un coupe-jarret*.

La statue de Voltaire est doublement
répréhensible, et par la nudité, aussi dé-
raisonnable que hideuse, dans laquelle il a
représenté ce grand homme, et par le choix
du modèle, en qui une maigreur extrême
et un affaiblissement général de toutes les
parties ajoutent gratuitement à la difformité
naturelle de la vieillesse. Il aima mieux
faire une anatomie savante qu'une belle
statue. Il s'autorisait, dit-on, de la prétendue statue de Sénèque dans le bain ;
statue qui, suivant toutes les probabilités,

ne représente pas Sénèque, mais un esclave, comme l'a très-bien observé Win-
kelmann. Je ne crois pas qu'il existe aucune
statue antique représentant un vieillard
nud. Le Laocoon ne peut pas être regardé
comme un vieillard : tout annonce, dans
cette figure, la vigueur de l'âge.

Pigalle avait plus de talent que d'esprit, ,
plus de justesse que d'étendue dans les
idées; il avait plus le sentiment du vrai que
celui du beau. Il paraissait, dans les derniers tems de sa vie, avoir perdu jusqu'aux
traces de ce beau idéal, si bien connu des
anciens, qui nous en ont laissé des défini-
tions si nettes dans quelques ouvrages, et
des modèles si admirables dans quelques
statues ; de ce beau idéal, que Raphaël, le
Corrège, le Guide, Poussin, recherchèrent
avec tant de soin, et qu'ils ont rencontré si
souvent ; mais que plusieurs artistes plus
modernes semblent traiter de chimère,
opinion qu'ils justifient par leurs ouvrages.

Pigalle croyait qu'il n'y avait pas de
vraie beauté dont on ne pût trouver des
modèles dans la nature qui s'offrait à nous ;
que c'était bien assez pour l'artiste de les
observer et de les rendre ; et qu'en préten-

dant embellir la vérité, on finissait par n'être ni beau ni vrai. Cette question serait très intéressante à discuter, et aurait peut-être besoin de l'être, mais ce n'en est pas ici le lieu.

Nous nous contenterons d'observer que si le principe de Pigalle et des autres *naturalistes* était vrai, nous n'aurions ni l'*Apollon* du Belvédère, ni l'*Antinoüs*, ni les anges de Raphaël, ni les belles femmes du Corrège et du Guide, ni les enfans du Dominiquin et de François Flamand, etc. etc. Nos ouvrages modernes, où les dieux et les héros ne nous présentent que des traits et des formes que nous rencontrons dans les rues, quelque mérite d'exécution qu'ils aient d'ailleurs, pourraient-ils nous dédommager de cette perte ?

Mais si Pigalle ne chercha ni à agrandir ni à embellir la nature, il sut l'observer, la sentir et la rendre. Si son goût de dessin manqua un peu de grandeur et de liberté, il était pur et sage ; son exécution était soignée, sans recherche ; il fut toujours simple et vrai, et, ce qui est un mérite très-précieux et très-rare, il ne fut jamais maniéré. La manière est un grand défaut en

peinture ; mais c'en est un , à ce qu'il nous
semble , insupportable en sculpture. Enfin ,
si on ne peut pas placer Pigalle au rang des
hommes de génie, on ne peut lui refuser
une place avec le petit nombre des artistes
qui ont maintenu les bons principes de son
art et honoré l'école française.

S.

· Nous joindrons ici l'extrait d'une lettre ,
adressée dans le tems à l'auteur de l'*Eloge*
qu'on vient de lire.

Paris , 24 septembre 1786.

C'est avec le plus grand plaisir que j'ai
lu dans le journal de Paris le tribut que vous
payez à la mémoire de M. Pigalle. Depuis
long-tems je me faisais une douce jouissance
de rendre publics quelques traits de sa vie.

Sans être lié avec M. Pigalle , j'ai été plus
d'une fois à portée d'apprécier ses sentimens. Au sein de l'aisance que lui avaient
procurée ses longs et pénibles travaux, il
se ressouvenait qu'il avait été malheureux
en Italie. Il ne parlait jamais qu'avec une
espèce d'enthousiasme de la reconnaissance
qu'il devait à M. Coustou fils ; il disait sou-

vent *que M. Le Moyne avait fait un sculpteur ; mais que M. Coustou avait fait Pigalle.*

Ce grand artiste ne voyait jamais un malheureux sans ressentir dans tout le corps un certain frémissement ; il lui est arrivé plusieurs fois de vider sa bourse dans le sein de ces victimes infortunées qu'oppriment le malheur et l'indigence.

Pendant son séjour à Lyon, M. Pigalle avait épargné quelqu'argent pour faire le voyage de Paris. Un jour qu'il se promenait dans la campagne, il aperçut un homme qui tantôt marchait avec précipitation ; tantôt l'air morne et abattu, les yeux noyés de larmes et collés sur la terre, restait immobile en poussant de longs et fréquens soupirs. M. Pigalle attendri court à cet homme et lui demande s'il n'y avait pas moyen d'adoucir ses peines. — *Ah ! monsieur*, répond cet infortuné, *je suis perdu ; si je ne paie aujourd'hui dix louis que je dois ; on me traîne au fond d'un cachot.* — *Mon ami*, s'écrie Pigalle, *viens avec moi, viens, j'ai douze louis dans ma malle, ils sont à toi ; mène-moi chez ton créancier, je veux le payer moi-même.*

M. Pigalle paya la somme et fit avec la famille de cet infortuné, *un souper*, disait-il, *fort gai*.

J'ai l'honneur d'être, etc.

Signé JOLY DE SAINT-JUST.

FRAGMENS
DE MORALE.

Extrait d'une lettre écrite par un émigré rentré, à son fils, sur ses opinions et sa conduite politique.

Vous paraissez étonné, mon cher fils, de ce qu'ayant été fidèlement attaché à notre ancienne monarchie, à nos anciennes lois, je veuille vous attacher au gouvernement qui les remplace ; et de ce qu'ayant déploré la proscription du culte public et l'oubli des idées religieuses, je résiste aujourd'hui à la proscription des idées philosophiques. Je hais les superstitions politiques comme les superstitions religieuses.

La révolution n'a point commencé, je vous l'ai dit, par une de ces impulsions véhémentes qui annoncent un grand incendie : la faiblesse et les abus de l'ancien gouvernement, l'inexpérience et les mauvaises mœurs de ses réformateurs, voilà l'origine du mal. Si parmi ceux qu'on attaquait, il y avait eu des hommes forts, et

parmi les assaillans, des hommes sages, rien
de ce que vous avez vu ne serait arrivé.
Je n'ai point balancé sur le parti que je
devais prendre, c'était de m'opposer, non
pas à des réformes, mais à une révolution.
Tant que la monarchie subsistait, je lui devais fidélité ; mais lorsqu'après une longue
anarchie, la nation se repose sous un gouvernement nouveau, j'obéis de même à ce
gouvernement. Je reconnais comme gouvernement national , quelle que soit sa
forme, celui qui est adopté par la nation ;
je le chéris tant qu'il me protège, et si j'en
étais maltraité je craindrais encore de le
voir renversé, et d'exposer mon pays à de
nouveaux déchiremens pour satisfaire mon
ressentiment. Mais si ma raison, mon intérêt, d'accord avec mon devoir, me défendent de concourir à renverser le gouvernement établi, les mêmes motifs m'obli-
gent de le soutenir ; et puisque je suis à la
fin de ma carrière, c'est à vous, mon fils,
qui commencez la vôtre, à acquitter mes
obligations et les vôtres. Voilà comment
s'expliquent mon repos, et l'activité que je
vous commande ; c'est par le même principe de ma fidélité à l'ancienne monarchie,

que je m'engage aujourd'hui volontairement envers le gouvernement qui lui succède.

Vous vous rappelez probablement les
objections que me faisait sur cela M. N. et
mes réponses. Pourquoi donc, me disait il,
n'avez-vous pas reconnu le comité de salut
public, la convention, le directoire ? —
Parce que je ne reconnais de gouvernement
auquel je veuille obéir, que là où il y a une
autorité protectrice. Tous les hommes in-
vestis du pouvoir à cette époque, me traitaient en ennemi, et la partie saine de la
nation en esclave ; je ne voulais être ni leur
complice ni leur sujet. Mais du moment
que je redeviens citoyen de mon pays, c'est
pour obéir à ses lois, c'est pour les défendre, quand même elles n'auraient pas
toutes mon assentiment. — Il s'en faut bien
que j'approuvasse toutes les ordonnances
de nos rois et toutes les opérations de leurs
ministres, mais je n'en étais pas moins sujet
fidèle : nous serions dans un état de guerre
continuel, si chaque membre des sociétés
politiques était constamment en révolte
contre tout système de gouvernement qu'il
jugerait défectueux. C'est là, mon fils, ce

qui caractérise l'esprit de faction, très-dif-
férent de la noble indépendance d'un bon
citoyen, dont je désire que vous ne vous
départiez jamais. Il y a de la lâcheté à flatter
les passions de ceux qui gouvernent; chacun
est libre de leur accorder ou de leur refuser son estime; on leur doit la vérité
avant l'obéissance : mais la résistance au
pouvoir suprême est rarement légitime et
toujours dangereuse. Appliquez ces réflexions au gouvernement sous lequel nous
vivons, voyez le bien qu'il a fait, les maux
qu'il a réparés; consultez votre conscience,
elle vous parlera comme moi.

La religion n'est pas seulement une affaire de conscience. Quand on ne voudrait
ne la considérer que comme une institution
politique, ceux qui adoptent cette opinion,
la moins consolante de toutes, seraient
encore obligés de la respecter comme une
belle et salutaire conception. Quoi de plus
précieux en effet que d'avoir pour la
morale des règles fixes, pour la vertu des
récompenses, et dans l'infortune des espérances que la méchanceté des hommes ne
puisse détruire! Un culte public est donc
pour une nation un besoin de première

nécessité, et quand il est établi depuis des siècles, l'outrager, le proscrire, insulter à la croyance du peuple, renverser ses autels, traîner ses prêtres au supplice, ou les condamner à l'exil, c'est ce qu'on peut appeler la férocité de la dépravation : ce délire sacrilège est le plus grand crime de la révolution, et vous voyez ce qui en est résulté, ce qu'avaient produit dix ans de licence et de cynisme; le rétablissement du culte est donc, pour tous les honnêtes gens, un des plus beaux titres de gloire du premier Consul.

Mais, mon fils, rien n'est plus nécessaire que l'alliance de la philosophie avec la religion; car en respectant, en protégeant les ministres des autels, en rendant hommage à la noble résignation avec laquelle ils viennent de supporter l'exil et la misère, il ne faut pas oublier ce que dans d'autres tems, l'empire, les prétentions du sacerdoce ont produit de malheurs : la superstition, le fanatisme sont aussi redoutables que le jacobinisme; et sans les lumières, sans les écarts même de la philosophie, nous aurions vu allumer en France, les bûchers de l'inquisition : je n'aime donc

point ces zélateurs hypocrites, qui sous le
prétexte d'attaquer toutes les innovations
qui nous ont bouleversés, déclarent aujourd'hui la guerre aux plus grands talens
dont le dernier siècle s'honore. On voit dans
ces nouveaux missionnaires une arrière-
pensée qui me les rend odieux. Aux factions
succèdent les partis, et le parti religieux
se présente à eux comme un vaste champ
d'intrigues et de spéculations dont il faut
écarter leurs ennemis et leurs rivaux; ainsi
des hommes qui ne croient pas en Dieu,
prêchent l'évangile et en feraient, s'ils le
pouvaient, un instrument de terreur et
d'oppression. Ces gens là, mon fils, n'ont
ni les vertus ni le langage qui conviennent
à la pureté de la religion et à la prospérité
de l'ordre social. La cause de Dieu, qui
est celle du genre humain, n'a nul besoin
de tels défenseurs, et les plus grands ennemis de la saine morale sont ceux qui
voudraient étouffer jusqu'au germe de la
liberté. Ne soyez donc pas étonné qu'en
désapprouvant ceux de nos grands écrivains qui se sont permis quelque incursion
contre la religion, je leur sache gré de
nous avoir fourni des armes contre la su-

perstition et le fanatisme politique et religieux. Il y a dans ces deux genres des
absurdités épidémiques qui s'emparent su-
bitement d'une génération toute entière ;
il est bon qu'il y ait constamment en opposition un dépôt de faits et de principes,
d'erreurs même, qui balancent les erreurs
dominantes, et c'est à quoi la philosophie est merveilleusement propre ; elle se
trompe, elle exagère, elle a aussi ses écarts,
mais elle lutte constamment contre les idées
étroites et les maximes tyranniques. Au
reste je termine, mon cher fils, par une
réflexion qui, je crois, n'est pas contes-
table ; c'est que ce qu'il y a de plus désirable dans les troubles civils, c'est d'en
voir la fin.

M.

DE L'AVARICE.

Tout homme à qui la littérature n'est pas
étrangère, connaît et a lu les charmantes
lettres de milady Montagu, ambassadrice
à Constantinople. M. Worthley Montagu,
son mari était un homme d'esprit, qui ne

manquait ni de talens, ni de lumières. Né avec de la fortune, il l'augmenta par une économie sévère, qui dégénéra par degrés en une avarice réfléchie.

M. Montagu avait acquis des terres immenses; sa manie était de les faire passer dans leur intégrité à ses descendans.

Il avait un fils unique, destiné à être plus bizarre encore que son père, et qui, dans sa première jeunesse, ayant quitté l'école où il était pour se faire ramoneur de cheminée, renonça, dans l'âge mûr, à sa patrie pour aller se faire mahométan. Ce fils, qui dépensait d'autant plus que son père ne lui donnait rien, contracta en peu de tems pour plus de cent mille livres sterlings de dettes. M. Montagu, voyant par cette disposition de son fils avorter toutes ses espérances, le déshérita, quoiqu'il l'aimât beaucoup.

Son avarice était réduite en système politique. La vue de conserver aux terres leur plus grande valeur, le détermina toujours dans la part qu'il prit aux affaires publiques et dans les partis qu'il adopta à la chambre des communes dont il était membre.

Il défendit, par exemple, avec beaucoup
de chaleur l'établissement de la milice nationale, parce qu'il la regardait comme
une force permanente, destinée à défendre
ses possessions contre des invasions étrangères.

Son testament est à cet égard un chef-
d'œuvre de raffinement. En déshéritant son
fils, il laissa tous ses biens à la comtesse de
Bute, sa fille, mais en les substituant à son
fils puîné. Le but de cette disposition était
d'obliger lord et lady Bute à faire des épar-
gnes sur leurs revenus, et par conséquent
à améliorer son héritage, afin d'être en
état de laisser à leur fils aîné une fortune
proportionnée à celle du cadet.

Il avait une mine de charbon qui rapportait, année commune, huit mille guinées;
il la légua de même à lady Bute, à la condition qu'elle en emploierait le produit à
acheter des terres dont elle n'aurait que
l'usufruit, et qui passeront aussi à son fils
puîné. Comme cette disposition paraissait
avoir quelque chose de contraire à la loi
d'Angleterre, elle fut discutée à la chambre haute et confirmée par un jugement.
M. Montagu avait prévu l'objection qu'on

pouvait faire à cette disposition, et avait découvert la seule combinaison qui pouvait rendre la disposition valable et légale.

On remarqua qu'il n'avait jamais regardé en face celui des fils de milord Bute qu'il désignait pour son héritier.

Que de réflexions ne font pas naître ces combinaisons raffinées d'une passion extravagante ! Par exemple, cette excessive inquiétude sur ce que deviendraient ses possessions, long-tems même après que sa mémoire serait oubliée, n'explique-t-elle pas assez bien l'amour de la gloire, sentiment bien plus raisonnable encore, car c'est un bien très-désirable que d'être estimé des hommes, et les jouissances de l'imagination sont des jouissances aussi réelles, aussi physiques que celles des sens. N'est-il pas aussi naturel de s'occuper avec plaisir de l'opinion des hommes qui viendront après nous, que de celle de nos contemporains qui vivent loin de nous ?

Les moralistes qui ont voulu réduire tous les mobiles de nos actions à quelque motif d'utilité réelle et prochaine, n'ont rien entendu au cœur humain. Ce n'est pas ici le lieu d'approfondir cette question si souvent

débattue ; nous nous bornerons au seul phénomène de l'avarice. On a aimé d'abord
l'argent comme un moyen de se procurer
les différentes commodités· de la vie ; on
finit par aimer l'argent pour lui-même, et
par se priver, afin de le conserver, de ces
mêmes jouissances qui peuvent seules le
rendre désirable. On n'a pu de même aimer
la chasse que pour se nourrir du gibier
qu'on tuait ; on a fini par aimer la chasse ,
sans se soucier du gibier.

L'avarice semble n'avoir son principe
dans aucun sentiment naturel à l'homme
non civilisé ; c'est, comme beaucoup d'autres passions, le produit de la société. Elle
suppose en général une inquiétude exagérée sur l'avenir ; le sauvage ne connaît
que les jouissances présentes. Il vend son
hamac pour une bouteille d'eau-de-vie,
sans s'embarrasser de ce qui lui arrivera le
lendemain.

L'Angleterre me fournira encore quelques traits d'avarice assez curieux. Le comte
de Bath mourant fit venir le général Pul-
teney son frère, qui était aussi avare que
lui, lui remit les clefs de son bureau et
de son coffre-fort, et lui indiqua toutes les

richesses qu'il y trouverait. Le général lui dit : Ne pourriez-vous pas remettre vos clefs et vos affaires à un autre ? J'ai soixante-dix-huit ans, je suis infirme, je n'ai plus besoin de vos richesses. — *Je suis encore plus vieux et plus infirme*, lui répondit milord Bath ; *je meurs, et j'ai encore moins besoin de richesses que vous.*

Cette passion est extrêmement variée dans ses causes et dans ses effets ; il y a beaucoup d'avares en qui c'est plutôt une manie qu'une passion, ils amassent des écus comme d'autres recueillent des coquilles ou des médailles. Le hasard ou la fantaisie a commencé la collection ; on s'y attache à mesure qu'elle grossit, et l'on finit par en faire l'intérêt de sa vie.

L'avarice, dit Duclos, *est la plus vile, mais non la plus malheureuse des passions.* J'ai trouvé quelques personnes du même avis ; mais cet avis est contraire à l'opinion commune dans tous les tems et dans tous les pays. Le mot latin *miser* (misérable) désignait un avare chez les romains. Les anglais lui ont conservé le même nom, et les italiens l'appellent également *misero*.

*Il manque beaucoup de choses à l'indi-
gent,* dit Sénèque, *tout manque à l'avare.*
Inutile aux autres, à charge à lui-même,
pour être bon à quelque chose, il ne lui
reste qu'à mourir.

L'avare, dit Charron, est plus malheureux que le pauvre, comme un mari jaloux
est plus malheureux qu'un c....

Quevedo disait que l'avare est un homme
qui sait où il y a un trésor caché.

Il se peut que l'avare, comme le dévot,
jouisse de ses privations; mais ce n'en est
pas moins un mal que de manquer de feu
en hiver, et de bouillon quand on est malade. L'avare aimerait mieux sans doute
être bien logé, bien vêtu et bien nourri, si
cela ne lui coûtait pas davantage.

Qu'est-ce que c'est en effet que l'avarice?
une pauvreté volontaire accompagnée de
travail, d'inquiétude et de mépris.

Toute passion où la crainte domine, ne
peut être que malheureuse et vile. L'avarice est également odieuse, parce qu'elle
exclut toutes les affections naturelles et
sociales.

Voulez-vous juger tout d'un coup dans
quelle classe des vices il faut placer l'ava-

rice ? C'est le seul qui soit incompatible avec la grandeur, la bienfaisance, la générosité, l'humanité, la confiance et la franchise; avec l'amour et l'amitié véritable; avec la tendresse paternelle et l'amour filial. Quelle vertu reste-t-il donc à l'avare? Quel bonheur peut-il y avoir pour l'homme incapable d'aucune vertu ?

On a dit qu'il y avait d'illustres scélérats, mais qu'il n'y avait pas d'illustres avares. Cette opinion de madame de Lambert est bien contredite par l'exemple du célèbre duc de Marlborough. Cet homme avide de gloire, était encore plus avide de richesses; et pour satisfaire ce honteux besoin, il n'y avait pour lui aucun moyen de honteux. Un homme qui désirait obtenir une place lucrative, alla le prier de la demander pour lui. *Si je l'obtiens,* dit-il, *j'ai mille guinées dont milord pourra disposer comme il voudra, et je lui donne ma parole de n'en parler à personne. — Donne m'en deux mille,* répondit le duc, *et va le dire, si tu veux, à tout le monde.*

La veille de la bataille d'Hochstet, le prince Eugène alla dans la tente de Marlborough pour conférer avec lui sur le plan de la bataille. A peine le prince fut-il sorti, que Marlborough fit venir son valet-de-chambre et le traita avec la plus grande dureté, parce qu'il avait allumé six bougies dans la tente, quand il y en aurait eu assez de deux.

L'avarice de Marlborough était passée en proverbe. Lord Péterborough, le plus brave et le plus généreux des hommes, rencontra un jour un pauvre qui lui demanda l'aumône en l'appelant *milord Marlborough.* — *Moi, Marlborough!* s'écria-t-il ; *pour te prouver que je ne le suis pas, voilà ce que je te donne.* Le mendiant fut bien étonné de recevoir une guinée pour s'être trompé de nom.

J'ajouterai ici une autre singularité. J'ai connu dans ma jeunesse un homme en qui l'avarice était unie à toutes les vertus sociales et domestiques. Il était bon maître, bon mari, bon père, même bon ami. Revêtu d'une charge de magistrature, c'était un juge aussi intègre qu'éclairé. Parcimonieux à l'excès pour tous ses besoins personnels, il voulait que sa femme fût mise comme toutes celles de son état, et il n'épargnait rien de ce qui était nécessaire pour l'édu-

cation d'un fils et d'une fille qu'il avait ;
mais il calculait ce nécessaire aussi juste
qu'il lui était possible. Depuis 30 ans, il
n'avait pas voulu augmenter les baux de ses
terres, quoique la valeur des terres eût
presque doublé depuis cette époque ; mais
il exigeait de ses fermiers qu'ils le payassent
à jour fixe, sous peine d'être évincés à la
fin de leur bail.

Il prêtait souvent de l'argent, lorsqu'il
voyait toute sûreté pour le remboursement ;
mais jamais il n'aurait voulu recevoir plus
de quatre pour cent d'intérêt, quoique
l'intérêt légal fût à cinq. *C'est assez*, disait-il, *lorsqu'on ne compromet pas son
capital ; mes terres ne me rapportent pas
tant.*

Un de ses confrères qu'il aimait, et dont
il déplorait la mauvaise conduite dans l'emploi de sa fortune, eut un besoin urgent
de 6000 livres pour satisfaire à un engage-
ment d'honneur. Il s'adressa à son ami, en
lui exposant sa détresse : *Avec la facilité
et le désordre que je vous connais*, répondit mon avare, *je ne puis en conscience
vous prêter une somme que vous n'êtes
pas sûr de pouvoir me rendre, et que je*

réserve pour la dot de ma fille. Eh bien !
répliqua l'ami, j'ai sur moi le collier de
diamants de ma femme ; elle m'a permis de
le mettre en gage, mais l'usurier à qui je
l'ai proposé ne veut me prêter les 6ooo liv.
qu'à un et demi pour cent par mois. *En ce*
cas, dit l'avare, donnez-moi le collier,
je vous prêterai les 6ooo liv. sans intérêt.
Comme je ne cours aucun risque pour le
remboursement, et que cette somme devait
rester dans mon coffre, il n'est pas juste
que je retire un bénéfice d'un service que
je rends à mon ami, et qui ne me coûte
rien.

J'ai rencontré autrefois un M. de St. V**,
financier très-riche, très-fastueux et très-
avare. Il avait des habits brodés et des bagues
à chaque doigt, et il brûlait de la chandelle
chez lui. Chaque année il donnait un repas
splendide à ses connaissances, et le reste de
l'année il n'avait pas un pot-au-feu. Il s'était
imposé la loi de ne dépenser que la moitié
de son revenu ; mais une fantaisie de libertinage lui faisait quelquefois excéder la
somme qu'il s'était fixée pour son mois ; alors
il transformait son coffre fort en juif, et y
déposait un diamant, une boëte d'or, en

néantissement de la somme qu'il y prenait, qu'il s'empruntait à lui-même à dix pour cent, et qu'il replaçait fidèlement à l'échéance, avec l'intérêt.

Le comte de Plélo, jeune homme fort aimable et de beaucoup d'esprit, avait perdu une somme considérable au jeu, et se trouvait dans l'impossibilité d'acquitter cette dette d'honneur. Il alla trouver un oncle qui l'aimait beaucoup, mais qui était fort avare, et qui fut si touché du désespoir que lui exprimait son neveu, que malgré son avarice, il lui prêta la somme dont il avait besoin. Au bout de quelques mois, le comte de Plélo vint proposer à son oncle un arrangement pour s'acquitter avec lui. Celui-ci entra dans une grande colère, et lui dit : *Malheureux, pourquoi viens-tu me rappeler la sottise que j'ai faite ? je l'avais oubliée. Si tu m'en reparles encore, je ne te reverrai de ma vie.* Voilà assurément un trait d'avarice d'un caractère tout particulier.

Que conclure de ces observations en apparence contradictoires ? C'est qu'il n'y a rien de si souple que le cœur humain, et qu'il n'y a point d'affections si diverses,

qu'elles ne puissent s'y former et y vivre
en bonne intelligence.   S.

NECROLOGIE.

*Jacques Godard, député de Paris à
l'Assemblée nationale, est mort à Paris
d'une fièvre maligne, le 4 novembre 1791,
dans sa vingt-neuvième année. Il était fils
d'un maître des comptes de Dijon. La
patrie a fait, par la mort de ce malheureux jeune homme, une perte que peuvent
seuls apprécier ceux qui l'ont bien connu.
Une femme avec qui il était fort lié, écrivit
la lettre suivante :*

L'auriez-vous cru, mon ami, que cet
aimable jeune homme, que vous n'avez eu
besoin de voir qu'une fois pour l'aimer,
l'auriez-vous cru, quand tout-à-l'heure
vous me félicitiez de son amitié, que peu
de jours après j'aurais à pleurer sa mort ?
Vous l'aimiez, me disiez-vous, sur la confiance que vous donnait mon attachement
pour lui ; non, vous l'aimiez déjà pour lui-
même ; vous l'aimiez pour cette aimable
physionomie, emblême fidèle de toute sa
bonté, de toute sa candeur et de toutes ses

vertus. Peu d'hommes avaient été mieux traités de la nature. Son ame jeune et ardente ne le portait qu'au bien, ne s'échauffait que des sentimens qui pouvaient l'élever et l'anoblir. Elle était étrangère à toutes ces petites passions qui dégradent les vertus et qui souvent les anéantissent. Jamais je n'y ai surpris un mouvement qui ne pût être avoué par la bonté et la justice. Hélas! les regrets si touchans et si universels qu'on donne à sa mort sont bien légitimes ; et quoiqu'enlevé, à 28 ans , à la patrie , qu'il brûlait de servir , la reconnaissance a quelque part à nos douleurs , et ce n'est pas seulement nos espérances que nous avons à pleurer.

Voué aux fonctions du barreau , où il s'est distingué dès l'entrée de sa carrière, il y porta une raison saine , un esprit plein de netteté et de justesse , et un goût trèspur. Il avait une méthode naturelle dans l'esprit , qui lui faisait mettre tout à sa place. Les faits , les réflexions , tout était si bien classé qu'un esprit un peu exercé devançait sans peine ses résultats. Un style toujours naturel , élégant et noble , ornait cette raison si sage et si éclairée. La cause qui commença à répandre quelque éclat sur son talent fut celle de plusieurs infortunés, accusés de l'assassinat d'un hermite en Bourgogne, et condamnés comme coupables au parlement de Dijon. Dès que leur innocence lui a été démontrée, il part pour Dijon qui était le lieu de sa naissance ; il va plaider, avec la confiance de la vertu et l'espoir de la réveiller, devant ces mêmes juges à qui il fallait faire reconnaître une grande erreur qui déjà avait coûté la vie à deux innocens. Sa douce et sage éloquence porte jusqu'à l'évidence les preuves de cette déplorable erreur, et les attache sur-tout à la gloire de la réparer. Tous le remercient de les avoir jugés dignes de la reconnaître ; tous veulent l'expier autant qu'il est en eux. L'avocat, les juges, les proscrits, tous s'unissent l'un à l'autre par les liens de la reconnaissance et de l'humanité. Combien je le vis heureux à son retour, lorsqu'il me présenta cette famille qu'il couvrit de ses bienfaits après l'avoir arrachée à l'ignominie ! Ce bonheur, qui pouvait suffire à la consolation d'une vie entière, il l'avait obtenu à vingt-quatre ans.

Il n'a point plaidé de cause que sa conscience n'eût adoptée d'avance. Son talent n'était qu'au service de la vérité : elle seule le fécondait et l'échauffait. Dans cette époque de notre révolution, il a refusé de défendre une cause brillante, qui pouvait servir sa réputation autant que sa fortune, par ce respect qu'il avait pour la morale et pour l'opinion des gens de bien.

Avec quelle ardeur n'a-t-il point embrassé les espérances de notre régénération politique ? Ses facultés, dès ce moment, s'attachèrent tout entières aux moyens de concourir, autant qu'il était en lui [1], à ce grand objet : l'estime qu'il inspire fait oublier sa jeunesse dont il n'avait que la sainte et pure chaleur. Toujours guidé par

---

[1] L'auteur de cette lettre ne conserva pas long-tems les premières espérances qu'elle avait conçues : voici ce qu'à une époque plus reculée de la révolution, elle écrivait à un ami : « Combien de fois, dans le « cours sanglant d'une époque que j'avais d'abord « appelée de tous mes vœux, parce que j'en attendais « tous les biens, consternée d'horreur et d'épouvante « de l'horrible contagion de la férocité, je me trans- « portais en imagination aux bornes du monde, pour y « aller chercher des êtres que je pusse regarder comme « mes semblables ; car je n'en trouvais plus dans ma « terre natale, si malheureuse et si dégradée. »

l'amour de la liberté, jamais l'ardeur de ce
sentiment si vrai ne l'égare un moment. Sa
conscience et sa raison lui montrent les
biens possibles de la révolution, mais le
défendent de tout entraînement vers les
idées chimériques qui peuvent nous en en-
lever les bienfaits. Dans cette grande lutte
en faveur de la liberté, tout entier au parti
des vainqueurs, il n'a point à se défendre
d'une haine peu généreuse contre les vaincus. Son cœur, dans son amour, embrasse
tous ses concitoyens, et voudrait tous les
unir des mêmes liens. L'image de cette
liberté qu'il adore n'est associée, dans son
ame, qu'à toutes les vertus qui anoblissent
l'homme. Par-tout il combat avec courage, avec la chaleur que donnent l'amour
du bien et l'ardeur de le propager, tous
les principes destructifs de l'ordre, du respect de la loi et de l'amour de l'humanité.
Presque toujours il persuade, parce que
lui-même est persuadé. Cette voix si digne
de servir d'organe à la vérité, cette figure
qui en offre la touchante empreinte, ce
charme réuni de la jeunesse et des talens,
entraînaient tous les cœurs à la suite de sa
raison.

La Commune de Paris le chargea de rédiger l'exposé de ses travaux ; je vous engage à le lire. Quel beau spectacle il montre à nos regards, au milieu de ces scènes de désolations que présentent les premiers momens de l'insurrection d'un grand peuple ! J'aime à voir ces trois cents hommes réunis, animés d'un même esprit et des mêmes principes, qui se saisissent de la seule autorité que leurs concitoyens veulent bien reconnaître encore, et dont toutes les facultés semblent se multiplier par la nécessité de surveiller à chaque instant la subsistance et la sûreté d'un peuple immense. La vertu qui n'est, je crois, *que la bonté agissante,* la vertu ne m'a paru nulle part si digne de nos hommages. Je voudrais pouvoir vous faire lire tous ces discours publics, que l'ami que je pleure a prononcés en différentes occasions, surtout dans sa mission au département du Lot, où le roi l'avait envoyé pour arrêter les violences du peuple, qu'on excitait à brûler les châteaux. Quelle aimable et pure raison, quel touchant et pénétrant langage ! Fénélon lui-même ne l'eût point désavoué. Comme ce digne apôtre de la morale, il ne voulut d'autres armes que celles de la raison et de la persuasion ; et comme lui, il eut le bonheur de leur devoir tous ses succès. Vous parlerai-je de ses espérances au moment qu'il fut appelé au rang de nos législateurs ? Infortuné jeune homme ! l'ardeur de servir ta patrie, l'espérance d'y voir asseoir notre liberté sur le respect de la loi, t'embrasait tout entier ; la gloire, la gloire même était oubliée ; le bien public, le bonheur de tes concitoyens absorbaient tous tes vœux. Hélas ! c'est ce dévouement si noble qui t'a précipité dans la tombe. Tu n'as mis aucune modération à ce sentiment, dont l'excès même était une vertu. Tu as épuisé la nature par le travail, quand la nature, déjà défaillante, te demandait du repos ; et quand tu l'as vue manquer à tes projets, à tes espérances, à tes affections, tu as gémi un moment dans le sein de l'amitié d'en avoir épuisé toutes les ressources ; mais bientôt ton ame, aussi courageuse qu'elle était douce, se soumet à la destinée, et laisse les larmes à tes amis désolés. Gloire, talens, jeunesse, confiance, amitié, est-il vrai que la terre ait tout englouti ?   A.

LETTRE

De la même, à madame ***.

Vous souvenez-vous, madame, de notre aimable gouverneur de Saint-Cloud ? souvent nous allions le visiter ensemble : nous étions jeunes ; cependant nous trouvions, dans la conversation de cet homme, alors âgé de soixante-quinze ans, un intérêt qui nous faisait dire que l'amabilité était de tous les âges. Sa politesse était simple et noble, son esprit sage et doux ; son ame avait conservé une vigueur et une énergie qui nous étonnaient, lorsque nous considérions ce corps si frêle et si délicat. Amant de la nature, nous le trouvions, presque toujours, sur une chaise longue, devant un de ces plus rians tableaux, devant ce riche coteau de Saint-Cloud baigné par la Seine. Ses yeux, nous disait-il souvent, ne pouvaient se rassasier de ces beautés.

Soumis aux lois de cette nature, il paraissait recevoir, avec un calme philosophique, les maux comme les biens, qu'elle a versés sur la race humaine. Il souffrait,

sans se plaindre , les maux inévitables ; il
voulait seulement souffrir seul , et ne se
donnait à la société que lorsqu'il pouvait y
inspirer un intérêt qui ne fût que doux à
éprouver. Des lectures intéressantes, beaucoup de repos, un peu de promenade quand
il se portait bien ; la conversation de quelques amis, la visite journalière de son fils
adoptif, M. de F**, qui, jusqu'à ses derniers
momens, a soigné sa vieillesse avec une
surveillance aussi tendre que constante ;
c'était-là l'emploi de sa vie.

Lorsqu'après quelques violentes attaques
de goutte, il paraissait au milieu de notre
société réunie, l'intérêt plus encore que le
respect allait au-devant de lui. Il ne nous
parlait point des maux qu'il avait soufferts ;
il ne disait point de mal de la vie ; il ne se
plaignait point des hommes, et ne les trouvait pas plus méchans que par le passé. Son
esprit juste avait jeté un regard ferme sur la
vie et sur l'espèce humaine, avait apprécié
l'un et l'autre, et s'était prémuni contre
l'humeur que donnent si souvent l'ignorance
et ses mécomptes. Sa philosophie était en
lui ; c'était dans son ame qu'il l'avait puisée.
Sa vie offrait le tableau d'un homme qui sait

se soumettre aux circonstances; qui s'offre bien à la fortune, mais qui veut sur-tout n'en point dépendre, et qui aime mieux renoncer à ses promesses qu'au sentiment d'une juste fierté.

Placé de bonne heure au s rvice, il l'avait quitté apr. s quelques années, par le dégoût d'une injustice qu'il avait essuyée.

Dès son enfance, il avait montré un caractère fortement prononcé. Attaché invinciblement à ses volontés, vous devez vous rappeler qu'un jour il nous conta un trait d'opiniâtreté de cet âge, qui dût annoncer qu'il ferait toujours ce qu'il voudrait, et qu'il ne ferait que ce qu'il voudrait. On voulait, nous dit-il, qu'il apprît le latin, comme l'apprennent tous les enfans, et le latin l'ennuyait si fort qu'il prit la résolution la plus ferme de ne point l'apprendre. Les moyens de persuasion et d'émulation n'ayant pu le vaincre, on en vint aux moyens de rigueur. Mais il calcula qu'une douleur passagère était plus tolérable qu'un ennui éternel, et il ne cessa de répéter, sous les coups de verges : *je ne l'apprendrai pas, je ne l'apprendrai pas*; et je ne l'ai point appris, nous dit-il, avec une gaieté qui tenait encore de la joie d'une victoire. Cette victoire lui avait sans doute persuadé que l'homme qui a une volonté ferme et un grand courage pour supporter la douleur, peut presque tout ce qu'il veut.

L'histoire de sa mort que je viens d'apprendre, a rapproché ce trait de ma mémoire. Dans les deux époques de la vie où les organes ont moins de force, il a montré la même vigueur d'ame. Dans son enfance, il s'est montré plus fort que la douleur, et dans sa vieillesse la plus avancée, il a pu commander à la destinée.

Il y a quelques jours que je me trouvai à souper avec M. de F**, que je n'avais pas rencontré depuis plus de dix ans; je m'empressai de lui demander des nouvelles de notre bon gouverneur : je l'ai perdu, me dit-il, au mois de juillet dernier (1790). Là-dessus je le questionne sur les dernières années d'un homme qui m'avait intéressé, et voici ce que j'apprends :

Attaché depuis quarante ans à la maison d'Orléans, il avait quitté Saint - Cloud au moment où la reine en avait fait l'acquisition. C'était, à son âge, faire à la reconnaissance le plus grand des sacrifices, que d'abandonner des lieux si long-tems témoins de sa vie, et qui offraient, à des maux devenus habituels, les doux souvenirs de l'amitié et les beaux tableaux de la nature. C'était un ami qu'il abandonnait, auquel il s'arrachait ; mais il fut inébranlable aux instances de la reine, qui le pressa plusieurs fois, avec une extrême bonté, de conserver ses droits et son titre de gouverneur. Quelques instances qu'on fît à cette princesse, elle ne voulut jamais donner cette place à personne : elle répondit constamment à tous ceux qui la sollicitaient : *M. de Mornai est gouverneur de Saint-Cloud, et je n'en veux point d'autre.* Il s'était retiré au Palais-Royal : depuis neuf mois il ne sortait plus de son lit. Il avait perdu tous ses amis, excepté M. de F**, qui, tous les jours, lui faisait plusieurs visites. Ses attaques de goutte étaient devenues plus fréquentes dans ses dernières années. Il vivait pour la douleur, et attendait, avec son calme ordinaire, le moment où tout finirait pour lui. Le jour du mardi-gras (il avait alors quatre-vingt neuf ans), il eut une crise qui lui donna l'espérance de ne

point passer la journée. M. de F** étant
allé le voir ce jour là même, entendit en
entrant, parler haut dans la chambre; il fut
étonné, en ouvrant la porte, de trouver
son oncle seul, sa couverture abattue
jusqu'aux pieds, et considérant gaiement
son corps décharné. Que faites-vous donc
là, lui dit-il ? Je m'examinais, et je disais
à la mort : *tu vas faire un pauvre mardi-
gras.* Il se trompait : cette frêle machine
résista encore aux douleurs violentes et
répétées qui semblaient devoir la détruire.

Il avait pris un grand intérêt à l'Assemblée des états-généraux ; ce réveil d'une
grande nation, cette réclamation solem-
nelle de ses droits, tous ces écrits où les
abus étaient si violemment attaqués, ce
concert qui paraissait général de volontés
et de lumières, cet accord entre un roi qui
voulait sincérement le bien et un peuple
entier qui en sentait le besoin en se trompant sur les moyens de l'obtenir, toutes ces
grandes espérances émurent son ame et
attachèrent d'abord tous ses vœux. Bientôt
arrivèrent ces scènes désastreuses et sanglantes qu'occasionèrent les soupçons,
les résistances et les prétentions opposées.

M. de F** voulait lui dérober les convulsions
par lesquelles on prétendait nous conduire
à la liberté, dans la crainte qu'elles n'en
portassent de trop fortes dans sa frêle
existence. Mais bientôt il entendit de sa
chambre les cris féroces du peuple, qui
traînait, en chantant, les membres sanglans
des Berthier et des Foulon. Au récit de
toutes ces scènes d'horreur, à cet horrible
spectacle qui se donnait presque sous ses
yeux, son ame parut éprouver le plus grand
abattement; il déplora, avec indignation,
l'altération du caractère français. Peut-être
désespéra-t-il du bonheur d'un peuple à
qui il voyait compter, parmi ses moyens
de puissance, la violence et la cruauté. Dès
ce moment il parut perdre tout l'intérêt
qu'il tirait encore de ses idées, de sa raison
et de ses lectures. Il ne voyait plus, dans
ce qui se passait autour de lui, rien de
ce qu'il avait pensé et senti pendant une
longue vie. Ses souvenirs, un des grands
charmes de la vieillesse, ne pouvaient se
lier à un renversement si absolu de tout ce
qu'il avait vu. Si près d'entrer dans la
tombe, il ne pouvait pas espérer de voir
s'asseoir cet édifice nouveau, qu'on allait

disait-on, poser sur de si antiques et de si
grands débris. Le passage de l'ancien ordre
au nouveau devait être terrible, et c'était
au passage qu'il se trouvait ; il ne voyait
plus ce qu'il pouvait espérer ; surpris, troublé, *je ne peux plus*, disait-il à M. de F**,
ordonner mes idées ; tous les fils en étaient
rompus, la chaîne en était brisée. Fatigué
de cette impuissance de sa raison, las de ses
maux, las de la vie, il voulut mourir, et ce
fut à M. de F** qu'il confia sa résolution
et qu'il demanda les moyens de l'exécuter.
Donnez-moi un pistolet, lui dit-il, *je me*
sens la main encore assez ferme pour ne
pas me manquer. M. de F** le conjura de
vivre pour lui. Je ne suis plus pour vous,
lui répondit M. de Mornai , que l'objet
d'une pénible pitié. Si vous m'aimez, vous
m'aiderez à me délivrer de mes maux ; car
ils sont sans consolation et sans remède.
Voyant sa résolution bien arrêtée, M. de
F** lui représenta qu'étant la seule personne qui lui fît des visites, il s'exposerait
aux reproches de ses amis, et peut-être à des
inculpations plus graves. Cette idée frappa
le vieillard, et l'arrêta soudain. Hé bien !
lui dit il, je sens que ma mort doit vous

soustraire à des inconvéniens, et non vous en apporter : mon ami, en lui prenant la main, je n'en mourrai pas moins ; cela sera seulement plus long.

Dès ce moment M. de Mornai ne prit plus aucune nourriture , pas même une goutte d'eau. Il poursuivit sa route vers la tombe où il voulait descendre , avec une constance, une vigueur d'ame dont l'affaiblissement de ses organes ne le détourna pas un seul instant. Seul , l'ame fixée toute entière sur cette mort, l'objet de son unique et dernier vœu , tandis que son corps , pendant neuf jours d'un combat si inégal, ne présentait plus aux yeux que l'image d'un enfant desséché , son ame toujours ferme voyait le but et se félicitait d'y toucher. M. de F**, témoin tous les jours de cette triste lutte de l'ame dans un corps où paraissait à peine un souffle de vie, faisait des reproches à son vieil ami , des moyens si lents et si douloureux qui allaient amener une cruelle séparation, et ajoutait alors de tendres invitations de prendre quelque aliment : plusieurs fois il lui présenta une cuillerée de vin de Rota, qu'il le conjurait de boire par amitié pour lui. Cet homme inébranlable dans son dessein; ne voulant pas affliger l'amitié suppliante, cédait en apparence à ses instances; il prenait la cuillerée de vin, mais bientôt, comme on s'en est assuré depuis, il la rejetait dans son mouchoir. Enfin voyant sa fin approcher, au neuvième jour, il sentit la joie d'un triomphe que son courage avait poursuivi avec une constance presqu'effrayante. Quatre heures avant d'expirer, son fils d'adoption entra dans sa chambre. M. de Mornai le remercia de ses soins affectueux, et lui prenant la main, qu'il lui serra encore avec force : *Enfin, mon ami, je la tiens,* lui dit-il, *elle ne peut plus m'échapper.*

Avez-vous l'idée d'une mort plus courageuse? n'êtes-vous pas frappé de ce contraste de la plus grande faiblesse avec la plus grande force? Cette mort, que l'antiquité eût peut-être admirée, mais que dans les principes d'une morale épurée par la religion, nous ne pouvons regarder que comme l'effet d'un déplorable égarement, cette mort, dis-je, ne vous prouve-t-elle pas que toute la puissance de l'homme est dans son ame, dans sa raison, dans une volonté ferme et constante? Cette mort étend les idées que j'avais du pouvoir de l'homme. Sans doute quand la vie n'offre plus qu'ennui, que dégoût, que douleur ; quand elle n'est plus pour nos amis, comme pour nous, qu'un poids accablant, c'est un spectacle assez imposant de voir cet être, en apparence si faible et si misérable, disposer encore de sa destinée et commander à la mort de prendre sa proie.

A.

DES IMPROVISATEURS.

Il est plus difficile qu'on ne croit de faire un nouveau mot ; mais il est encore plus difficile de le faire recevoir, même lorsqu'il est bien fait.

On s'étonne aujourd'hui de trouver dans l'encyclopédie les mots *improvisteur* et *improvister*, pour *improvisateur* et *improviser*. L'auteur de l'article les fait dériver de notre mot *improviste* ; au lieu qu'ils ont été transportés de l'italien *improvisare*, *improvisatore*.

Le mot *improviser* est depuis long-tems reçu dans notre langue ; on le trouve dans les poésies de Saint-Amant, dans le Mascurrat de Naudé, dans Ménage, etc.

Quelques auteurs ont écrit *improviseur ;* mais le mot *improvisateur* est aujourd'hui généralement établi. Puisque les italiens semblent posséder exclusivement la chose, il est naturel que nous prenions d'eux le mot qui la désigne.

On trouve dans les lettres de J. B. Rousseau, le mot *improvisade*, pour désigner des pièces de vers faites impromptu ; ce mot n'a pas été adopté, et ne le méritait guères.

Le talent d'*improviser* semble être une production naturelle du sol de l'Italie. Il paraît tenir à deux causes : la première est la faculté de se donner à soi-même un degré d'exaltation, capable de réveiller dans l'esprit une multitude d'idées avec une rapidité dont n'ont pas même l'idée les hommes d'une imagination froide et tranquille ; la seconde cause est une langue abondante et flexible dont on s'est rendu toutes les formes familières.

Chez les peuples sauvages, où l'imagination est d'autant plus forte et plus mobile qu'elle est moins contenue par l'exercice de la raison et par les conventions et les habitudes de la civilisation, le don d'*improviser* est commun ; mais il a besoin d'être excité par la musique. Les voyageurs nous représentent les sauvages de l'Amérique au milieu de leurs assemblées, de leurs festins, de leurs fêtes guerrières ou funèbres, se lever tout-à-coup avec enthousiasme et chanter des vers impromptu au son des instrumens. Dans les poésies si

célèbres des anciens écossais, on voit Os-
sian prendre sa harpe et chanter sur-le-
champ le triomphe ou la mort glorieuse
d'un guerrier.

On peut conclure de plusieurs passages
anciens, que les grecs ont eu au commencement des *improvisateurs*, et qu'on peut
regarder comme tels les poëtes ambulans
qu'ils appelaient *aoidoi*. Homère était un
de ces poëtes, et plusieurs savans ont
même cru qu'il avait composé en *improvisant* une partie des poëmes qui nous
restent de lui. Cela est difficile à persuader ; on peut cependant fonder cette opinion sur différentes autorités. Le passage
suivant d'Eustathe est remarquable : « Ho-
« mère, dit ce scoliaste, ne respirait que
« poésie ; il était tellement inspiré par la
« muse héroïque, qu'il parlait en vers
« avec plus de facilité que d'autres ne
« parlent en prose. »

N'est-ce pas un *improvisateur* que représente Platon, lorsqu'il peint l'enthousiasme qui anime le poëte au moment de
l'inspiration ? Nous rapporterons à ce sujet
un passage de l'abbé Arnaud, où l'on reconnaîtra aisément l'imagination brillante,

le style harmonieux et animé qui distingue cet écrivain.

« Platon prétendait que les poëtes ne
« devaient absolument rien à l'art. Sem-
« blables, dit-il, aux prêtres de Cybèle,
« qui n'exécutent jamais leurs danses lors-
« qu'ils sont de sang-froid, les poëtes,
« tant que leur ame est tranquille et qu'ils
« conservent l'usage de la raison, sont in-
« capables de rien produire de merveil-
« leux et de sublime ; c'est uniquement
« lorsqu'échauffés par l'harmonie et le
« rhythme, ils entrent dans le délire, qu'ils
« composent ces beaux poëmes, qui, sans
« nous permettre à nous-mêmes de ré-
« fléchir, enlèvent notre admiration. Telles,
« ajoute-t-il, les bacchantes ne puisent
« le miel et le lait dans les fontaines, que
« lorsque la fureur les transporte. Ce phi-
« losophe cite à ce sujet l'exemple de Cyn-
« nichus de Chalcédoine, qui, quoiqu'il
« fût le plus ignorant de tous les hommes,
« composa, dans un moment d'inspiration,
« le plus bel hymne qui, de l'aveu des athé-
« niens mêmes, eût été jamais fait. En un
« mot, Platon ne reconnaît le vrai poëte
« qu'à la faculté de produire ses chants par

» l'enthousiasme, sans savoir lui-même ce
« qu'il chante. L'harmonie et le mouve-
« ment du vers, selon ce philosophe, pla-
« cent le poëte dans une situation où les
« pensées et les images, qu'il aurait cher-
« chées vainement dans une assiette tran-
« quille, se présentent en foule à son ima-
« gination.

« Aristote, génie vaste, mais ambitieux,
« qui, non content d'observer, voulut
« encore définir, et prescrivit ainsi des lois
« à la nature et des bornes à l'esprit hu-
« main; Aristote avoue lui - même que la
« poésie est l'ouvrage du transport et de
« l'enthousiasme. Maracus de Syracuse,
« dit-il, n'enfantait jamais de beaux vers
« que lorsqu'il était en extase. Théophraste,
« Héraclide de Pont son disciple, Strabon,
« Plutarque, Longin, tiennent le même
« langage.

« Il ne serait pas difficile de démontrer
« qu'en effet les anciens poëtes de la Grèce
« étaient tous *improvisateurs*. Les vers
« d'Homère, ces vers qu'ont admirés et
« qu'admireront tous les âges, Homère les
« enfantait sur-le-champ sans peine, sans

« effort, comme une source répand ses
« ondes. »

On retrouve encore en Italie l'image de
ce talent extraordinaire : dès la renaissance
des lettres, on y a vu des personnes de tout
sexe qui composaient sur-le-champ des
poëmes, même de longue haleine ; mais
ces premiers *improvisateurs* composaient
d'abord en latin. Ce fut la langue des savans
jusqu'à la fin du 15.ᵉ siècle.

Un des plus anciens *improvisateurs* dont
l'histoire littéraire fasse mention, est *Sera-
phino d'Aquila*, né en 1466, et mort en
1500. Ce poëte, oublié dès long-tems,
balança pendant sa vie la réputation de Pétrarque. Il dut cette réputation éphémère
au talent qu'il avait de s'accompagner du
luth en chantant les vers qu'il *improvisait*.
La musique paraît un stimulant nécessaire
pour animer la verve de ces poëtes *extem-
porains*, puisque tous, en chantant leurs
vers, s'accompagnent ou se font accompagner d'un instrument.

Bernardo Accolti, qui vivait dans le
même tems, mérita le surnom d'*Unico*,
par son talent extraordinaire pour la poésie.
Aucun poëte ne lui était comparé. Quand

le bruit se répandait dans Rome que l'*Unico*
devait réciter des vers dans un lieu public ;
tous les habitans étaient en mouvement ;
les boutiques étaient fermées ; toutes les
affaires étaient suspendues ; les savans et
les personnages les plus considérables ac-
couraient pour l'entendre ; l'admiration ,
comme l'empressement , était universelle.
Qu'est - il resté de ce talent prodigieux ?
des vers au - dessous du médiocre , qu'à
peine connaît-on aujourd'hui.

La même chose est arrivée à un autre
improvisateur de Florence, nommé *Chris-*
tophe , qui eut aussi la plus grande réputation , et fut surnommé l'*Altissimo*. Il
composa en improvisant un poëme de che-
valerie, intitulé *J. Reoli*. Ses amis l'avaient
copié pendant qu'il le chantait, et ils le
publièrent après sa mort. On s'étonna
d'avoir admiré une si misérable composition.

Parmi les *improvisateurs* de la fin du 15e
siècle et du commencement du 16e, nous
ne citerons que les noms de *Nicolo Leo-*
niceno , de *Mario Filelfa* , de *Pamfilo*
Sassi , d'*Hyppolito de Ferrare* , de *Gio-*
vane-Battista Strozzi , de *Pero* , de *Nic-*

colo Franciotti, de *Cesare da fano*, etc.

Trois autres *improvisateurs* du même tems furent aveugles. Ce malheur a été commun à beaucoup de grands poëtes. On croirait que le talent de la poésie et celui de la musique trouvent quelque aiguillon dans la privation de la vue. Le premier de ces *improvisateurs* aveugles fut *Cristoforo Sordi*, dont on ne connaît plus guères que le nom. On a conservé plus de détails sur *Aurelio Brandolini*, florentin, aveugle dès son enfance. Sa réputation le fit appeler à la cour de Corvin, roi de Hongrie, qui cherchait à réunir auprès de lui les savans et les hommes de lettres les plus distingués, sur-tout de l'Italie. Sordi fut célèbre aussi comme prédicateur; et il publia un livre *de ratione scribendi*. Un jour qu'il *improvisait*, on lui donna pour sujet l'*histoire naturelle* de Pline; il en fit sur-le-champ l'analyse en vers, en s'accompagnant de la guitare, sans oublier, dit un auteur contemporain, une seule circonstance intéressante de l'ouvrage de Pline.

Il avait un frère nommé *Raphaël*, qui, par une conformité de malheur bien extraordinaire, perdit la vue comme lui, et

comme lui se signala par le talent d'*improviser*.

Il paraît que les savans grecs, qui vinrent
de Constantinople en Italie au commencement du 16.ᵉ siècle, y répandirent, avec
le goût de la langue et de la littérature des
anciens grecs, celui de leurs coutumes. On
vit s'établir alors dans les différentes villes
de l'Italie, l'usage de ces banquets philosophiques célébrés par les Plutarque et les
Xénophon, où l'imagination, exaltée par
le vin, la bonne chère et la joie commune, donnait à l'esprit et à la raison même
un degré de chaleur et d'activité, qu'on ne
retrouve plus dans le calme de la solitude
et de la réflexion. Léon X aimait et encourageait ces repas littéraires. Il rassemblait
à sa table les savans qui ont illustré son
règne. Un de ceux qu'il goûtait le plus était
Andrea Marone, grand *improvisateur*.
Les auteurs contemporains racontent des
choses merveilleuses de son talent. Il s'ac-
compagnait de la viole, en composant ses
vers. Calme, en commençant de chanter,
on voyait sa verve, sa facilité et son éloquence s'accroître par degrés. Ses yeux
brillaient d'un feu extraordinaire; ses vei-

nès se gonflaient; bientôt la sueur inondait
son visage : tous ses mouvemens étaient
pénétrés de l'enthousiasme qui l'embrâsait.
Un jour que Léon X donnait un grand repas à des ambassadeurs et aux plus grands
personnages de Rome, il proposa à Marone d'*improviser* sur la sainte ligue qui
venait de se former contre le turc. Le poëte
prit sa viole, et chanta un long poëme qui
commençait ainsi :

Infelix Europa, diù quassata tumultu
Bellorum, etc.

Ses vers eurent un si grand succès que le
pape le nomma sur-le-champ à un bénéfice
vacant, et lui donna un logement dans
son palais.

Après la mort de Léon, le pape
Adrien VI, qui regardait les poëtes comme
des espèces d'idolâtres, chassa Marone du
Vatican, où il fut rappelé par Clément VII.
Après avoir été ruiné par divers événemens
malheureux, il mourut à Rome dans la
misère en 1527.

Il y avait à Rome, dans le même tems,
un autre *improvisateur*, nommé *Querno*,
qui n'avait pour tout talent qu'une grande

facilité à versifier impromptu, et une grande
impudence à réciter les mauvais vers qui
lui échappaient ainsi. Il était d'ailleurs
ivrogne, gourmand et effronté; c'était une
espèce de bouffon, dont Léon X s'amusait
lui - même dans les repas où il rassemblait
des gens de lettres. Il lui donnait à boire
dans son propre verre, à condition qu'il
ferait au moins deux vers latins sur chaque
objet qu'il lui indiquerait; et que, si les
vers étaient mauvais, on mettrait au moins
la moitié d'eau dans son vin. Ce n'était pas
à la table de Léon X que Querno s'enivrait.

Ce pontife s'amusait aussi quelquefois à
lutter en vers impromptu avec ce person-
nage ridicule, qu'il appelait par dérision
archipoeta. Un jour que Querno avait
commencé une tirade par ce vers,

Archipoeta facit versus pro mille poetis,

Léon l'interrompit en ajoutant ce penta-
mètre :

Et pro mille aliis archipoeta bibit.

Querno demanda ensuite à boire par ce
vers :

Porrige quod faciat mihi carmina docta Falernum ;

Le pape répondit sur-le-champ :

Hoc etiam enervat debilitatque pedes ;

Faisant allusion à la goutte dont Querno
était fort tourmenté.

Il faut convenir que les mœurs et les
opinions ont un peu changé depuis Léon X.
On peut encore trouver des poëtes ridicules ; mais ce n'est pas à la table des souverains qu'ils exposent leurs travers.

Querno fit une fin plus funeste encore
que Marone. Après la mort de Léon X, il
alla à Naples, où il tomba malade, et fut
forcé par la misère de chercher un asile
dans un hôpital. De désespoir il s'ouvrit
le ventre, et se déchira les entrailles avec
des ciseaux.

Il y avait à la cour de Léon d'autres
improvisateurs, dont il se moquait ; mais
c'étaient des railleries de prince. Il y eut,
par exemple, un *Giovane Gazolido*, qu'il
fit fouetter publiquement pour avoir voulu
improviser devant sa Sainteté, et n'avoir
fait que des vers ridicules. C'était trop imiter Alexandre, qui ne consentit un jour à
entendre les vers de son poëte de cour
Chérile, qu'à condition que celui-ci rece-
vrait un écu pour chaque bon vers, et un

soufflet pour chaque mauvais. Le censeur
choisi par le roi, était sévère ; et le pauvre
poëte mourut de la pénitence.

Le ridicule donne quelquefois le même
titre à la célébrité que le génie même.
L'histoire littéraire a consacré le nom d'un
Baraballo de Gaëta, qui, se vantant de
composer impromptu des vers aussi bons
que ceux de Pétrarque, prétendit avoir
droit d'être couronné, comme lui, au Capitole. Léon X eut l'air de céder à cette
ridicule prétention. Paul Jove, dans la vie
de ce pape, a décrit en détail la pompe
comique avec laquelle on devait, par dérision, procéder au couronnement de Baraballo. Mais la cérémonie ne fut point achevée, parce que l'éléphant sur lequel était
monté le poëte, ne voulut point se prêter
à la plaisanterie, et refusa constamment de
passer le pont Saint-Ange.

Les *improvisateurs* en langue latine
semblent avoir disparu après la mort de
Léon X. A cette époque tous les meilleurs
esprits commencèrent à écrire universellement en langue vulgaire ; les *improvisateurs* les imitèrent ; et la race de ceux-ci
n'en devint que plus féconde. La liste en

est fort nombreuse ; nous ne citerons, dans la foule, que les deux qui ont eu le plus de célébrité.

Le premier est *Sylvio Antoniano*, né à Rome en 1540, de parens fort obscurs, et que ses talens ont élevé à la dignité de cardinal. Il était fort savant dans les langues anciennes, et versé dans toutes les sciences. Son talent pour *improviser* le fit nommer *Poetino*. Dans un grand festin où était le cardinal Giannangelo de Médicis, Sylvio lui prédit, en *improvisant*, qu'il parviendrait à la tiare, et la prédiction fut accomplie : ce cardinal a été pape sous le nom de Pie IV.

Un écrivain contemporain rapporte un fait singulier qui mérite d'être conservé. Sylvio Antoniano étant un jour à la campagne, dans une belle soirée de printems, avait commencé à improviser au milieu d'une société assez nombreuse, rassemblée sous un bosquet. Un rossignol, attiré sans doute par le chant du poëte, et comme saisi d'une belle émulation, se mit à chanter du haut d'un arbre, avec une vivacité toute particulière. L'étonnement des auditeurs, à cette lutte inattendue, prêta un nouveau charme au vers du poëte et au ramage de l'oiseau. Sylvio lui - même , animé par la circonstance ; abandonnant le sujet qu'il avait d'abord traité, s'adressa au rossignol lui-même, et loua la beauté de sa voix et les grâces de son chant, en vers si touchans et si harmonieux, que tous ceux qui l'entendaient en furent, dit-on, émus jusqu'aux larmes.

Mais le plus célèbre des *improvisateurs* a été le cavalier *Perfetti*, sur lequel nous allons entrer dans quelques détails, d'après une vie de ce poëte très-bien écrite en latin par l'abbé Fabroni.

Bernardino Perfetti naquit en 1680 à Sienne, qui semble être le sol naturel des *improvisateurs*. Il était d'une famille noble du pays, et il fut élevé avec beaucoup de soin. La nature l'avait destiné à la poésie : à l'âge de sept ans, il composa des sonnets qui furent trouvés passables ; et ce fut à cette époque qu'on le vit un jour se livrer à son talent naturel, et réciter d'abondance une suite de vers italiens assez bons pour étonner ceux qui l'entendirent. Ce prodige, dit l'abbé Fabroni que nous ne ferons guère que traduire, se répéta plusieurs fois, soit à la table de sa mère, soit au milieu de ses condisciples. Cet instinct excita en lui le goût de l'étude et de l'instruction.

Il commença par se nourrir des beautés de la poésie latine, sans le goût de laquelle la poésie italienne est sans substance et sans force. Il lut tout ce qui avait été écrit jusqu'alors sur les règles de l'art. Une étude continuelle des meilleurs ouvrages toscans orna sa mémoire de toutes les richesses dont ils abondent; il se les appropria.

Il y avait alors à Sienne un *improvisateur* nommé *Jean-Baptiste Bindi.* Cet homme, distingué par les grâces et la finesse de son esprit, parlait en vers aussi facilement que les autres parlent en prose. Perfetti l'entendit, et les applaudissemens qu'il lui vit prodiguer éveillèrent au fond de son ame le désir de la gloire : il voulut aussi fixer sur lui les regards.

Il s'essaya d'abord en présence de quelques amis, et avec tant de succès, qu'ils l'engagèrent bientôt à se produire au grand jour. Un événement singulier acheva de l'enhardir. Perfetti avait coutume, dans l'été, de se promener le soir dans les rues avec ses amis, qui lui formaient un cortège nombreux. Une fois s'étant mis à chanter

les louanges de quelques citoyens illustres
de Sienne, sans avoir d'autre but que de
s'amuser, il se sentit tout-à-coup saisi d'un
tel enthousiasme, qu'il prononça une suite
de vers sublimes qui coulaient comme un
torrent. Cette scène causa un étonnement
général; et Perfetti fut reconduit chez lui
en triomphe.

Engagé dans cette carrière, il envisagea
les difficultés, et sentit qu'un homme qui
s'annonce pour traiter sur-le-champ en
vers toutes sortes de sujets, de manière
que les objets soient peints avec les traits,
les couleurs et l'expression de la poésie,
doit être versé dans toutes les sciences,
dans tous les arts : aussi ne crut-il pas qu'il
lui fût permis de rien ignorer. On peut donc
le citer comme théologien, philosophe,
mathématicien, jurisconsulte, anatomiste,
médecin : ses vers étaient composés, pour
ainsi dire, du suc de toutes les connaissances. Il possédait sur-tout l'histoire ; et
il en citait les traits si à-propos qu'on eût
dit que tous les siècles passés étaient présens à ses yeux. Lorsqu'il était à Rome,
on lui proposa de s'exercer sur un point
de théologie des plus abstraits. Il féconda

ce sujet sec et aride ; il releva les traits
d'érudition qu'il y sema , par des couleurs
si agréables que tous les théologiens qui
étaient présens , entre autres , Bernard
Vargas, jésuite espagnol , avouèrent qu'ils
n'avaient jamais rien entendu de pareil.

Il existe encore, dit Fabroni , plusieurs
personnes qui l'ont entendu souvent, et
qui assurent qu'elles ne l'ont jamais vu
hésiter sur rien , et que jamais on n'a pu
apercevoir les bornes de son érudition.

A cette étendue de connaissances , Perfetti joignait les grâces d'un coloris qui lui
était propre, et qui donnait un nouvel être
aux objets qu'il peignait.

Avant que de commencer , il demandait
un sujet au choix des auditeurs. Il entrait
en matière par une invocation relative à la
circonstance. Son récit était clair ; il répandait sur les choses tous les ornemens dont
elles étaient susceptibles ; enfin il savait
instruire, plaire et toucher ; et comme il
avait une mémoire incroyable, il retraçait
à la fin , en peu de vers , tout ce qu'il avait
dit. En *improvisant*, il lui arrivait ce que
Platon rapporte du poëte Ion : il paraissait
transporté d'un fureur divine , de cette

fureur qui agitait les corybantes. Ses yeux s'allumaient, ses sourcils se fronçaient, sa poitrine oppressée laissait à peine agir sa respiration ; en un mot, il avait tous les symptômes de ces accès, sans lesquels Démocrite l'abdéritain disait qu'on ne pouvait être grand poëte.

Lorsque Perfetti se livrait aux inspirations de sa verve, il était obligé de boire de tems en tems un peu d'eau, moins pour se rafraîchir, que pour tempérer l'ardeur de son imagination. Lorsqu'il avait fini, il restait sans mouvement et à demi-mort. Il passait la nuit qui suivait, sans dormir ; et ce n'était qu'après un long intervalle de tems, que l'agitation véhémente de son sang se calmait.

Il récitait des vers en chantant, pour se ménager le tems de penser et pour s'assurer de la mesure ; il se faisait même accompagner par un joueur de guitare, qui se réglait sur les différentes espèces de vers. Personne n'ignore avec quel pouvoir la poésie s'insinue dans toutes les facultés de l'ame, lorsque la musique lui sert de véhicule ; tant ces deux arts s'accordent ensemble, tant ils se secondent mutuellement ! Il n'est pas étonnant qu'autrefois les mêmes hommes fussent poëtes et musiciens.

Les *improvisateurs* se piquent de réciter leurs vers avec une certaine célérité ; et ils croiraient non--seulement se déshonorer en demeurant court, mais même en paraissant hésiter. Pour Perfetti, lorsqu'il était en proie à son accès poétique, ses paroles se pressaient avec tant de rapidité, que le joueur de guitare avait peine à le suivre.

L'espèce de vers pour laquelle il avait le plus de goût, était le vers à huit pieds, que quelques italiens appellent épique, et qui est le plus difficile de tous ; il employait quelquefois cependant une mesure plus aisée. Au reste, il semblait avoir en sa disposition toutes sortes de rhythmes : la rime, docile pour lui, se pliait à sa volonté.

Le jour le plus glorieux pour Perfetti fut celui où il reçut au Capitole la couronne poétique. Ce fut dans le second voyage qu'il fit à Rome, à la suite de la princesse Violante de Bavière. Le saint siège était alors occupé par Benoît XIII. Malgré le peu de goût de ce pontife pour la poésie, toutes les merveilles qui lui avaient été rapportées

de Perfetti, le lui avaient fait juger digne
du laurier ; en conséquence, il ordonna que
Perfetti ferait ses preuves en public.

Au jour marqué, en présence de plusieurs juges qui avaient prêté serment, on
lui proposa *douze sujets relatifs à la théologie*, *à la physique*, *aux mathématiques*, *à la jurisprudence*, *à la morale*,
à la poésie, *à la médecine*, *à la gym-
nastique*, *enfin à toute la philosophie*.
Il sortit avec gloire de cette redoutable
épreuve ; et tout le monde convint que,
si jusqu'alors il avait surpassé tous les poëtes de son genre, il venait ce jour - là de
se surpasser lui - même. C'est ainsi que
prononcèrent les juges, et le triomphe de
Perfetti fut arrêté.

Ce beau jour étant arrivé, Perfetti,
monté dans un char doré et traîné par de
superbes chevaux, suivi du nombreux cortège qu'ont ordinairement les conserva-
teurs du peuple romain dans les cérémonies
publiques, partit de l'*Archigymnase* pour
monter au Capitole, au milieu d'une multitude incroyable de spectateurs. Il entra
dans la salle du Capitole aux acclamations
du peuple. Lorsqu'il fut aux pieds de Maria

Frangipani, sénateur de Rome, ce magistrat lui mit une couronne de laurier sur la tête, en lui adressant ces paroles :

« Digne chevalier, c'est sous les auspices « de notre souverain pontife Benoît XIII, « que je mets sur votre tête ce symbole « glorieux de la gloire poétique : recevez- « le comme une preuve de la réunion des « suffrages publics, et comme un gage de « la faveur singulière de sa Sainteté. »

Jean Crescembini l'ayant ensuite invité à faire hommage aux Muses d'un honneur dont il leur était redevable, il le fit en présence de Violante, des cardinaux et de la première noblesse. L'honneur qu'il venait de recevoir était d'autant plus flatteur qu'il n'avait point été prodigué. Il n'avait été accordé qu'à deux hommes d'un mérite rare, à Pétrarque et au Tasse : encore ce dernier ne jouit-il pas du triomphe qui lui avait été décerné ; une mort inopinée l'en priva.

Le titre de citoyen romain qui fut accordé à Perfetti, et le droit d'ajouter la couronne de laurier à ses armes, mirent le comble aux distinctions qu'il avait reçues. On frappa à Rome, et en d'autres endroits, des médailles portant son empreinte ; il y était représenté avec la couronne sur la tête. La ville de Sienne, qui voyait rejaillir sur elle l'éclat des honneurs accordés à un de ses citoyens, arrêta, dans une délibération publique, qu'on rendrait des actions de graces au souverain pontife.

Ce qui ajoutait à la gloire de Perfetti, c'est la modestie qu'il conservait au milieu de tant d'honneurs et de succès. Cet homme, qui jouissait d'une si grande célébrité, que l'on mettait non-seulement au-dessus de tous les *improvisateurs*, mais même au-dessus de tous ceux qui avaient jamais brillé dans la même carrière, ne se permit jamais le moindre mot qui laissât apercevoir le sentiment de sa supériorité.

Clément XI élevait un jour jusqu'au ciel le génie de Perfetti, qui fit au saint-père cette réponse modeste : « Cet avantage, « quel qu'il soit, est un bienfait de Dieu, « qui m'a doué de l'esprit poétique, comme « il doua jadis de la parole l'animal que « montait Balaam. Nous n'avons pas trop « lieu de nous glorifier de ce que nous « tenons d'un autre. »

Il n'a voulu laisser aucun écrit; il existe seulement quelques morceaux, pris par des copistes pendant qu'il chantait, et cela contre son gré ou même à son insçu : mais il les a rejetés ou désavoués, et peut - être a - t - il eu en cela autant de sagesse que de modestie. En effet, des idées conçues et exprimées au même instant et presque au hasard, peuvent avoir pour un auditeur, séduit par la rapidité du débit, le mérite d'une composition réfléchie. Mais qu'il y a loin de là à ce degré d'excellence qui ne peut être le fruit que d'une longue méditation !

Une autre circonstance empêchait encore Perfetti de prendre la plume : content sans doute de la gloire qu'il s'était acquise dans l'art de la parole, il croyait que sa réputation ne ferait que croître s'il laissait les critiques hors d'état de l'apprécier. C'est qu'il s'appréciait très - bien lui - même ; en effet il lui arrivait ce qu'éprouvent, suivant Cicéron, des gens de beaucoup de génie qui n'ont pas l'habitude d'écrire. Voulait-il composer à tête reposée ? aussitôt son esprit perdait toute la force de son ressort, sa vivacité s'amortissait, et son feu se dissipait comme une vapeur.

A la plus grande modestie, il joignait un esprit liant et des mœurs douces. Au-

cun de ses amis, aucun de ses concitoyens
ne compta vainement sur ses soins, ses
conseils, sa fidélité. Tant de qualités aimables et solides le faisaient universellement
chérir et adorer : s'il eut quelques envieux
ou quelques détracteurs, sa modestie adou-
cit le fiel des uns, sa modération émoussa
les traits des autres. Il eut une femme et
des enfans. Avec un tel caractère pouvait-il
ne pas être bon époux et bon père ?

Il parlait souvent de la mort avec cette
tranquillité, ou plutôt cette indifférence
que pouvait seule inspirer une vie innocente.
Il avait prévu qu'une attaque d'apoplexie
mettrait fin à ses jours ; il en fut frappé vers
la fin de juillet 1747, et y succomba au bout
de quelques jours.

Tous les ordres de la ville assistèrent à
ses obsèques et à son oraison funèbre. Son
corps fut déposé à côté de ses pères dans
l'église de Saint-François, située hors de
la ville. Sa femme, ses enfans, son frère
lui élevèrent conjointement un monument
en marbre dans l'église de Sainte-Marie-
aux-Martyrs, où, conformément à ses
dernières volontés, on suspendit sa couronne de laurier.

Métastase, dès sa première jeunesse, avait montré un talent rare pour *improviser ;* mais l'exercice de ce talent était en lui un effort violent de la nature. Lorsqu'il avait improvisé pendant quelque tems, il tombait dans un affaissement, dans un épuisement de forces extraordinaire ; on était obligé de le mettre au lit, de le ranimer par des cordiaux ; et il ne recouvrait ses forces qu'après au moins vingt - quatre heures. Les médecins l'avertirent que, s'il voulait conserver sa vie, il fallait renoncer à un talent si dangereux. Il y renonça avec peine, et c'est à cette résolution que nous devons peut-être tant d'ouvrages de poésie charmans, qu'il n'aurait pas vraisemblablement composés, s'il se fût livré à l'instinct naturel qui semblait ne le destiner qu'à être un *improvisateur*. Ce talent singulier ne permet guères à ceux que la nature en a doués, de suivre le long et pénible sentier de l'application et de l'étude : ce sont de vrais cygnes ; ils n'ont que la voix, et leur mémoire périt avec leur chant. L'élégance, la justesse, la véritable éloquence, et toutes les qualités qui font triompher les vers des assauts du tems et des ombres de l'oubli, se rencontrent rarement dans cette classe de poëtes. Il serait même impossible d'écrire les vers qu'ils débitent dans l'enthousiasme, tant le cours en est impétueux et rapide ; l'habitude de les produire avec facilité leur fait détester la lime et la correction : aussi, comme on l'a déjà remarqué, ne laissent-ils que le souvenir de leur talent ; ou si quelques-unes de leurs productions leur survivent, à-peine sont-elles supportables, privées de la voix, de l'harmonie et de l'appareil qui les embellissent.

Parmi le nombre des *improvisateurs*, il s'est aussi trouvé quelques femmes qui ont porté ce talent à un grand degré de perfection. Quadrio cite avec éloge trois *improvisatrices*, *Cecilia Micheli* de Venise, *Giovanna di Santi*, et une religieuse nommée *Barbara* de *Corregio*. Mais aucune d'elles n'a eu la réputation de la célèbre *Corilla*, qui vivait en Toscane, et que tous les étrangers qui ont voyagé en Italie ont entendue avec étonnement. Elle était née à Pistoye. Son talent s'était développé de très-bonne heure ; elle l'avait cultivé par des études suivies, non-seulement sur la littérature, mais encore sur toutes les connaisances humaines. Les succès qu'elle obtint dans les différentes villes d'Italie, engagèrent l'empereur François Ier à l'appeler à Vienne; elle y fut reçue avec beaucoup de distinction, et revint en Italie comblée des bienfaits de l'empereur. L'impératrice de Russie, Catherine II, qui aime et encourage tous les genres de talens, et qui semble ambitionner tous les genres de gloire, avait fait proposer aussi à *Corilla* d'aller à Pétersbourg; mais ses goûts et ses affections particulières, et la crainte d'un climat trop rigoureux, ne lui permirent pas d'accepter les offres aussi flatteuses que magnifiques de cette grande souveraine.

En 1776, elle alla à Rome, où elle obtint la plus grande gloire où pût aspirer l'ambition poétique. Elle avait été reçue à l'Académie des Arcades sous le nom d'Olympica; après avoir *improvisé* sur un certain nombre de sujets, devant douze examinateurs nommés par l'Académie, elle fut jugée digne du laurier. Avant son couronnement, le sénat romain la déclara *nobile cittadina*. L'éloge de Rome et son remerciment au sénat, fut le premier sujet qu'on lui pro-

posa ; le second fut la réfutation de ceux
qui accusent l'humilité chrétienne de détruire le courage et l'enthousiasme des
beaux arts. On lui donna ensuite pour sujet
la supériorité de la philosophie moderne
sur l'ancienne : elle *improvisa* sur ces différens objets avec une facilité, une clarté,
une abondance d'idées et une chaleur
d'imagination, qui excitèrent le plus vif
enthousiasme parmi les auditeurs. Mais
ses succès, comme tous les grands succès,
furent un peu troublés par les efforts de la
malignité et de la jalousie. Corilla, dès le
lendemain de son couronnement, fut acca-
blée d'épigrammes et d'insultes. Le cavalier
Perfetti avait éprouvé la même injustice ;
Pétrarque lui-même se plaint, dans ses
lettres, de l'envie et des persécutions que
lui suscita le laurier romain.

Corilla a fait imprimer quelques petites
pièces de vers, qui, comme celles qui nous
sont restées des autres *improvisateurs*, ne
soutiennent pas la réputation qu'elle a obtenue en *improvisant*.

On voit, par l'histoire des *improvisateurs*, qu'ils sont nés presque tous dans la
Toscane ou dans l'état de Venise, sur-tout

à Sienne et à Vérone où ce talent s'est perpétué sans interruption. Il est mort à Vérone, en 1764, un *improvisateur* de beaucoup de réputation, le père *Zucco*, qui a eu pour élève et pour successeur l'abbé *Laurenzi*. On a vu à Paris quelques-uns de ces *improvisateurs* italiens ; mais ce genre de talent y a fait peu de sensation : il faut, pour en sentir tout le mérite, une habitude de la langue italienne, et un sentiment de son harmonie poétique, infiniment rare dans les pays où elle n'est pas parlée.

Il est extraordinaire que ce soit dans l'Italie seule que l'Europe ait produit des *improvisateurs*. On a déjà observé ce phénomène, et on a cherché à l'expliquer par des causes qui paraissent insuffisantes : on a cru en trouver le principe dans la beauté et la chaleur du climat ; mais pourquoi n'y a-t-il point d'*improvisateurs* en Espagne, où la poésie est fort cultivée ? Pourquoi y en a-t-il eu toujours en Toscane, et si peu dans le royaume de Naples, dont le climat est encore plus chaud, et qui a produit, par un autre phénomène remarquable, presque tous les grands compositeurs que l'Italie ait eus ? Il s'en présente une autre cause,

qui a paru plus frappante et plus probable,
dans la souplesse et l'abondance de la langue
italienne. Mais n'avons-nous pas vu, dans le
quinzième et le seizième siècle, la plupart
des grands *improvisateurs* ne composer
qu'en vers latins, c'est-à-dire, dans une
langue morte, dont les formes, le rhythme
et le mètre poétique ont de beaucoup plus
grandes difficultés que n'en offre la versi-
fication italienne ? Nous ne chercherons
point ici à résoudre ce problême, dont les
élémens nous paraissent trop compliqués.
Nous ajouterons seulement qu'il est assez
singulier que, tandis que la France entière
n'a pas produit un seul *improvisateur*,
l'Allemagne seule ait offert à l'Europe,
dans une femme, un exemple rare de ce
talent extraordinaire : nous voulons parler
d'*Anne-Louise Karch*, née en 1732, dans
un hameau de la basse Silésie. Son père
était brasseur et cabaretier dans ce hameau;
son éducation, les occupations de son enfance et de sa première jeunesse furent
conformes à la bassesse de sa naissance.
Elle avait appris à lire et à écrire; mais l'indigence la réduisit à la nécessité de garder
les vaches de ses parens. A dix-sept ans, on

lui fit épouser un ouvrier en laine, dont elle partageait les travaux ; elle le perdit après neuf ans de mariage, et fut encore obligée de contracter de nouveaux liens, qui furent pour elle une source de misère et de malheur.

Ce fut en gardant le troupeau de son père qu'elle laissa échapper les premiers signes de son talent naturel pour la poésie. Elle aimait à chanter ; elle se mit à composer des cantiques sur les airs de ceux qu'elle savait par cœur. La lecture de quelques romans qui lui tombèrent par hasard dans les mains, développa un peu son esprit ; mais les soins continuels de la vie misérable à laquelle elle fut condamnée, lui laissaient à peine le loisir de se livrer au mouvement de son instinct poétique. Elle ne récitait pas, comme les *improvisateurs* italiens, de longues suites de vers sur des objets inattendus ; mais elle a eu sur eux l'avantage de laisser des pièces imprimées pleines de correction comme d'enthousiasme, et que l'Allemagne admire encore. On peut en voir des fragmens dans la Gazette littéraire, t. II, p. 569 ; d'où nous tirons les réflexions suivantes.

« La nature n'agit en elle que par inspi-
« ration ; les seules pièces où elle réussit

« sont celles qu'elle produit dans la chaleur
« de l'imagination : la contrainte et l'éloi-
« gnement de la muse se font presque tou-
« jours remarquer dans les morceaux qu'elle
« compose à dessein et avec réflexion. Quand
« un objet l'affecte vivement, soit au milieu
« de la société, soit dans la solitude, son
« esprit s'échauffe tout-à-coup ; elle n'est
« plus maîtresse d'elle-même : tous les res-
« sorts de son ame sont mis en mouvement ;
« elle ne peut résister au penchant qui la
« porte à faire des vers. Semblable à une
« pendule, qui, dès que ses ressorts sont
« montés, suit sa marche sans aucun se-
« cours, Louise Karch, dès que l'enthou-
« siasme pénètre et remue son ame, chante
« sans savoir comment lui viennent les pen-
« sées : elle n'a (comme elle le dit elle-même)
« qu'à prendre le ton et saisir le mètre ; à
« l'instant tout le poëme coule sans peine,
« sans effort, et les pensées, ainsi que les
« expressions les plus heureuses, naissent
« sous sa plume, comme si elle écrivait
« sous la dictée de la Muse. »

S.

DU PROGRÈS

DES LETTRES

ET DE LA PHILOSOPHIE,

DANS LE DIX-HUITIÈME SIÈCLE.

On s'est plaint souvent des inconvéniens
attachés à la condition d'un homme de
lettres. Le malheur d'exciter l'envie est
sans doute celui qu'on redoute le moins, et
dont on a parlé le plus. Mais il faut laisser
aux hommes médiocres le plaisir d'accuser
l'envie qu'ils n'ont pu parvenir à exciter ;
celui qu'elle attaque a peut-être moins que
personne le droit de s'en plaindre. C'est
une ennemie mal-adroite, qui, voulant
toujours le mal, produit souvent le bien ;
elle sert le mérite en le persécutant ;
l'homme juste et sensible nuit quelquefois
par trop d'indulgence aux lettres qu'il aime ;
la censure vigilante et inflexible de la haine
aiguillonne le génie, lui révèle ce qui lui
manque, met toutes ses forces en action,

appelle l'orgueil même au secours du talent, et ajoute un nouvel éclat à la gloire du triomphe.

Il est pour les gens de lettres des adversaires plus dangereux. Quand on observe la futile importance de ce qui occupe en général les sociétés, la foule des préjugés puérils qui y circulent, le ton confiant de l'ignorance capable, enfin toutes ces petites prétentions d'esprit, de goût et de talent, aujourd'hui si communes, on conçoit aisément que l'homme qui, au milieu de ces travers et de ces frivolités, porte des principes plus sévères, une raison plus éclairée, un esprit plus exercé, quelquefois aussi un sentiment trop prononcé de ses avantages, doit souvent choquer les préjugés et embarrasser l'amour - propre. Il semble se présenter comme un juge; et ce que l'on commence par craindre, on finit par le haïr.

Qu'on ajoute à ces motifs l'aversion des véritables gens de lettres pour l'esprit de ce siècle, et leur mépris public pour ces bassesses de la cupidité, qui se déguisent sous l'air de l'ambition, on ne sera plus étonné de voir une ligue si nombreuse déclarée contr'eux : les ennemis du faux

zèle, de l'intrigue et de la corruption doivent rencontrer beaucoup d'ennemis.

Ne dissimulons pourtant rien : il se trouve
aussi des hommes dont le caractère est res-
pectable, dont les intentions sont droites,
et qui peut-être par l'amour même du bien
adoptent trop légèrement les imputations
graves dont on charge les lettres. Le zèle
s'alarme aisément, même d'un danger imaginaire, lorsque ce danger paraît menacer
l'objet de sa vénération.

On ne désarme point la haine injuste ;
mais la bonne foi séduite mérite qu'on la
détrompe.

Peut-être suffirait-il de lui montrer aux
premiers rangs de l'église, de la noblesse,
de la magistrature, les hommes les plus distingués par l'esprit, les mœurs et le caractère, s'honorant d'être les amis et les défenseurs des lettres ; trop grands pour être
jaloux d'aucune espèce de supériorité, rivaux des gens de lettres par leurs lumières,
quelquefois leurs modèles par leurs talens
et par leur goût, ils connaissent également
et le prix des travaux qui les instruisent, et
le prix d'une gloire qu'ils partagent.

De tels hommes ne sont point effrayés de

ce nom de *philosophes*, dont on a trouvé le secret de faire une injure ; et sous lequel on a cru pouvoir attaquer les gens de lettres avec le plus d'avantage. Il y a long-tems qu'on leur a reproché de corrompre les principes du goût et des beaux arts. Aujourd'hui on va beaucoup plus loin : on en fait autant de conspirateurs ligués pour détruire la religion, le gouvernement et les mœurs. Cette accusation, ridicule par son atrocité même, est cependant devenue une formule générale, adoptée par des hommes qui ont quelque intérêt à prouver qu'ils n'ont rien de commun avec la philosophie; ce qu'ils prouveraient très-bien sans calomnier.

S'il était vrai que la philosophie fût en effet nuisible aux arts, ce serait un malheur inévitable; car la philosophie est l'effet nécessaire des progrès de l'esprit humain ; en vain voudrait-on la faire retourner en arrière, ou suspendre sa course, on ne ferait que détruire le principe même de son activité : c'est une plante dont on ne peut arrêter la végétation sans la faire périr.

Mais loin d'accélérer la décadence des arts et du goût, la philosophie seule peut la prévenir.

Le règne des arts est soumis aux mêmes gradations qu'on remarque dans le développement de l'espèce humaine.

Dans l'enfance, l'homme n'a que des sens, de l'imagination et de la mémoire ; il n'a besoin que d'être amusé, et il ne lui faut que des chansons et des fables. L'âge des passions succède, et l'ame veut être émue et agitée ; l'esprit s'étend ensuite, et la raison se fortifie : ces deux facultés demandent à être exercées à leur tour, et leur activité se porte sur tout ce qui intéresse la curiosité, les goûts, les sentimens, les besoins de l'homme.

Voilà l'histoire des arts chez tous les peuples. Se plaindre que les arts agréables ont perdu de leur empire à mesure que les lumières se sont répandues, c'est regretter que l'homme ne conserve pas toutes les grâces de la jeunesse, en acquérant la vigueur de l'âge mûr.

Les arts ont en eux-mêmes un principe de destruction et de décadence ; car il faut que tout marche et arrive à sa fin. Ils commencent à se développer chez des peuples où les facultés de l'esprit étant encore peu exercées, les imaginations doivent être en

général plus fortes et les ames plus sensibles : les grands talens doivent donc alors
être plus communs.

Les premiers artistes n'ayant ni maîtres
ni modèles , n'obéissant qu'aux impulsions
du génie , impriment à leurs compositions
un caractère plus original et plus libre.

Ils ont un autre avantage : les aspects les
plus frappans de la nature se sont d'abord
offerts à eux ; ils ont saisi les passions les
plus générales , les sentimens les plus vrais,
les rapports les plus sensibles : et c'est
toujours des beautés les plus simples que
résultent les plus grands effets.

Mais le champ des arts s'épuiserait bientôt , si la philosophie n'y faisait couler par
mille canaux les germes d'une fécondité
nouvelle.

L'esprit philosophique , appliqué aux
arts , ne consiste pas , comme on l'a cru ou
feint de le croire , à soumettre leurs productions aux lois d'une précision rigoureuse ou d'une vérité absolue ; mais seulement à remonter aux vrais principes
des arts , à chercher dans l'examen de
leurs procédés et dans la connaissance de
l'homme , la raison de leurs effets , et les

moyens d'étendre ou d'augmenter leur énergie.

Ainsi le mot de ce géomètre qui, après avoir vu jouer *Iphigénie*, disait : *Qu'est-ce que cela prouve ?* loin d'être philosophique, supposait un défaut de philosophie. Ainsi lorsque Pascal semble faire consister le secret de la poésie dans l'association de certains mots, il prouvait seulement qu'on pouvait être homme de génie et grand philosophe, sans avoir le sentiment de la poésie.

Vers le commencement de ce siècle, il s'était formé une espèce de conspiration contre la poésie ; cette ligue avait pour chefs deux hommes célèbres [1], doués de cette portion de goût que peut acquérir un esprit fin et juste, accoutumés à observer et à comparer, mais absolument privés de ce goût plus délicat, qui tient à une sensibilité naturelle, sans laquelle on ne peut juger les productions des arts. Il n'a pas tenu à eux qu'on ne regardât les vers comme une combinaison puérile de sons, dont le seul mérite était d'amuser l'oreille, pour déguiser la fausseté des pensées, ou pour

[1] Fontenelle et Lamotte.

donner un air de nouveauté à des idées communes. Ils appuyaient ce paradoxe de sophismes d'autant plus spécieux, qu'ayant fait eux-mêmes avec assez de succès beaucoup de vers où l'esprit imitait quelquefois le talent, ils paraissaient sacrifier leur amour-propre à l'intérêt de la vérité.

Heureusement pour le bon goût, il s'éleva dans le même tems un homme extraordinaire, né avec l'ame d'un poëte et la raison d'un philosophe. La nature avait allumé dans son sein la flamme du génie et l'ambition de la gloire. Son goût s'était formé sur les chefs-d'œuvres du beau siècle dont il avait vu la fin ; son esprit s'enrichit de toutes les connaissances qu'accumulait le siècle de lumière dont il annonçait l'aurore. Si la poésie n'était pas née avant lui, il l'aurait créée. Il la défendit par des raisons ; il la ranima par son exemple ; il en étendit le domaine sur tous les objets de la nature. Tous les phénomènes du ciel et de la terre, la métaphysique et la morale, les révolutions et les mœurs des deux mondes, l'histoire de tous les peuples et de tous les siècles, lui offrirent des sources inépuisables de nouvelles beautés. Il donna des

modèles de tous les genres de poésie ;
même de ceux qui n'avaient pas encore
été essayés dans notre langue. Il rendit le
plus beau des arts à sa première destination, celle d'embellir la raison et de répandre la vérité. L'humanité sur-tout res-
pira dans ses écrits, et leur imprima sur-
tout ce caractère noble et touchant, qui
donnera à l'auteur encore plus d'admirateurs et d'amis dans les siècles futurs, qu'il
n'a eu dans le nôtre d'envieux et de calom-
niateurs.

Ainsi, loin d'être le fléau des beaux arts,
la philosophie en a conservé le feu sacré.
Loin de corrompre le goût, elle n'a fait que
l'épurer et l'étendre. On est devenu plus
difficile sans doute sur la justesse des figures
et des expressions, sur l'ordre et l'exactitude des pensées. Il ne suffit plus d'accou-
pler avec facilité des rimes exactes, et de
revêtir des idées triviales de ces images pa-
rasites de l'ancienne mythologie, agréables
par elles-mêmes, mais devenues insipides
par un emploi trop répété ; espèce de
jargon que les jeunes gens prennent pour
de la poésie, et qui n'en est pour ainsi dire
que le ramage. Il faut aujourd'hui satisfaire

l'esprit aussi bien que l'oreille, et ne s'adresser à l'imagination que pour arriver plus sûrement à l'ame.

Les bons ouvrages, en se multipliant, ont dû rendre la médiocrité insupportable ; mais on n'en est que plus sensible aux véritables beautés. Jamais on n'a mieux apprécié ni plus généralement le mérite des grands modèles. Les Molière, les Racine, les Lafontaine, si indécemment critiqués dans le siècle du goût, même par des personnes qui avaient du goût, n'ont plus aujourd'hui que des admirateurs parmi ces personnes qu'on accuse de raisonner et de ne point sentir.

La perfection du goût dans les arts n'est point l'effet du travail, des réflexions, du génie même de quelques hommes ; elle doit naître d'un certain enthousiasme général qui agite tous les esprits, qui se communique par une espèce de contagion, et qui féconde les germes cachés du talent et du génie. Cet enthousiasme s'allumera plus aisément dans une nation où la liberté politique fortifiera l'énergie et l'élévation des ames ; où les mœurs seront tout-à-la-fois simples et fortes ; où l'imagination sans

cesse exaltée par une religion toute de
pompe et de spectacle, sera aisément re-
muée par les objets physiques ; où l'esprit
exercé par l'habitude de juger les productions de tous les arts , sera accoutumé à
saisir promptement les rapports les plus
déliés et les plus éloignés , et à se former par la comparaison un modèle idéal
du beau dans tous les genres ; dans une
nation enfin , où la multitude , dispensée
par la nature du gouvernement et par la
richesse publique, de se livrer aux travaux
grossiers et pénibles qui par-tout ailleurs
abrutissent le peuple, ne sera occupée qu'à
varier ses plaisirs et à se rendre compte de
ses jouissances.

Ce sont les grecs dont je viens d'esquisser
le tableau : mais ces grecs qui ont été nos
modèles dans tous les arts, ont été en même
tems nos maîtres dans la philosophie. C'é-
tait dans les écoles de Socrate et de Platon
qu'allaient se former les orateurs, les poëtes,
les artistes et leurs juges. La même révolution qui détruisit les mœurs et la liberté
de ce peuple extraordinaire, éteignit à-la-
fois le flambeau des arts et celui de la philosophie.

Les arts sont une création de l'esprit humain : il serait bien inconcevable que l'ouvrier en se perfectionnant tendît à détruire son propre ouvrage. Cette idée est absurde; mais ce qui est à-la-fois absurde et atroce, c'est de prétendre que la philosophie, qui n'est que la recherche de la vérité, puisse nuire à la religion et à la morale, qui ne peuvent avoir pour base que l'éternelle vérité.

On a reproché à la philosophie de favoriser l'incrédulité, parce qu'il y avait des philosophes incrédules. Les ennemis de la religion avaient employé contr'elle le même sophisme; ils lui ont attribué tous les crimes et les excès qu'on a couverts de son nom.

Quelle étrange manière de servir la religion, que de vouloir faire croire au peuple qu'elle a pour ennemis les hommes les plus éclairés! Si l'on savait tout ce que l'autorité a d'influence sur l'opinion, si l'on savait combien de jeunes gens sont entraînés dans le malheur de l'incrédulité par la vanité de penser comme des hommes qu'on admire, la religion elle-même s'élèverait contre une imputation si dangereuse. Mais ce n'est pas la vraie piété qui suggère cette calomnie, ce sont les plus viles et les plus cruelles des passions humaines. Le zèle n'est que l'instrument de la jalousie et de la haine, et l'on n'attaque la philosophie que pour nuire à quelques philosophes. Cela est si vrai, que souvent des écrivains qui avaient été insultés pendant leur vie comme incrédules, se retrouvent après leur mort au rang des hommes les plus religieux. Descartes fut accusé d'athéisme, et ses argumens en faveur de l'existence de Dieu sont adoptés aujourd'hui dans toutes les écoles de théologie. Pascal et Mallebranche furent mis au nombre des athées par le jésuite Hardouin, accusé lui-même d'incrédulité avec autant de justice.

On vient de faire une brochure pour prouver que Montaigne était très-religieux. Pourquoi n'a-t-on pas pour les grands hommes vivans la même charité qu'on a pour les morts ?

Les accusations gratuites d'irréligion étoufferaient jusqu'aux germes des plus utiles découvertes, si les gouvernemens sages ne les traitaient avec le mépris qu'elles méritent.

C'est l'ignorance qui est le fléau le plus
redoutable de la religion. Qu'on se rappelle
ce qu'était le christianisme dans ces siècles
de ténèbres qui ont suivi l'anéantissement
des lettres et des arts en Europe. Cette religion, si pure dans son origine, s'était
corrompue en se mêlant à des mœurs grossières. Sans cesse, une foule d'opinions
absurdes et d'hérésies dangereuses se formaient au sein de l'église, et la déchiraient
par des querelles sanglantes; mais parmi
tous les hérésiarques et les fanatiques, on
ne trouve point le nom d'aucun philosophe.
Au contraire, le peu d'hommes éclairés
du seizième siècle refusèrent de se joindre
aux réformateurs. Ils savaient que les
abus amenés par l'ignorance disparaîtraient
d'eux-mêmes par les progrès de la raison,
et semblaient prévoir les plaies sanglantes
que le fanatisme allait faire à l'humanité.

Dans le même siècle, l'Italie était rem-
plie d'athées, et certainement les philosophes y étaient fort rares. Aujourd'hui le
pays de l'Europe, qu'on regarde généralement comme celui où il y a le plus de philosophie, est celui où, malgré l'extrême
liberté de la presse, l'athéisme craint le

plus de se produire au grand jour, et où la religion est peut-être le moins attaquée.

Accusera-t-on d'être ennemi de l'autorité et des lois ce même esprit philosophique qui, en apprenant au peuple à distinguer les droits de l'autel d'avec les droits du trône, à ne pas confondre les intérêts d'une religion sainte avec les intérêts des passions humaines, n'a pas moins servi à la sûreté des princes qu'à la tranquillité des peuples ?

Qu'on se rappelle l'histoire de tous les usurpateurs, depuis Simon de Montfort jusqu'à Cromwell ; qu'on remonte à la source de toutes les divisions intestines des états, depuis les séditions de Constantinople pour la couleur des cochers du Cirque, jusqu'aux troubles de la Fronde pour la création de douze charges nouvelles ; qu'on approfondisse les motifs des révoltes et des guerres civiles, des assassinats des souverains et des massacres des peuples, on verra que de pareils attentats appartenaient moins aux passions de quelques individus, qu'à la férocité et à l'ignorance générales des nations.

Par quelle étrange inconséquence, des hommes uniquement occupés à éclairer

leurs concitoyens et sur leurs devoirs et
sur leur bonheur, pourraient-ils se proposer d'affaiblir le respect qu'on doit aux
lois qui font leur propre sûreté, et à l'autorité souveraine qui crée et qui maintient
les lois ?

Dira-t-on que leur zèle pour la liberté
est dangereux dans un gouvernement monarchique? Sans doute ils aiment la liberté;
ils ont appris dans l'histoire des grecs et des
romains que c'était le principe de la grandeur et de la force des états ; mais ils savent
distinguer la liberté civile, qui consiste à
n'obéir qu'aux lois, d'avec la liberté politique, qui appelle chaque citoyen à la for-
mation des lois ; ils savent que la liberté
civile est la seule qui contribue au bonheur
des hommes, et qu'elle peut se trouver dans
une monarchie comme dans une république; ils savent que la liberté politique,
qui n'est qu'un moyen de s'assurer la première, fut dans les républiques anciennes
une source continuelle de dissentions, de
guerres, de massacres, de révolutions et
de malheurs; ils savent que la paix et la stabilité sont le premier objet de tout bon
gouvernement. Ils voient enfin que Platon,

Aristote, Xénophon, qui connaissaient tous
les avantages de cette liberté politique dont
leurs concitoyens étaient si jaloux, étaient
en même tems si frappés de ses inconvéniens, qu'ils paraissaient préférer le
gouvernement monarchique au gouvernement républicain. D'un autre côté, le
grand homme à qui nous devons l'*Esprit
des Lois*, et qui le premier a déterminé les
vrais principes de la monarchie, trouve
dans cette forme de gouvernement tout ce
qui peut rendre une nation grande, riche
et heureuse ; le plus éloquent défenseur des
droits des hommes se félicitait de vivre
sous un monarque.

Le gouvernement républicain n'a jamais
pu subsister que dans de petits états. La
liberté romaine ne régnait que dans l'en-
ceinte de Rome ; c'était un instrument
d'oppression pour le reste du monde. Un
grand empire a besoin d'un gouvernement
simple ; et nos mœurs sont faites pour la
royauté, parce qu'elles ont été formées
par elle.

Ainsi, soit que nous consultions la philosophie ou l'histoire, soit que nous écou-
tions cette affection naturelle pour ses rois

qu'un français respire avec la vie, tout
semble nous prouver que la monarchie,
limitée par ses propres lois, tempérée sur-
tout par les mœurs, est le seul gouvernement qui convienne à une nation nombreuse, guerrière, légère et sensible, gou-
vernée depuis mille deux cents ans par des
monarques.

Ajouterai-je à ces considérations générales, que la magnificence d'une cour brillante et polie appelle et encourage tous les
arts; que la considération dont jouit un
homme de lettres en France tient aux mœurs
propres à la monarchie, et que jeté par ses
travaux même hors des routes qui mènent
à la fortune, c'est du souverain que dépendent les récompenses dont il jouit ou
qu'il espère.

Le philosophe ne peut sans doute ni
détourner sa vue des maux qui affligent ses
concitoyens, ni retenir le cri de douleur
que lui arrache ce spectacle; mais si sa voix
se fait entendre, ce n'est point pour sou-
lever les esprits, c'est pour les remplir de la
pitié généreuse dont il est animé, c'est
pour faire parvenir les plaintes du malheur
jusqu'aux oreilles de ceux qui peuvent le

soulager. Des hommes accoutumés à cultiver leur raison dans la solitude, à réfléchir en paix sur les causes des événemens, à en prévoir les conséquences, ne troubleront jamais le monde, même pour le rendre plus heureux. Pourraient-ils ignorer que les dissentions intestines sont les plus cruelles de toutes les tyrannies ? Pourraient-ils consentir à livrer la génération présente à des maux affreux et inévitables, dans l'espérance si incertaine de procurer à la génération future un bonheur passager ?

Dans les révoltes et les guerres civiles qui ont autrefois troublé le royaume, dans les divisions moins importantes qui s'y sont élevées depuis, on trouve à la tête des partis opposés à l'autorité, des hommes de tous les états et de tous les rangs. Y trouve-t-on des gens de lettres ? Certainement il y en avait très-peu parmi les ligueurs, tandis qu'on vit constamment attachés au parti des rois les personnages de ce tems-là les plus éclairés, les cardinaux d'Ossat et du Perron, le sage de Thou, et cet archevêque de Bourges qui osa absoudre Henri IV.

De toutes les révolutions qui ont changé la forme des états, il n'y en a peut-être pas deux qui aient eu pour but d'établir un système d'ordre et de tranquillité publique. Les chefs des factions n'ont d'ordinaire aucun plan, aucun objet d'ambition déterminé ; ils intriguent par inquiétude, et tourmentent les nations pour échapper au tourment du repos.

Pourquoi les gouvernemens d'Europe ne sont-ils plus troublés par les soulèvemens et les conspirations ? Pourquoi les peuples ne sont-ils plus foulés par une multitude d'oppressions aussi absurdes que cruelles ? Les gouvernemens auraient-ils changé de forme et de principes ? Non, mais les mœurs se sont perfectionnées.

Dans les siècles d'ignorance, tout est barbare, les lois, les mœurs, les gouvernemens ; la religion même est souillée de cette barbarie universelle. Toutes les passions et tous les crimes concourent à dégrader et à tourmenter la nature humaine.

Parcourez l'histoire de l'Europe avant la renaissance des lettres, et vous n'y verrez que des troupeaux d'esclaves féroces, opprimés par des maîtres plus féroces encore. Les lois, au lieu de veiller à la sûreté des citoyens, étaient une source d'oppressions nouvelles.

On est effrayé du nombre prodigieux d'assassinats qui se commirent en France depuis le 14.ᵉ, le 15.ᵉ et le 16.ᵉ siècles, et plus encore des apologies qu'on osait en faire impunément dans les assemblées les plus augustes.

Lorsqu'on expédia des ordres pour faire égorger tous les protestans qui se trouvaient dans les différentes villes du royaume, plusieurs commandans de place refusèrent d'exécuter cette abominable commission. On a loué ce généreux courage, et c'est avec justice ; mais ces éloges sont la plus grande satyre d'un siècle, où c'était une action de vertu que de ne pas commettre un grand crime.

Quelles vérités nouvelles, quelle puissance bienfaisante, quels réglemens salutaires ont pu substituer l'ordre à la confusion, la subordination à l'anarchie, la politesse à la férocité ? On chercherait vainement la cause de cette heureuse révolution ailleurs que dans le progrès des lumières, qui en éclairant par degrés les hommes sur leurs véritables intérêts, ont

donné à l'opinion publique une direction
plus conforme au bien de la société.

Je n'appelle point opinion, ce mouvement passager qu'excite dans les esprits
toute espèce de nouveauté, qui varie au
gré de mille petits intérêts du moment,
et qui se dissipe bientôt sans laisser de
trace ; semblable à l'agitation qu'imprime
un vent léger aux eaux de la mer, et qui
n'en trouble la surface que pour quelques
instans.

J'entends par opinion, le résultat de la
masse de vérités et d'erreurs répandues
dans une nation ; résultat qui détermine ses
jugemens d'estime ou de mépris, d'amour
ou de hâine ; qui forme ses penchans et ses
habitudes, ses vices et ses vertus, en un
mot ses mœurs.

C'est de cette opinion qu'il faut dire
qu'elle gouverne le monde : car tout obéit
à sa puissance ; elle gouverne les lois mêmes, tempère ou détruit leur activité. Pourquoi dans tous les pays tant de lois anciennes ont-elles perdu leur vigueur, et
même sont-elles oubliées, sans avoir jamais été abrogées ? C'est que l'opinion qui
les avait fait naître a disparu pour faire

place à une autre, plus puissante que la force publique chargée de l'exécution des lois.

L'opinion chez un peuple est toujours déterminée par un intérêt dominant ; il ne veut, n'aime, n'approuve que ce qu'il croit utile à son bonheur.

Il faut donc lui enseigner à être heureux ; mais il n'est pas aisé de détromper un peuple, même d'une erreur nuisible, lorsque cette erreur est fortifiée par l'habitude ; car l'habitude est la plus forte passion de l'homme. Des peuples qui avaient vu tranquillement changer la forme de leur constitution, se sont soulevés quand on a voulu changer la forme de leurs vêtemens.

Un autre obstacle s'oppose à l'introduction des vérités nouvelles. Dans les tems d'ignorance, ce qui coûte le plus à l'homme, c'est la réflexion et la pensée : l'esprit est un instrument dont il faut apprendre à se servir, et dont l'usage est d'abord difficile et pénible. Cette observation est peut-être plus importante qu'elle ne le paraît ; les maximes les plus simples et les plus frappantes, celles qui influent le plus sur les actions communes de la vie, ne se transmettent d'une génération à l'autre que par l'autorité et par l'exemple ; elles sont comme ces formules d'arithmétique dont chacun se sert avec confiance sans en savoir la démonstration. Ainsi les vérités ne sont admises que comme les erreurs, et ne sont dans l'esprit du plus grand nombre que des préjugés. On croit aujourd'hui que la terre tourne autour du soleil, comme on croyait autrefois que le soleil tournait autour de la terre ; mais la plupart de ceux qui se moquent de l'ancienne opinion, n'ont aucune idée des preuves qui ont révélé à Copernic et à Galilée le secret du système du monde.

Dans les tems où il y a encore peu de sociabilité et de lumières, les hommes ne recevant qu'une éducation domestique, n'adoptent d'autres idées que celles de leurs pères. Les vérités connues restent renfermées dans quelques têtes, et ne se communiquent point au-dehors. Les livres sont une espèce d'éducation publique, qui sert à étendre l'instruction, à exercer l'esprit, à rectifier les préjugés domestiques.

Mais ce n'est pas assez d'offrir aux hom-

mes les preuves d'une vérité nouvelle , il
faut encore la leur faire aimer ; il faut
qu'elle soit long-tems agitée dans les esprits , qu'elle y fermente , qu'elle s'associe
aux passions et aux intérêts ; c'est alors
qu'elle agit sur la multitude , et qu'elle
prend sa place dans l'opinion publique.

Il y a des vérités connues., qui restent
souvent stériles , quoiqu'elles ne soient
point contestées , et qu'elles intéressent
tous les hommes. Le sage Locke avait
démontré , il y a près d'un siècle , tous les
inconvéniens de la manière barbare dont
on élevait les enfans ; mais il s'était contenté
de parler à l'esprit , et c'en était assez pour
ses compatriotes , qui , plus accoutumés
que les autres peuples à penser par eux-
mêmes et à se conduire par les lumières ,
n'ont besoin que de voir une vérité utile
pour l'embrasser. Le livre de Locke était
répandu en France , connu des pères , des
instituteurs , des médecins : ses principes
avaient été depuis soutenus et développés
par d'excellens écrivains. L'habitude seule
l'emportait encore sur la raison et l'autorité , lorsqu'un philosophe , qui , par les
singularités .des ses opinions , de son ca-

ractère et de sa vie, attirait l'attention
publique, vint annoncer sous une nouvelle forme ces mêmes vérités, et leur
donna par son éloquence, et peut-être
aussi par les exagérations brillantes dont
il les environna, un éclat et une force que
ne pouvait avoir la vérité toute nue. Alors
l'enthousiasme échauffe tous les esprits : la
raison dans les uns, le désir d'en montrer
dans les autres, l'esprit d'imitation dans
le plus grand nombre, produisent cette
heureuse révolution, qui, en délivrant les
hommes des tourmens inutiles que leur
imposait l'ignorance dans les premières
années de la vie, leur assure plus de force
pour supporter les maux inévitables que
leur préparent dans un âge avancé les
hasards, les erreurs et les passions.

Il n'y a point de vérités qui n'influent,
par des rapports plus ou moins éloignés,
sur le bonheur des hommes. On ne sent pas
assez combien la bonne physique a détruit
de petites superstitions puériles, qui ren-
daient les hommes pusillanimes, méchans
ou malheureux.

Comme les lumières n'exercent sur les
esprits qu'une action lente et insensible,

leurs effets ne sont aperçus que par un petit nombre d'observateurs ; mais toute la société en jouit. L'histoire de notre siècle nous offre un phénomène moral , qui n'a pas été assez remarqué. Au commencement du dernier règne , le désordre général produit par les malheurs publics , la révolution fameuse qui s'opéra dans le mouvement des richesses , et les extravagances d'un luxe nouveau qui en fut l'effet , enfin des exemples trop séduisans de vice et de corruption qui s'y joignirent , donnèrent tout - à - coup à l'esprit de cupidité une énergie extraordinaire, et précipitèrent les mœurs dans un excès de dépravation inconnu jusqu'alors. Tous les liens de la morale se relâchèrent ; toutes les ames furent entraînées vers les jouissances de la mollesse et des voluptés ; la débauche se montra sans voile , et cette moitié du genre humain, qui a tant d'influence sur les mœurs de l'autre , en perdant jusqu'au sentiment de la pudeur , perdit la plus grande partie de son empire. Les vertus domestiques furent non-seulement abandonnées , elles devinrent ridicules ; les pères furent étrangers à leurs enfans , les femmes à leurs maris ; enfin on vit applaudir au théâtre le *Préjugé à la mode,* comme un tableau vrai de la société. Ces mœurs ont disparu , et la postérité qui en retrouvera la peinture dans nos comédies et dans nos romans , aura peine à croire qu'elles aient jamais existé.

Qui peut méconnaître dans cette révolution un des bienfaits de cet esprit philosophique , qui , en répandant dans la société des idées plus saines des devoirs de l'homme, en poursuivant sans relâche le vice et la corruption , tantôt avec les traits de l'éloquence, tantôt avec ceux de la satyre, tend sans cesse à relever les ames que le luxe flétrit, et à fortifier la digue des mœurs contre le torrent de la séduction ?

Les livres sont l'école de la bonne morale : quand les gens de lettres ne la respecteraient point par principes ou par sentiment , ils la respecteraient encore dans leurs écrits , pour le succès même de leurs écrits ; car les hommes adoptent volontiers des principes commodes pour leur usage particulier ; mais ils n'applaudissent en public qu'à la morale la plus sévère et aux vertus les plus héroïques. *Voyez à nos spectacles*, a dit un poëte célèbre[1] qui préside à cette assemblée :

> . . . . Voyez à nos spectacles ;
> Quand on peint quelque trait de candeur, de bonté,
> Où brille en tout son jour la tendre humanité,
> Tous les cœurs sont remplis d'une volupté pure :
> Et c'est là qu'on entend le cri de la nature.

Les vertus tiennent aux vérités ; elles s'appellent et s'enchaînent réciproquement : il est même des vertus qui sont l'ouvrage seul des lumières. Le mot d'*humanité* était absolument inconnu dans les tems d'ignorance ; c'est une vertu des peuples instruits, qui ne peut naître que dans les ames dont la sensibilité naturelle s'est élevée et épurée par la réflexion.

C'est sur-tout ce principe de bienveillance universelle que les gens de lettres ne cessent de répandre et d'inspirer ; le but de leurs travaux serait d'éteindre les haines nationales toujours aveugles et cruelles, et de rapprocher tous les peuples par l'attrait des arts et les besoins de l'esprit, lorsqu'ils sont divisés par les fantaisies du luxe, et par les préventions d'un orgueil puéril.

[1] Gresset.

Si les hommes pouvaient jamais se désabuser de la fureur des guerres, la plus barbare de toutes les extravagances humaines, ce serait l'ouvrage de cet esprit philosophique, si calomnié ou plutôt si méconnu, qui s'élève au-dessus des passions et des préjugés du moment, et qui embrasse dans ses vues le bonheur de toute l'espèce humaine. Mais si l'ambition, l'orgueil, la cupidité et sur-tout l'ignorance où trop de souverains auront toujours soin de tenir leurs peuples, ne nous permettent pas de nous livrer à une si douce espérance, nous devrons du moins à la philosophie de diminuer les horreurs de la guerre et d'en bannir les cruautés inutiles.

Peut-on se rappeler sans horreur que deux héros de l'antiquité, distingués surtout par la douceur de leurs mœurs, César, et le second Africain, firent couper les mains à des milliers de prisonniers ? Cette barbarie n'a point révolté les écrivains qui nous ont laissé l'histoire des deux héros. Ces prisonniers n'étaient pas romains; alors un citoyen était tout, un homme n'était rien. Maintenant on commence à savoir qu'il est des devoirs antérieurs à toutes les conventions ; devoirs qui lient chaque homme à tous ses semblables, quels que soient leur pays ou leurs opinions. Si un général moderne voulait imiter César et Scipion, il ne serait qu'un brigand aux yeux de l'Europe entière ; et la nation qui laisserait son crime impuni, serait regardée comme indigne d'être mise au rang des nations civilisées.

Les anciens romains donnaient une couronne à celui qui avait sauvé un citoyen ; dans la dernière guerre, nos officiers promirent une récompense aux soldats, qui après la bataille sauveraient la vie à un ennemi blessé. Turenne exécuta à regret l'ordre cruel de dévaster un pays fertile, et de condamner à la mort horrible et lente qui suit la misère, un peuple innocent, tranquille et désarmé. Nous osons croire que dans ce siècle, Turenne eût fait plus que gémir sur ces malheureux. Le courage qui s'expose à la mort pour mériter la gloire, appartient à tous les siècles ; mais le courage de défendre l'humanité, même au risque d'une disgrace, n'appartient qu'à des siècles éclairés.

Le droit d'aubaine, ce droit qui outrage les nations et que toutes les nations conservaient en le détestant, n'avait pu être aboli parmi nous, par la raison étrange que cette loi barbare était la plus ancienne loi de la monarchie ; la philosophie est venue : elle a dit aux rois, aux ministres, à l'Europe, que si la plus ancienne loi des nations était une loi barbare, c'était une raison de plus pour la faire disparaître, et en effacer, s'il se peut, jusqu'à la trace.

S.

Les réflexions précédentes sont extraites du discours que prononça l'Editeur pour sa réception à l'Académie française en 1774.

FIN DU TROISIÈME ET DERNIER VOLUME.

TABLE
DES MATIÈRES

Contenues dans le troisième volume.

FIN DE LA TABLE DU TROISIÈME
ET DERNIER VOLUME.